KB216586

원더풀
라이프

≪WONDERFUL LIFE≫
© MASAKI MARUYAMA, 2021
All rights reserved.
Original Japanese edition published by Kobunsha Co., Ltd.
Korean translation rights arranged with Kobunsha Co., Ltd.
through JM Contents Agency Co., Seoul.

· 이 책은 JMCA를 통해 일본의 Kobunsha Co., Ltd.와 독점 계약하여
한국어판 출판권이 블루홀식스에 있습니다.
· 저작권법에 의해 한국 내에서 보호를 받는 저작물이므로 무단 전재와 복제를 금합니다.

원더풀 Wonderful Life 라이프

마루야마 마사키 장편소설 | 이연승 옮김

블루홀6

차례

일러두기

본문의 각주는 전부 독자의 이해를 돕기 위한 옮긴이 주입니다.

무력의 왕

1

못하겠다. 이제는 정말 못해 먹겠다. 그 말만 계속 머릿속을 맴돈다. 내가 왜 이런 일을 해야 하나. 왜. 대체 왜 나만. 무엇을 위해. 누구를 위해.

아니, 누구를 위한 일인지는 정해져 있다. 아내를 위한 일이다. 그러나 그것을 입에 담을 수는 없다. 입이 찢어져도 담을 수 없고, 찢어지기 전에도 마찬가지다. 전에 한 번은 화가 난 나머지 피가 거꾸로 솟아 말을 하려다가 멈춘 적이 있다. 그때 아내에게서 돌아온 말은 이랬다.

"날 위해서라고? 아니잖아. 당신을 위한 거지."

날 위해.

아내를 위해서가 아닌, 날 위해.

그 말의 이면에는 생색 부리지 말라는 뜻이 담겨 있다. 아니, 그건 역시 좀 과할까. '남 탓하지 마'일 수 있고, 더 나아가자면 '당신도 좋아서 하는 일이잖아'가 포함돼 있을 수도 있다.

좋아서 하는 일은 아니다. 그건 확실하다. 하지만 내가 선택한 일인 것도 맞는다.

그렇다. 나는 이 길을 선택했다.

스스로 택한 것이다.

아내를 돌보는 일을.

스스로 선택한 길이니까. 좋아서 하는 일이니까. 날 위한 일이니까.

그래서 멈출 수 없다. 끝나는 건 둘 중 하나가 죽을 때다. 아마 아내보다는 내가 먼저 죽을 것이다. 그것만큼은 확실하다. 즉 이런 삶은 나에게 영원히 지속된다.

"그때는 나도 죽어."

아내는 그렇게 말한다. '당신이 죽으면 나도 함께 죽겠다' 같은 아름다운 이야기가 아니다. 나의 죽음은 곧 그녀의 죽음도 의미하기 때문이다. 내가 없으면 아내는 살 수 없다. '당신 없으면 못 살아요' 같은 달콤한 이야기가 아니다. 물리적으로, 엄연한 사실로서 그녀는 나 없이는 살 수 없다.

내가 없으면 숙변이 쌓이고, 욕창이 커지고, 조직이 괴사하고, 세균 감염을 일으킬 것이다. 발병 초기부터 계속된 원인 모를 온몸 저림과 관절 수축 증상. 그런 것들이 더 악화해 지금 무릎 관절에 생긴 이질성 골화증에 대처할 수 없을 것이고, 시간이 지나면 다른 사람의 도움을 받아도 관절을 움직일 수 없게 될 것이다.

아니, 그보다 더 중요한 건.

일상에서 쌓인 짜증과 마음에 들지 않는 보호사에 대한 불만을 누구에게도 털어놓지 못해 정신 건강이 악화한다. 그것은 죽음보다 더 힘들고 괴로운 일이 틀림없다. 그러니 그녀는 살아서는 안 된다. 내가 없으면.

그래도, 아무리 그래도. 아내의 입에서.

'고마워.'

그 한마디를 지금껏 들어본 적이 없다. 당신 덕분이라거나, 당신이 있으니 살 수 있다, 같은 말을 일절 들어본 적 없다. 왜냐하면.

당연하기 때문이다.

내가 선택한 일이니까. 내가 원해서 하는 일이니까.

당신이 나를 살려 두고 있으니 당연하잖아.

못하겠다. 정말 못해 먹겠다.

왜. 무엇을 위해. 누구를 위해. 나는 이런 생활을 계속하고 있는 걸까.

아니, 그건 알고 있다.

그럼에도 불구하고 무한히 반복된다.

무엇을 위해. 누구를 위해.

반복된다.

문을 두드리는 소리를 듣고 키보드를 치는 손을 멈췄다.

"네?"라고 대답하니 "죄송합니다" 하는 요양 보호사 시게모리 씨의 조심스러운 목소리가 들렸다.

"사모님께서 남편분을 불러 달라고……."

"네. 알겠습니다."

마우스에서 손을 떼고 일어선다. 나도 모르게 한숨이 터진다. 무슨 일인지는 꼭 듣지 않아도 짐작할 수 있다. 시게모리 씨도 이미 익숙한지 내가 옆방에 들어가자 먼저 방에서 나가 문을 닫았다.

"무슨 일이야?"

그래도 일단 물어봤다.

"무슨 일이냐니. 지금까지 몇 번이나 불렀는데."

"미안. 못 들었어."

사과해도 아내의 날 선 목소리는 멈추지 않는다.

"그러니까 내가 문 꽉 닫고 있지 말라고 했지."

"미안해. 그런데 무슨 일인데?"

"아까부터 있는 것 같아. 확인해 봐."

구체적인 단어는 없지만 그 말만 들어도 알 수 있다.

나는 침대에 다가가 컨트롤러를 집어 들었다. '머리'라고 적힌 버튼을 눌러 침대를 수평으로 눕힌다. 그리고 아내의 몸을 옆으로 돌리고 엉덩이 부위에 손을 갖다 댄다.

속옷은 축축하지 않지만 손을 넣으니 종이 기저귀가 젖어 있다. 그래도 '작은' 쪽이니 다행이라고 생각하며 닦을 준비를 시작한다. 아내는 불쾌한 것처럼 입을 다물고 있다.

아내와 같은 경수 손상 환자는 전신마비 증상 외에도 평소 체온 조절이 잘 안 되거나 저혈압이 일어나는 등의 문제를 떠안고 있다. 배변 기능 장애도 그중 하나인데 스스로 배변을 못 하는 것 이전에 변의를 감지할 수조차 없다.

대처 방법은 장애 정도에 따라 다르지만 아내의 경우 요도에 카테터를 삽입해 '소'는 늘 소변 주머니에 보관하다가 주머니가 가득 차면 화장실에 버리는 방법을 택했다. '대'는 애초에 장 움직임이 좋지 않아 숙변이 자주 쌓이는 탓에 평소 변비약 등을 복용하고 일주일에 두 번은 침대에서 좌약을 넣은 뒤 내가 '적변(항문에 손가락을 집어넣어 변을 빼내는 일)'을 한다.

그런데도 지금처럼 간혹 실금할 때가 있다. 원래는 이 처리도 보호사에게 부탁할 수 있다. 아내는 장애인 복지 제도인 '중증 방문 요양' 지원을 받고 있고 그 안에는 '신체 활동 지원' 항목이 포함돼 있다. 그러나 아내는 나에게 **이 일**을 시킨다.

'대'의 경우 닦아낸 후 미지근한 물로 씻어야 하지만 '소'는 뜨거운 수건으로 닦기만 해도 된다. 불결한 상태로 두면 욕창의 원인이 되고 여러 감염병을 일으킬 수 있어서 수건 여러 장으로 꼼꼼하게 닦았다.

마지막으로 종이 기저귀를 갈아 주고 새 속옷을 입히고서야 겨우 끝이 났다.

"자, 끝."

일부러 가볍게 말했지만 아내는 대답하지 않았다.

이제 와서 새삼스럽게 수고했다는 말을 듣고 싶은 거냐고 누군가 묻는다면, 오히려 지금이니까 더 듣고 싶다고 대답할 것이다. 적어도 '고맙다'라는 한마디 말로 조금은 위로받을 수 있다.

"수고했어."

침대 머리를 다시 일으켜 세우며 나직이 되뇌었다. 비아냥거림. 아내는 분명 그렇게 느낄 것이다. 하지만 입을 열지는 않는다.

"그럼 시게모리 씨, 부탁합니다."

부엌 쪽을 향해 외치고 다시 내 방으로 돌아갔다.

이제는 제발 아무 일 없기를. 한두 시간 만이라도 집중해서 '작업'을 할 수 있기를. 그렇게 기도하며 나는 다시 모니터로 시선을 향했다.

5시가 되자 시게모리 씨가 돌아갔다.

"감사합니다. 다음 주에도 잘 부탁드립니다."

배웅을 마치고 침실 겸 거실로 돌아왔다. 침대 컨트롤러를 손에 들고 상반신을 일으킨 채 있는 아내의 몸을 천천히 다시 눕힌다.

지금부터 한동안 아내의 휴식 시간이다. 보호사가 와 있는 시간은 그녀에게 '일'을 하는 시간인 것이다.

아무리 그래도 일이라니 조금 과장 아닐까. 아주 오래전 그런 말을 한 적이 있다. 그러자 아내는 "당신은 아무것도 몰라" 하고 반박했다.

"꼭 대가를 받고 하는 것만이 일이 아니야. 하기 싫어도 해야 하니까 하는 것. 그런 것도 일이라고 해."

과연. 그런 정의라면 분명 일이라고 할 수도 있겠다.

보호사의 도움을 받을 것들은 대부분 어느 정도 정해져 있지만 최소한의 지시나 작업 확인은 해야 한다. 옆에 다른 사람이 있으면 나름대로 신경을 써야 하기도 한다. 마냥 누워 있을 수만도 없다. 하기 싫지만 해야 하기 때문에 하는 것. 그건 분명 '일'이다.

아내가 보호사를 부르고 싶어 하지 않는다는 건 알고 있다. 그러나 지금 나에게는 보호사가 생명줄이다. 이런저런 이유를 갖다 대며 보호사의 방문 횟수와 시간을 줄이고 싶어 하는 아내에게 저항하며 지금과 같은 상태를 유지해 왔다.

일주일에 세 번, 하루 대여섯 시간. 지금도 거의 최소한이다.

세 번 중 한 번 오는 시게모리 씨는 다음 주에도 같은 요일에 올 것이다. 사업소에 처음 의뢰할 때만 해도 일주일에 세 번 왔는데 가급적 많은 보호사를 돌리고 싶어 하는 그쪽 사정에 맞춰 지금과 같은 형태가 됐다.

아내는 여러 명의 보호사가 집을 드나드는 상황을 불만스러워했다. 꼭 이해 못 할 건 아니다. 내 눈에도 신입 보호사들은 실수가 잦다. 그러니 짜증도 날 것이다. 하지만 보호사의 기량에는 사실 큰 차이가 없다. 아내는 시게모리 씨 역시 처음에는 마음에 들지 않는다고 했다. 그러다가 시간이 지나면 서로에게 익숙해진다. 세세하게 뭔가를 지시하거나 실수를 바로잡는 횟수가 줄고, 보호사도 상대가 뭘 원하는지 예측해서 행동할 수 있게 된다.

그러나 간신히 그런 수준이 되었을 때 보호사가 교체된다. 그것의 반복이다. 보호사가 직접 그만두는 경우나 사업소 측의 사정으로 바뀌는 경우도 있다. 거기에 불만을 제기하는 건 이용자에게 허락되지 않는다. 대체할 보호사만 있으면 문제없다고 받아들여야 한다.

다시 말해 보내 주는 것만으로도 감지덕지하는 것이다. 사업소는 선택할 수 있지만 사람은 선택할 수 없다. 숙련된 인재든 신입이든, 좋은 사람이든 나쁜 사람이든 보호사는 보호사다. 어떤 사람이 오건 받아들일 수밖에 없다. 보호사가 그만뒀다거나 교체를 통보받을 때마다 다음에는 모쪼록 아내가 좋아할 만한 사람이 오기를 기도한다. 불평 없이, 입 말고 손만 움직이는 사람이 오기를.

아내는 아마 그 점에 대해서는 아무것도 바라지 않는다. 어떤 사람이 오건 별반 차이가 없으며 어차피 마음에 들지 않으면 그만두게 하면 된다. 그러다 결국 아무도 오지 않게 돼도 상관없다고 생각할 것이다.

왜냐하면 우리 집에는 전담 보호사가 있기 때문이다.

근속 8년 차 베테랑.

말하지 않아도 무슨 일이든 알아서 척척 다 해 주는, 보호사로서는 최고의 인재.

즉, 나다.

세탁기에서 꺼낸 빨래를 다 개고 아내에게 "지금 할까?"라고 물었다.

"뭐?"

불쾌해하는 목소리가 돌아왔다. '이제야 휴식에 들어갔는데?'라는 뜻일 것이다. 알지만 꺾이지 않고 "누워 있을 때 해야지"라고 주장했다.

"……알았어."

불만은 여전해 보이지만 어쨌든 허락했으니 준비한다. 아내의 엉덩이에 10엔만 한 욕창이 생기는 바람에 매일 최소 한 번은 환부를 씻고 약을 바른 후 거즈를 교체하는 '처치'를 해야 한다. 작아도 앉을 때 압력이 가해지는 부위라 낫는 데 시간이 걸린다.

아내의 몸에 생긴 아내의 욕창이니 낫지 않으면 곤란한 사람은 아내인데(방치하면 범위가 점차 넓어지고 피부가 괴사해 감염의 주요 원인이 된다. 욕창 때문에 사망하는 사람도 있다) 왜 내가 매일매일 이렇게 부탁해야 하는 걸까.

아무리 생각해도 불합리하다. 하지만 그런 말을 해도 소용없다. 여느 때처럼 나는 세정 세트를 가지러 욕실로 향했다.

언제부터인가 나는 사고를 멈췄다.

말하자면 나는 아내의 '수족'이다.

시키는 대로만 하면 된다.

수족은 사고 같은 걸 하지 않는다.

저녁 6시가 지나 식사 준비를 시작한다. 보호사가 만들어 주는 음식은 원칙적으로 아내 몫뿐이지만 암묵적으로 조금 더 많이 만들어 주기에 나도 함께 먹는다. 어차피 아내는 식사량이 적어서 두 사람 몫으로 충분했다.

아내 몫은 침대에 설치한 오버 테이블에 밥과 반찬을 한 접시에 담아서 내려놓고 아내의 손에 장착한 보조 도구에 숟가락이나 포크를 꽂아 일단 스스로 먹을 수 있게 했다. 그러나 국물이나 다른 식기에 담긴 반찬은 먹지 못하므로 내가 도와서 먹인다. 나도 밥을 먹으며 그런 일을 하기는 마음이 영 편치 않아 항상 내가 먼저 식사를 마친 후 아내에게 천천히 밥을 먹이는 흐름이 생겼다.

침묵을 견디지 못하고 TV를 켰다. 아내의 미간에 주름이 살짝 잡히는 게 보여 볼륨을 줄였다.

저녁 뉴스. 아나운서가 굳은 얼굴로 오늘의 토픽을 소개했다.

—……시의 장애인 시설에서 입소자 19명이 살해되고 남녀 직원을 포함한 27명이 부상당한 사건의 3주기를 앞두고 현에서 주최하는 추도식이 열렸습니다. 유족과 관계자들이 참석해…….

순간 가슴이 철렁해 아내의 얼굴을 훔쳐본다. 표정에 변화가 없다.

올해로 3주기. 그렇다. 이 끔찍한 사건이 일어난 건 3년 전 7월이었다. 예전의 아내라면 모든 뉴스를 확인하고 '그 후'를 주시했을 것이다. 신문 기사를 스크랩하는 것은 물론이고 사건에 대해 사람들이 뭐라고 말하는지, **그들**을 어떻게 생각하는지 깊이 파고들었을 게 분명하다.

그러나 그 시절의 모습은 지금의 아내에게 없다. 이제 그런 건 중요하지 않다고 생각하는 걸까.

"밥은 이제 됐어."

아내가 감정 없는 목소리로 입을 열었다.

"맛있게 잘 먹었습니다."

나는 그렇게 말하고 테이블 위에 있는 접시를 치웠다. 하지만 이걸로 끝이 아니다. 아내의 저녁 술자리 시간의 시작이다.

아내가 가장 좋아하는 술은 소주. 여름에는 찬물, 겨울에는 따뜻한 물에 희석한 소주를 석 잔에서 넉 잔 정도 마신다. 사실 내가 반찬을 데우고 차릴 때부터 아내는 이미 술을 마시기 시작했다.

술을 준비하는 것도 물론 내 역할이다. 나도 전에는 식사 중에 맥주 한 캔 정도는 마셨지만 지금은 이유가 있어서 마시지 않는다.

앞으로는 저녁에 술을 마시지 않겠다고 선언했을 때 아내는 나를 한 번 힐끗 쳐다보기만 하고 아무 말 하지 않았다. 이유를 묻지 않았고, 그럼 나도 마시지 않겠다는 말 같은 것도 당연히 하지 않았다. 그날 이후 아내는 혼자 술을 마신다.

마시는 건 상관없다. 아니, 가끔 '난 마시지도 않는데 왜 저녁 술자리 준비를 해야 하나'라는 불만이 고개를 들지만, 사실 그보다 더 큰 문제는 술이 들어가면 아내의 말투가 더 거칠고 집요해진다는 점이다.

술에 약한 편은 아니다. 아무리 많이 마셔도 얼굴에 티가 나지 않고 나처럼 꾸벅꾸벅 졸지도 않는다. 다만 석 잔을 넘길 무렵부터 눈빛과 말끝이 흐려진다. 그리고 기분 나쁜 날에는 내 말과 행동 하나하나를 꼬투리 잡기 시작하고 마지막에는 꼭 술 취한 눈빛으로 "왜 나한테는 아무것도 안 물어봐?" 하고 날 노려본다.

이날도 마찬가지였다.

"왜 아무것도 안 물어봐?"

어쩔 수 없이 나는 묻는다.

"응? 무슨 일 있었어?"

"알잖아?"

그렇다. 안다. 술을 마시기 전부터 오늘 시게모리 씨와 무슨 일이 있었다는 걸 눈치챘다. 하지만 묻지 않았다. 가급적 모르는 척하고 넘어가고 싶었고 아내도 그걸 짐작했다. 그런 내 태도가 또 마음에 들지 않았는지 아내는 점점 빠르게 술을 마셨다. 알면서도 나와 아내 모두 상대가 먼저 묻기 전까지 묻지 않는다. 그러니 아내의 화도 점점 쌓인다.

원인은 언제나 사소한 것들이다. 솔직히 나에게는 별것 아닌 이유가 대부분이고 이날도 마찬가지였다.

"……라고 하면 '그렇군요'라고 한다니까. '그렇군요'가 아니라 '네, 알겠습니다'가 맞는 거 아니야? 알겠으면 하라는 말이야."

이럴 때 '아니, 그건 시게모리 씨도……'라는 말은 절대 해서는 안 된다. 보호사를 편들기라도 하면 불에 기름을 끼얹는 격이다. '응, 당신 말이 맞네'라고 해 주면 된다. 아내는 그저 동조해 주기를 원하는 것이다. 그런데도 나는 가끔 '아니, 하지만 그건 좀'이라고 말하곤 한다. 어리석은 짓인 걸 알지만 생각과 다른 말을 하는 건 역시 힘들다. 그럼 당연히 '당신은 왜 그 사람 편을 들어?'라는 말이 돌아오고 말다툼으로 발전하기도 한다. 그럴 때도 아내는 술을 한 잔 더 달라고 요구하고 마지막에는 '오차즈케*' 같은 말을 꺼내기도 했다.

왜. 나는 대체 왜 이렇게까지 해야 하는가.

물론 "술은 줄이는 게 좋아"라고 지적한 적도 있다. 하지만.

"난 온몸이 항상 저려. 당신도 알지? 그러니 술로 조금이라도 달랠 수밖에 없는 거야. 대낮부터 술을 마시는 것도 아니고 저녁때 반주 정도는 괜찮지 않아?"

그렇게 대답하면 받아칠 말이 없다. 실제로 아내를 비롯한 환자들이 겪는 이 온몸 저림 증상은 사람에 따라 정도 차이는 있지만 효과적인 약이나 치료법도 없는 그야말로 골치 아픈 증상이다. 더군다나 아내의 경우 저림의 강도가 나날이 심해진다고 했다.

"오래 앉아 있다 보면 다리가 저리지? 그런 증상이 어깨부터 아래쪽으로 쭉 느껴진다고 상상해 봐."

상상했다.

그래. 다시는 술 끊으라는 말을 하지 않을게.

* 쌀밥에 따뜻한 녹차를 부어 여러 가지 고명을 얹어 먹는 음식.

"이제 자자."

아내는 다섯 번째 잔에는 거의 입을 대지 않았다. 이제는 한계라고 판단한 모양이다.

전에는 과음 때문에 한밤중에 구토를 하기도 했다. 누워서 구토하면 토사물이 목에 걸릴 수 있고 그러면 목숨까지 위태로워진다. 물론 대부분 그전에 징후를 느껴 나를 불러서 깨우지만. 역시나 그렇게까지 하기는 미안한지 요새는 만취하는 경우는 거의 없어졌다.

"양치는 됐으니 눕혀 줘."

지시대로 침대를 뉘여 아내의 몸을 눕히고 자세 교환용 베개를 줬다.

"잘 자."

간접 조명 하나만 켜고 불을 껐다.

"……안 자?"

내 이불을 깔지 않는 걸 보고 아내가 물었다.

"할 일이 좀 남아서."

비꼬는 말이 돌아올 줄 알았는데 예상외로 아내는 별말하지 않았다.

식탁 위 식기들을 치운 후 설거지는 내일 하기로 하고 거실로 돌아갔다. 아내는 이미 잠들었다.

나는 물이 담긴 페트병을 들고 옆방에 들어가 방문을 닫았다.

책상 앞에 앉아 페트병을 열어 한 모금 마신다. 문득 조금 전 아내의 말이 떠올랐다.

—안 자?

아주 오래전 그 말은 아내의 '신호'였다.

내가 먼저 침대에 있다. 방 불이 꺼지고 침대 옆 독서등만 남는다. 그럴 때 목욕을 마친 아내가 스킨케어를 마치고 들어온다. 문고본 책을 읽는 나를 보며 묻는다.

—안 자?

—응.

나는 책을 내려놓고 몸을 틀어 내 옆자리를 비운다. 아내의 표정이 풀린다. 아무 말 없이 침대에 올라와 내 옆에 살그머니 다가온다. 그리고 내게 입을 맞춘다.

지금 생각해 보면 정말 그런 일이 있었나 싶을 만큼 믿기지 않는다.

물론 조금 전의 그 말에는 아무 의미도 없다. 벌써 십 년 넘게 아내와 관계를 갖지 않았다.

나름의 노력이 필요하기는 해도 성행위를 하고 아이를 가지는 게 아예 불가능하지는 않다.

아내의 퇴원이 임박했을 때 의사가 알려 준 '일상의 주의사항'에도 그런 내용이 있었다.

그러나 어차피 조언은 필요 없었다. 그전부터 이미 아내와의 섹스는 끊겼다. 지금과 같은 삶을 시작한 뒤부터는 더

욱 그렇다.

샤워할 때 음부까지 꼼꼼히 씻기고 배변 처리를 해 주고 생리 기간에는 탐폰도 갈아 준다. 그런 상대에게 욕구는 생기지 않았다.

그럼 어떻게 하느냐고 물으면 직접 처리할 수밖에 없다. 돈을 내면 상대해 주는 그런 가게에 가지 않은 건 금전적 여유가 없기 때문이다. 지난 십여 년간 여자와 몸을 섞어 본 적이 없고 앞으로도 없을 것이다.

정처 없이 떠오르는 잡념을 머리에서 떨쳐 냈다. 이런 생각으로 귀중한 시간을 낭비할 수는 없다.

페트병을 내려놓고 컴퓨터를 켰다. 낮에는 방해가 많아 생각만큼 진도가 나가지 않았다. 아내가 잠든 이후 갖는 혼자만의 시간. 전에는 혼술을 즐기기도 했지만 지금은 다르다. 내가 술을 끊은 진짜 이유를 아내는 아직 모른다.

화면이 켜졌다. 나는 마우스를 원위치에 두고 키보드를 두드리기 시작했다.

한낮의 달

1

문득 고개를 들어보니 서쪽 하늘에 보름달이 둥실 떠 있었다.

좋아, 오늘 세쓰에게 말하자.

가즈시는 달을 본 순간 결심했다.

평소에는 길을 걷다가 하늘을 올려다보는 일이 거의 없다. 그러다 가끔 밤길을 걷다 문득 하늘을 올려다보면 거의 백 퍼센트에 가까운 확률로 보름달이 떠 있었다.

그리고 그럴 때 반드시 좋은 일이 생겼다.

그 이야기를 처음 꺼냈을 때 세쓰는 진지한 얼굴로 말했다.

"보름달에는 원래 신비한 힘이 있으니까."

"뭐야? 신비한 힘이라니."

"'씨 뿌리기는 보름달이 뜬 날에'라는 말 몰라? 식물 성장에도 특별한 작용을 한대."

"오, 그래?"

"그 밖에도 보름달이 뜨면 출산율이 높아진다거나 보름달이 떴을 때 소원을 빌면 이루어진다는 등 예로부터 여러 가지 전설이 있었어. 당신이 의식하지 못하는 사이에 그런 힘이 작용한 거 아닐까?"

"그런가……. 근데 '씨 뿌리기는 보름달이 뜬 날에'라니, 뭔가 좀 야하네."

"뭐가?"

"보름달이 뜰 때 섹스하면 좋다는 의미로 해석할 수도 있잖아."

"그게 무슨 소리야."

"하지만 그런 이야기도 있지 않나? 보름달이 뜬 날에는 평소보다 좀 더 많이 느껴진다거나."

"없어, 바보."

몇 년 전, 그러니까 아마 결혼 전에 나눴던 그런 대화가 떠올라 문득 기분이 좋아졌다.

좋아. 집에 갔을 때 세쓰가 와 있으면 이야기를 꺼내 보자.

가즈시는 다시 한번 각오를 다졌다.

현관문을 여니 신발장 앞에 검정 펌프스가 가지런히 놓여 있었다. 그래. 이제는 정말 해야 해. 가슴이 두근거린다.

복도를 걸어가 거실 문에 손을 얹었다. 무턱대고 할 수는 없는 노릇이다. 일단은 조금 진정하자고 마음을 다잡으며 문을 열었다.

방금 왔을까. 세쓰는 출근할 때 입고 간 정장 차림에 화장도 지우지 않고 식탁 앞에 앉아 잡지를 읽고 있었다.

"다녀왔어."

그렇게 말을 건네자 세쓰의 얼굴이 이쪽을 향한다.

"어서 와."

"당신도 지금 막 왔어?"

"응."

세쓰가 잡지로 다시 시선을 떨궜다. 다른 잡지 몇 권도 테이블에 쌓여 있다. 모두 주택 관련 잡지로 보인다.

이런 우연이 있을까 하고 내심 기뻐했지만 티 나지 않게 노력하며 "밥은?" 하고 대수롭지 않게 물었다.

"먹었어" 하고 세쓰가 나를 봤다.

"혹시 아직이야?"

"아니, 먹고 왔어."

"응."

아내의 모습을 곁눈질하며 옆방에 가서 실내복으로 갈아입었다. 방에 놓인 가방, 즉 도면 케이스라 불리는 A3 크기의 가방을 들고 다시 거실로 돌아간다.

세쓰는 여전히 같은 자세로 잡지를 읽고 있었다.

페이지를 넘길 때마다 다양한 집들의 외관과 방 사진이 눈에 들어온다.

"옷 안 갈아입어?"

그렇게 묻자 세쓰는 이상하다는 듯이 고개를 돌렸다.

"……갈아입을 거긴 한데, 뭔가 이상하네. 무슨 일이야?"

"아니. 잡지를 너무 열심히 읽는 것 같아서."

"아, 이거? 다음 호에 '나만의 집'이라는 특집이 실린다길래 참고하려고."

세쓰는 여성 잡지의 편집자다. 중도 입사했지만 감각을 인정받아 올해 부편집장이 됐다.

"괜찮은 집이 있어?"

"흐음, 별로. 우리 독자들은 아무래도 셋집에 사는 사람이 많을 텐데 여기 나오는 건 전부 단독주택이나 분양 아파트거든. 어디까지나 참고용이야."

"아니, 잡지 특집용 말고 당신이 보기에."

"내가 보기에?"

세쓰가 의아한 얼굴로 쳐다봤다.

나는 과감히 운을 뗐다.

"이제 슬슬 집을 찾아볼까?"

"뭐?"

세쓰가 깜짝 놀랐다.

"진심이야?"

"슬슬 '그때' 아니야?"

결혼 후 그리 머지않은 미래에 서로 상의를 거친 후 가즈시가 설계한 둘만의 집을 짓는다.

그렇게 이야기한 바가 있다. 그래서 또래 부부들이 아파트를 분양받아도 계속 셋집에 살며 때를 기다렸다. 인생 설계가 확고해지고 소득이 안정된 그때가 오기를.

"그때라……."

세쓰는 그렇게 중얼거렸지만 아예 마음이 없어 보이지는 않는다.

지금이다. 가즈시는 손에 든 가방을 들어 탁자에 올려놨다.

"사실 조금 그려 봤어."

지퍼를 열어 안에서 도면을 꺼냈다. 배치도와 평면도. 정면도까지. 물론 러프하게 그린 것들이다.

"잠깐만. 그렸다고?"

"응. 우리 집의 도면이야."

세쓰가 눈을 동그랗게 떴다. 그래도 가즈시가 탁자에 펼쳐 놓은 그림을 보더니 잠시 후 얼굴에 미소가 번졌다.

"진짜야? 언제부터 이런 걸……."

"시간 날 때마다 조금씩. 물론 아직 미완성이야. 당신 의견도 반영 못 했고. 앞으로 이것저것 상의할 게 많을 테니 적어도 밑바탕은 있는 게 낫지 않을까 싶어서."

"그건 괜찮은데…… 왠지 조금 성급한 느낌도……."

세쓰는 입으로는 그렇게 중얼거리면서도 읽던 잡지를 치우고 탁자 쪽으로 몸을 기울였다.

"현실적으로 생각해 대지는 최대 50평. 건폐율 50퍼센트를 기준으로 2층 건물. 평면은 넓게, 그리고 가격은 최대한 저렴하게 책정해 봤어."

"와, 정말 대단해."

세쓰의 눈이 반짝반짝 빛났다.

"기본은 1층에 거실과 주방, 침실. 그리고 화장실과 욕실, 2층은 손님방과……."

2층 평면도로 이동한 순간 세쓰의 시선이 멈췄다.

"이 방은 뭐야?"

의아한 듯 묻는다.

"손님방치고는 좁지 않아?"

"아이 방. 일단은 하나지만."

세쓰가 놀란 것처럼 고개를 들었다.

"아이 방?"

"……응."

가즈시는 긴장하며 고개를 끄덕였다.

사실 오늘의 핵심은 집이 아니다.

"……아이 방을 왜?"

당황하는 세쓰에게 가즈시는 과감히 말했다.

"아이, 만들지 않을래?"

세쓰가 굳은 얼굴로 가즈시를 쳐다봤다. 조금 전의 미소는 어느새 사라졌다.

"아이는 만들지 않을 거라고…… 결혼할 때 이미……."

"아니, 만들지 않겠다고 한 적은 없잖아."

비겁하다고는 느꼈지만 가즈시도 절박했다.

"물론 당신이 '아이가 없어도 돼?'라고 물었을 때 난 당신만 있으면 된다고 했어."

어떻게 그런 낯간지러운 대사를 할 수 있었는지 모르겠다. 그때는 어쨌든 세쓰와 결혼하고 싶다는 일념뿐이었다.

"그래. 그 말은 곧 아이는 만들지 않는다. 그걸 전제로……."

"응. 그건 인정해."

나는 말을 바꿨다.

"실은 마음이 바뀌었어. 아니, 그래도 이건 너무 가벼우려나. 이것저것 생각해 보니 역시 아이를 갖고 싶어졌어. 우리 아이를. 가족을."

"아이가 없어도 가족은 가족이야."

세쓰는 여전히 표정이 굳어 있다.

"응, 맞아. 둘만 있어도 물론 가족이야. 당신만 있으면 된다는 그 마음도 변함없어. 하지만 거기에 아이가 있으면 더 즐겁지 않을까?"

세쓰는 대답하지 않았다.

말없이 시선을 떨구고 있다. 시선 끝에는 도면이 있다.

'아이 방'이 그려진 2층 평면도.

꺾이지 말자. 설득하자. 힘내.

가즈시는 스스로 다독이며 말을 이어 갔다.

"아무튼 아이를 가지려면 지금밖에 없다고 생각해. 우선 나이. 우리는 이미 둘 다 30대 후반이야. 준비를 시작하려면 지금이 마지막 기회 아닐까. 그리고 회사에 들어간 이후 나도 이제 어느 정도 자리를 잡았고."

가즈시가 회사를 옮긴 건 2년 전이었다. 전에 근무했던 디스플레이 디자인 회사에 비해 지금 회사는 규모가 작지만 매장이나 사무실 설계를 할 수 있다. 짓고 나면 허무는 게 아닌, 사람들이 오가며 오랫동안 지낼 수 있는 건물을 디자인한다는 건 전에 없는 기쁨이었다. 그런, 말하자면 견실한 직장을 구한 것도 집을 짓고 가족을 만들고 싶다는 생각을 하게 된 요인이었다.

또 남자인 자신은 그렇다 쳐도 여자인 세쓰에게는 시간이 한정돼 있다.

"난 아직 전혀 자리를 못 잡았는데."

돌아온 건 싸늘한 목소리였다. 그 안에는 자기 편의만 생각한다고 비난하는 뉘앙스가 담겼다.

"……그렇게 싫어?"

가즈시는 한숨을 푹 쉬었다. 예상한 것보다 힘이 더 빠졌다.

"이건 싫은 것과는 다른 문제야."

세쓰가 변명하듯 덧붙였다.

그 말에 다시 작은 희망이 생겼다.

"그럼 일단 생각만이라도."

거기에는 대답하지 않는다.

"……왜?"

어느새 가즈시의 가슴속에서 낙담이 짜증으로 바뀌고 있었다. 지금껏 한 번도 하지 않은 그 질문을 던지지 않을 수 없다.

"아이를 원하지 않는 데는 뭔가 이유라도 있는 거야?"

세쓰는 고개를 숙인 채로 대답하지 않는다.

"생각할 겨를이 없어?"

침묵.

"……알겠어. 대답하기 싫으면 어쩔 수 없지."

포기할 수밖에 없다.

"이것도 다 헛수고네."

그렇게 말하며 가즈시는 도면에 손을 뻗었다.

"우리 둘만 살 거면 굳이 집 같은 걸 지을 필요도 없겠지. 분양 아파트를 다시 검토해 볼까."

가방에 도면을 넣으려던 순간.

"잠깐만."

세쓰가 고개를 들어 가즈시를 봤다.

"……알겠어. 생각해 볼게."

"어?"

"당신 마음은 알겠으니 나도 생각해 볼게. 조금만 시간을 줘."

정말? 가능성이 있다고?

가즈시는 기뻐서 소리치고 싶었지만 간신히 참았다.

"뭐 나도 성급하기는 했으니…… 천천히 생각해도 돼."

"……알겠어."

"응."

"옷 갈아입고 올게."

세쓰가 몸을 일으켜 방을 나갔다.

안도감과 피로가 한꺼번에 몰려와 가즈시는 의자에 털썩 주저앉았다.

가능성이 전무할 때 세쓰는 저렇게 말하지 않는다.

희망은 있다. 그렇게 느꼈다.

"어때?"

나카자와는 별 관심 없다는 듯 말하고 생맥주 잔을 비웠다.

"너무 기대하지 않는 게 좋을 것 같은데."

퇴근 후 예전 회사 동료인 나카자와를 신주쿠에서 만나 3번가에 있는 작은 술집 테라스석에서 잔을 기울였다. 언제부터인가 번화가 곳곳에 대형 체인점이 들어서더니 좋아하던 아담한 가게들이 하나둘 사라졌다. 이 동네도 도지사가 내건 정화 작전이 먹혀들어 전보다 안전해졌을지 몰라도 고유의 재미가 사라진 느낌이다. 그래서 요새는 주로 중심가에서 살짝 벗어난 변두리에서 술을 마시게 됐다.

"역시 그런가……."

그로부터 한 달이 지났다. 그동안 가즈시와 세쓰 사이에서 그 일이 다시 거론된 적은 없었다.

잊어버렸다고 하지는 않았지만 세쓰는 그 후 얼마 안 돼 다음 잡지 편집 업무에 들어갔다. 바쁜 일상 속에서 그 일을 생각할 겨를이 없을 것이다. 그렇게 가즈시도 거의 체념하고 있었다.

"그래도……."

나카자와는 고개를 갸웃거리며 말했다.

"그런 중요한 문제를 용케도 지금껏 외면해 왔네. 결혼 몇 년째지?"

"올해로 7년…… 아니 8년인가?"

"그동안 그런 얘기를 한 번도 안 했어?"

"그렇지 뭐."

나카자와가 고개를 절레절레 흔들었다.

"부부 사이 일은 두 사람이 제일 잘 알겠지만, 사실 넌 전부터 그런 면이 있긴 했어. 무슨 일이 있어도 언젠가 해결될 거라며 눈 감고 넘어간다고 할까. 죽은 척하고 있으면 문제가 그냥 지나갈 거라는 식으로 생각하잖아."

"뭐야, 그게. 안 그래."

"회사가 어려워졌을 때도 그랬어. 다들 앞으로 어떡해야 하나, 집단으로 사장에게 항의해야 하나, 아니면 그만두고 다른 회사를 차려야 하나 논의할 때 너만 '어떻게든 되겠지'라는 표정으로 느긋하게 버텼지."

"느긋하긴 뭐가 느긋해. 나도 걱정했다고."

두 사람이 근무했던 회사는 '종합 디스플레이 디자인'을 표방했지만 실상은 전시회나 이벤트에 참여하는 기업들의 부스를 설계, 시공하는 회사였다. 가즈시가 신입으로 입사했을 때는 이미 버블기의 끝자락이었지만 비즈니스 쇼나 전자제품 전시회 같은 행사는 여전히 하루미나 마쿠하리의 행사장에서 매주 열렸다. 입사 즉시 실무에 투입된 후 밤낮을 가리지 않고 도면과 투시도를 그렸다. 입사 면접 때는 일하면서 건축사 시험도 보게 해 줄 거라고 했지만 공부를 병행할 여유 같은 건 없었다.

그러나 그런 시기도 오래가지 못했다. 경제가 급격히 불황으로 접어들며 회사 실적이 나빠졌고 정리 해고가 시작됐다. 다들 언제 자기 차례가 올지 모른다는 두려움과 의심에 휩싸여 있었다. 지금 나카자와는 아마 그 시절을 말하는 것이리라.

"뭐, 새 회사 설립은 결국 없던 일이 되고 넌 얼마 안 돼 다음 직장을 찾았지. 결과적으로는 잘된 일이라고 보지만."

이렇게 말하는 나카자와는 회사가 망한 후 한동안 실업급여로 생계를 유지했고 지금은 인테리어 업체에서 설계와 감리 일을 하고 있다.

"예쁜 아내를 얻고 일도 잘 풀리니 그렇게 결과적으로 어떻게든 될 거라고 믿는 버릇이 생긴 거야. 근데 정말 모든 일이 다 네 생각대로 될 것 같아?"

"야, 너 술 취했어?"

"당연히 취했지. 잠자리가 어떻고 하는 이야기를 맨정신에 하는 게 더 이상하다."

아내 일로 상의할 때 무심코 불필요한 이야기를 꺼낸 게 잘못이다.

즉, 섹스에 관한 이야기.

아이를 낳는다는 건 아내와 오랜만에 '한다'라는 걸 뜻한다. 과연 제대로 할 수 있을까. 다른 또래 부부들은 어떻게 할까. 그런 게 궁금해져 나카자와에게 물어본 게 대화의 시작이었다.

"애가 둘이나 있는 마당에 하긴 뭘 하냐?"

그렇게 일축한 나카자와가 "설마 넌 지금도 해?"라고 되물어서 가즈시는 "아니, 우리도 안 한 지 오래야"라고 솔직히 대답했다.

실제로 벌써 3년 가까이 세쓰와 하지 않았다. 아니, 그보다 더 됐을까. 마지막으로 섹스한 게 언제인지 기억나지도 않는다. 그 정도로 오래 하지 않았다.

뭔가 계기가 있었던 건 아니다. 특별한 이유가 있는 것도 아니다. 언제부터인가 자연스럽게 그렇게 됐다. 결혼 초기에는 매일 밤 하던 것이 횟수가 조금씩 줄다가 어느 날 문득 '그러고 보니 안 한 지 오래됐네'라고 깨달았다. 그때가 마지막 기회였을지 모른다. 별로 하고 싶지 않아도 청하면 싫다고 하지는 않았을 것이다.

하지만 그러지 않았다. 그럴 마음이 들지 않았다. 그토록 공백이 길어지면 그 틈을 비집고 들기도 어렵다. 상대의 반응, 대화, 그 이후 절차. 그것들과 내가 얻을 쾌감을 저울질하면 늘 귀찮음 쪽이 이겼다.

세쓰도 같은 생각을 하고 있었는지 모른다. 그것들을 극복하고 행동으로 옮기기 위해서는 어떤 계기, 아니 이유가 필요했다.

아이를 만들고자 하면 당연히 안 할 수 없다. 그것도 피임 없이.

"정말 그렇게 예쁜 여자가 왜 너한테 붙었을까? 세계 7대 불가사의라니까. 그 이유야말로 궁금해."

나카자와가 고개를 흔들었다.

"그만하자, 그 얘기는."

가즈시는 화제를 돌렸다.

"그러고 보니 그건 어떻게 됐어? 시험을 보느니 어쩌니 했잖아."

나카자와의 첫째 아이는 유치원 졸업반이다. 그런데 아내가 시험을 치르는 국립 초등학교에 아이를 보내자고 해서 부부 사이에 의견 대립이 생겨 힘들다며 지난번에 만났을 때 나카자와가 불평했다.

"아, 그건 결국 안 하기로 했어."

나카자와는 선뜻 대답했다.

"국립이면 돈도 안 드니까 좋겠구나 싶었는데 막상 이야기를 들어보니 다들 꽤 오래전부터 준비한다더라고. 애초에 우리 애가 국립 초등학교에 합격할 수 있을지를 생각해 보면 금세 알 문제였는데……."

평소와 같은 불평불만이 시작돼 어떻게든 화제를 돌리는 데 성공했다.

나카자와를 만나면 항상 술자리가 길어지기 마련인데 그날 밤은 주말인데도 "내일 갑자기 약속이 생겨서 일찍 나가야 해" 하고 나카자와는 자리를 떴다.

막차까지 아직 시간이 남았지만 전철은 귀가하는 사람

들로 붐비고 있었다. 문 근처 자리를 찾아서 들어간다. 창문에 비친 얼굴 너머로 도시의 불빛이 흘러가는 모습을 어렴풋이 바라봤다.

나카자와가 한 말이 문득 떠올랐다.

―정말 그렇게 예쁜 여자가 왜 너한테 붙었을까? 세계 7대 불가사의라니까. 그 이유야말로 궁금해.

나도 동감이다. 가즈시도 세쓰가 왜 자신을 결혼 상대로 택했는지 지금도 수수께끼였다.

처음 알게 된 건 예전 회사에 다닐 때였다. 경기가 나빠져 사내 분위기가 어수선해지기 시작하던 무렵 유일한 낙이 그녀와의 만남이었다.

물론 처음에는 일방적인 호감이었다. 그녀와 사귄다거나 더욱이 결혼까지 이어질 거라고는 상상도 못 했다. 가즈시로서는 가끔 만나서 술 한잔하는 친구 사이로도 좋았다. 언젠가 상대에게 연인이 생기면 이런 관계가 끝날 것을 각오했지만 그 시기를 조금이라도 미루고 싶어 내심 두려워하면서도 관계를 유지했다.

그러다 어느 순간 분위기가 갑자기 바뀌었다. 그전만 해도 가즈시를 그냥 아는 사람 정도로 대하던 그녀의 태도가 확연히 달라진 것이다.

계기는 아무리 생각해도 기억나지 않는다. 아니, 분명 둘 사이에는 아무 일 없었을 것이다. 만약 무슨 일이 있었다면 그녀 쪽이다.

—모든 일이 다 네 생각대로 될 것 같아?

하지만 실제 내 생각대로 돼 버렸다.

그런 결과에 매달려 지금까지는 이유를 깊이 떠올리지 않았던 게 사실이다.

나의 집념의 승리 정도로만 여겼는데 어쩌면 그게 아닐 수도 있다.

세쓰에게 무슨 일이 있었다. 눈앞에 있던 남자를 연인, 결혼 상대로 보게 된 어떤 계기가.

부모님이 빨리 결혼하라고 강요했을까. 아니, 그녀의 부모는 굳이 따지면 방임주의라 진학이나 취업을 강요한 적도 없다고 했다. 부모는 아니다.

주변 사람들이 하나둘 결혼하니 조바심이 들었을까. 그러고 보니 그 무렵 세쓰의 친한 친구가 곧 결혼한다는 소식을 들은 적이 있다. 그걸 듣고 세쓰에게도 그쪽에 동경 같은 게 있는지 확인하려고 했지만 전혀 관심을 보이지 않았다. 그 역시 이유가 아니다.

그렇다면, 남자와 관련된 이유일까.

그것밖에 없다고 생각했다.

당시에도 어렴풋하게나마 느끼기는 했다. 나 말고 다른 누군가가 있지 않을까. 연인이라고 할 만한 상대가.

그와 헤어졌다. 아니, 차였던 게 아닐까. 그래서 느닷없이 가까운 곳에 있던 내가 현실적인 존재로 부상했다. 말하자면 '대체품'으로서.

"내립니다. 내려요."

승강장에 도착하자마자 뒤에서 압력이 느껴졌고 문이 열리자 의지와 무관하게 가즈시의 몸도 문밖으로 밀려 나갔다. 승객이 조금 빠졌지만 다시 타는 승객도 그만큼 많았다.

좁은 공간에 몸을 다시 밀어넣기 귀찮아져 가즈시는 플랫폼에 멍하니 선 채 전철이 출발하는 모습을 지켜봤다.

자는 줄 알았는데 거실 불이 켜져 있었다.

"어서 와."

잠옷으로 갈아입은 세쓰는 편안하게 소파에 몸을 기대고 있었다. 오늘도 탁자에 잡지 몇 권이 놓여 있지만 주택 잡지는 아니었다.

"응, 다녀왔어."

"오늘은 일찍 왔네."

"응."

세쓰에게 나카자와와 한잔하고 갈 거라고 미리 문자를 보내 놨다.

"나카자와가 내일 이른 시간에 약속이 있다고 해서."

"나카자와 씨는 잘 지내?"

"응. 변함없어."

"그렇구나."

세쓰는 뭔가 눈치를 살피는 듯했다.

"그럼 오늘은 많이 안 마셨어?"

"응. 왜?"

"잠깐 얘기 좀 할까? 지난번에 하던 그 이야기."

"응? 아, 그래."

지난번에 하던 이야기. 바로 조금 전까지 나카자와와도 그 이야기를 하고 온 마당이라 깜짝 놀랐다.

"일단 옷 갈아입고 와."

"알겠어."

침실에 가서 실내복으로 갈아입었다. 생각하고 있었구나. 내심 반가웠지만 어떤 결론에 도달했는지 불안하기도 했다. 방금 세쓰의 표정으로는 속내를 짐작할 수 없었다.

어떤 말을 들어도 침착하게 받아들이게 마음을 가다듬고 거실로 돌아갔다.

"미안. 집에 와서 제대로 쉬지도 못했는데."

탁자 맞은편에 앉은 세쓰가 진지하게 입을 열었다.

"내일부터는 또 늦게 올 테니 오늘 얘기하는 게 좋을 것 같아서."

"응."

"그때 당신 말을 듣고 이것저것 생각해 봤어. 내가 왜 아이를 원하지 않는지……."

뒷이야기를 듣는 게 두려웠다. 평정심, 평정심 하고 스스로 되뇐다.

"난 결혼 전에 아이를 안 가져도 되냐고 당신한테 물었어. 그때 기분은 지금도 기억나. 그런 걸 물은 이유도 확실히 있고. 하지만."

말을 한 번 끊고 다시 잇는다.

"당신 말대로 사람 마음은 변하기 마련이야. 나도 그 시절 나와는 백팔십도 달라졌어. 무엇보다 당신과의 삶, 그러니까 결혼 이후의 시간이 감정 변화에 영향을 미치지 않았을 리 없어."

"응."

"솔직히 지금까지는 일부러 생각하지 않으려고 했어. 생각하다 보면 길을 잃을 것 같아서. 아이가 생기면 어떤 삶을 살게 될까. 그런 걸 떠올리는 나 자신도 분명 있었으니까. 하지만 또다시…… 아니, 그러니까 더 이상 헤매고 싶지 않아서."

또다시?

그 말이 문득 가슴에 꽂혔다.

그러나 뒤이어 세쓰의 입에서 나온 말을 듣고 순식간에 사라지고 말았다.

"아이…… 잘 될지는 모르겠지만, 가질 수 있게 둘이서 노력해 보자."

"정말?"

자신도 모르게 허리가 들썩였다.

"잠깐만. 근데 몇 가지 조건이 있어."

"괜찮아. 뭐든 상관없어!"

"잘 들어야 해."

나는 "응" 하고 자리에 앉았다.

"먼저."

세쓰가 다시 진지하게 입을 열었다.

"아이가 생겨도 난 일을 그만두지 않을 거야. 그건 괜찮지?"

"아, 응. 그건 당연하지."

출산 휴가를 쓰게 되겠지만 이후 직장에 복귀하는 건 전혀 문제없다.

"육아는 물론 나도 도울 거야. 육아 휴직한 선배도 있고 재택근무도 어느 정도 가능할 것 같으니. 적어도 그런 부분에서는 배려가 있는 회사야."

"그래."

세쓰는 "임신까지의 과정도"라고 말을 이었다.

"계획적으로 해야 해. 할 수 있겠어?"

"물론 협력, 아니 전면적으로 노력할게. 노력하겠습니다."

"꼭 그걸 말하는 건 아니야."

세쓰가 수줍은 듯 웃었다. 섹스를 위해 열심히 노력하겠다고 말한 것으로 이해했나 보다. 그런 의도는 아니었지만 오랜만에 부부 사이에 스며든 '성性'의 기운에 가슴이 두근거렸다.

"그리고 또 하나."

세쓰가 다시 진지한 표정을 지었다.

"임신을 위해 계획적으로 노력한다. 거기까지는 좋아. 하지만 만약 그 일이 계획대로 잘 안 풀릴 경우에 난 불임 치료까지 받고 싶지는 않아. 괜찮겠어?"

잠시 말문이 막혔다. 솔직히 거기까지 생각해 보지는 않았다.

"그건 그때 가서 다시 이야기하면 되지 않을까?"

가즈시의 대답에 세쓰는 고개를 가로저었다.

"그때 다투기는 싫어. 난 불임 치료는 받고 싶지 않아. 기한을 정해 놓고…… 그래. 1년. 그렇게 정하자. 1년 동안 계획적으로 임신을 시도해 보고 안 되면 그때는 포기하는 거야. 그래도 괜찮다면 해 볼게."

바로 대답할 수는 없었다. 불임 치료를 받으면서까지 아이를 가지고 싶지는 않다. 그 마음을 모르는 건 아니다. 하지만 그건 아이를 만들기로 결심하고 오랫동안 노력을 지속해 온 부부가 마지막에 가서 의논해서 내릴 결론 아닐까. 이제 막 시작하려는 시점에 그런 걸 정하는 건.

하지만 불임 치료를 받을 때 여자가 느끼는 부담이 남자보다 몇 배는 크다는 걸 가즈시도 알았다. 아내가 그렇게까지 하고 싶지 않다는 걸 남편이 강요할 수는 없다.

"알겠어."

가즈시는 대답했다.

"그렇게 하자."

선택의 여지가 없었다.

"좋아."

그제야 세쓰의 표정이 밝아졌다.

"그럼 해 보자."

"오늘부터?"

"바보."

또다시 수줍게 미소 짓는다.

"계획적으로 하자고 했잖아."

"아, 그렇지."

"정말."

세쓰가 웃음을 터뜨렸다.

일단은 분위기를 누그러뜨리는 데 성공했다.

어쨌든 3년 만에 '하는' 것이다. 그것도 피임 없이. 우선 그런 분위기를 만드는 게 중요하다. 가즈시의 마음은 들떠 있었다.

그러나 현실에서 그것은 들뜬 분위기와는 무관한, 말 그대로 '계획적인' 행위가 되었다.

세쓰는 우선 매일 정해진 시간에 기초 체온을 측정해 생리 주기를 정확히 파악하는 일부터 시작했다. 배란일뿐만 아니라 배란이 정상적으로 이뤄지는지, 배란 후 호르몬이 충분한지 등을 파악하는 것도 중요하다고 했다.

또 세쓰는 측정값을 컴퓨터에 입력해 체온의 흐름을 파형으로 보며 전체 흐름을 알 수 있게 했다.

그동안 서로 바쁜 와중에도 최대한 규칙적으로 생활하려고 노력했다. 특히 수면과 균형 잡힌 식사. 가즈시는 적어도 배란 예정일 일주일 전부터는 음주도 삼갔다.

그렇게 첫 번째 배란 예정일을 맞이했다.

두 사람 다 평소보다 일찍 집에 돌아와 술을 뺀 식사를 하고 목욕을 마쳤다.

일련의 행위가 마치 신성한 의식 같아 가즈시는 왠지 엄숙한 기분이 들었다. 지금부터 하는 건 단순한 성행위가 아닌 '생명을 잉태하기 위한 숭고한 행위'인 것이다.

조명을 어둡게 하고 침대에 들어갔다. 일상적인 요소를 배제하기 위해 TV는 처음부터 껐다. 음악을 틀어 볼까도 생각했지만 산만해질까 봐 그만뒀다.

우려했던 부끄러움은 그리 크지 않았다. 오랜만에 안은 세쓰의 몸은 평소 접하던 아내의 몸과 달랐다. 가즈시의 손가락 움직임에 따라 새어 나오는 숨소리, 은은한 불빛에 비치는 옆얼굴에서는 신비로운 아름다움마저 느껴졌다.

거기까지는 좋았다.

세쓰도 충분히 젖은 걸 확인하고 막상 안으로 들어가려고 할 때였다.

가즈시는 위축돼 버린 자신을 발견했다.

이상하다. 이럴 리 없다.

신경 쓰지 않고 계속 해 보려고 하지만 입구에서 계속 힘을 잃고 말았다.

당황하며 손을 갖다 댔다. 방금까지만 해도 단단함을 유지하던 것이 어느새 쪼그라들어 말랑말랑했다. 이러면 곤란하다. 세쓰가 눈치채기 전에 얼른 원 상태로 돌려놓아야 한다. 그러나 급하게 손으로 잡아 움직이고 흔들어 봐도 강직도를 되찾지 못했다.

이상하다. 지금까지 이런 적이 없었는데. 하필 이럴 때.

"해 줄까?"

눈치챘을 것이다. 세쓰가 나직이 물었다.

"아니, 괜찮아."

실제로는 해 주기를 바랐다. 거절한 건 사양이 아니다. 혹시 세쓰의 도움을 받아도 발기가 안 되는 건 아닐까 하는 생각에 덜컥 겁이 난 것이다. 그때 느낄 당혹감은 아마 지금에 비할 수도 없을 것이다. 어떻게든 내 힘으로 해내야 한다.

하지만 서두를수록 더 잘되지 않았다. 반응이 있었을 때 다소 무리하게라도 해야 했는데 이제는 안 된다. 아무리 손으로 문질러도 점점 더 쪼그라들 뿐이었다.

"……안 될 것 같아."

결국 백기를 들었다.

"응, 알겠어."

세쓰는 선뜻 대답했다.

"그럼 오늘은 여기까지만 하자."

"……미안, 긴장한 것 같아."

"아냐. 괜찮아. 오랜만이니 그럴 수도 있지."

그렇게 위로받아도 마음이 쉬이 풀리지는 않았다.

속옷을 입고 불을 끄고 이불을 뒤집어쓴 뒤에도 '왜 그랬을까', '뭐가 문제였을까' 하는 생각이 연신 머릿속을 맴돌았다. 아직 발기 부전이 올 나이는 아니다. 심리적 원인, 그러니까 역시 너무 오랜만이라 긴장했을까. 아이를 만들기 위한 행위라는 걸 지나치게 의식했을까.

이런저런 가능성을 검토하며 조심스럽게 속옷 안에 손을 집어넣어 봤다. 조금 전에 안았던 세쓰의 몸을 떠올린다. 젊었을 때와 비교할 수는 없지만 아직 탄력과 윤기가 충분한 그녀의 피부가 떠오른다.

기억을 되짚으며 천천히 손을 움직인다. 반응이 온다. 몸 깊은 곳에서 쾌감이 퍼진다. 손 안에 있는 것이 조용히 팽창

하며 강직도를 높이고 있었다.

지금이라면 할 수 있다.

세쓰 쪽을 봤지만 눈 감은 얼굴에서는 쌔근거리는 숨소리가 들렸다.

다시 깨울 수는 없고 그렇다고 한번 싹튼 욕망을 팽개칠 수도 없어서 가즈시는 그대로 계속 손을 움직였다. 잠든 아내의 얼굴을 보며.

도중에 깨어나 줬으면 하는 바람은 결국 무위에 그쳤고 결국 손 안에서 끝을 맞이했다.

세쓰와의 '행위'가 마침내 성공한 건 세 번째 때였다.

"분위기에 연연하지 말고 할 수 있으면 바로 하자."

세쓰의 제안을 가즈시는 받아들였다. 마음 같아서는 분위기를 연출하고 싶었고 몸과 마음이 충분히 고조된 상태에서 행동에 옮기고 싶었지만 목적은 거기 있지 않다. 모든 건 아이를 만들기 위해서다.

"다른 걸 보는 게 좋을 것 같으면 그래도 돼."

세쓰는 그렇게 말해 주기도 했지만 역시 그럴 수는 없었다. 스스로, 즉 내 손으로 어떻게든 그것을 일으켜 세우는 데 성공했다.

"난 언제든 괜찮아."

그 말대로 그녀의 입구는 이미 촉촉이 젖어 있었다. 침대에 들어오기 전 윤활제를 발랐을까. 이렇게까지 하다니. 자신이 한심해져 또다시 위축될 뻔했지만 어떻게든 행위에 집중했다.

강직도를 유지하지 못한 채 중간에 빠져 버리지 않게 허리를 움직이기에 바빴다. 가즈시는 곧 절정을 맞이했다.

이렇게 어중간하게 사정에 이른 건 처음이었다. 그리고 아내의 몸 안에 방출한 것도 이번이 처음이었다.

세쓰와 할 때는 반드시 처음부터 피임 기구를 착용했다. 요구하지 않아도 그렇게 하는 게 당연하다고 생각했지만 몇 번의 행위를 거듭하며 가끔 아쉬움이 고개를 들었다.

안전한 날 아니야? 마지막에는 꼭 밖에다 할게.

그러나 세쓰는 그때마다 고개를 저었다.

이제야 처음 그녀 안에서 사정을 했지만 감흥이라곤 없었다. 이것은 섹스가 아니다. 그저 내 정자를 그녀의 질 안에 방출했을 뿐이다. 거기에는 어떤 쾌감도 없다.

그리고 그건 세쓰도 마찬가지일 것이다. 오르가슴은커녕 쾌감을 느낄 새도 없었을 게 분명했다.

이렇게 해서 정말 임신할 수 있을까.

궁금한 마음에 이것저것 알아봤지만 오르가슴과 임신의 상관관계는 명확히 밝혀진 게 없었다.

여성이 오르가슴을 느끼면 평소에는 약산성인 질 내부가 알칼리성으로 변한다. 그렇게 산酸에 약한 정자에 유리한 상황이 돼 아들을 낳을 가능성이 커진다는 속설이 있긴 했다. 그러나 그 역시 개인차가 있어 확실한 건 아니었다.

세쓰가 원하는 아이 성별을 언급한 적은 없고 가즈시는 딸을 원했다. 어쨌든 쾌락과 임신은 상관이 없는 듯하니 이대로도 괜찮겠다고 결론 내렸다.

그 뒤로도 계획적으로 아이를 가지기 위해 노력했지만 임신 징후는 전혀 없었다.

시간만 정처 없이 흘러 어느덧 세쓰가 처음 제시한 기한인 1년을 앞두게 됐다.

“오늘 생리 시작했어.”

집에 온 세쓰가 억양 없는 목소리로 말했다.

얼마 전 예정 주기에서 며칠이 지나 ‘이번에는 혹시’ 하고 기대하던 참이었다.

그냥 며칠 늦어진 걸까. 낙심하면서도 만약 이번에도 안 되면 세쓰에게 이야기해 보자고 가즈시는 집에 오는 길에 결심했다.

“저기, 검사를 한 번 받아 보는 게 어떨까?”

그러자 세쓰는 이해가 안 된다는 듯이 고개를 갸웃거렸다.

“전에 검사는 안 할 거라고 약속했잖아.”

“아니, 그때 당신이 말한 건 불임 치료를 안 하겠다는 거였어. 그건 나도 이해해. 내가 말하는 건 치료가 아니라 검사야. 원인이 뭔지 한번 알아보자는 거지."

"……알아봐서 뭘 어떻게 할 건데?"

냉랭한 대답이 돌아왔다.

"원인을 알면 대처법도 있지 않을까?"

"대처법……."

세쓰가 가즈시의 말을 되읊었다.

"그게 불임 치료 아니야?"

"아니, 아니야."

이런 반응이 돌아올 걸 예상했다. 가즈시는 미리 준비한 말을 쏟아냈다.

"원인이 나오고 방법이 불임 치료밖에 없다고 하면 나도 포기할게. 하지만 만약 다른 방법이 있다면? 뭔가 조언을 들을 수 있을지도 모르잖아. 애초에 우리 나이에 임신하려는 부부들은 다 의사 상담을 먼저 받고 나서 시작한대."

"그런 걸 하고 싶지 않으니 시작하기 전에 당신이랑 상의한 거야."

"그걸 상의라고 할 수 있을까?"

자신도 모르게 그런 말이 튀어나왔다.

"그냥 일방적으로 당신 의견을 들었던 것 같은데."

세쓰의 표정이 굳어졌다.

곧장 당황해 "미안. 방금 말은 너무 심했네"라고 사과했다.

하지만 여기서 물러설 마음은 없었다.

"그럼 다시 한번 확인하고 싶은데, 그때 당신이 하고 싶지 않다고 한 건 인공 수정이나 체외 수정 아니야?"

"그런 걸 포함한 불임 치료."

"우리가 지금 하는 것도 타이밍 요법이라는 이름의 일종의 불임 치료 아닌가?"

세쓰는 말문이 막힌 듯했다. 가즈시는 그동안 스스로 알아보며 쌓아 온 지식을 토로했다.

"자연 임신을 전제하더라도 전문가의 지도를 받는 게 좋지 않을까 싶어. 혹시 문제가 나한테 있을 수도 있잖아. 불임 원인 중 3분의 1은 남자한테 있대."

불임 원인이 남성에게 있을 확률 24퍼센트, 여성에게 있을 확률 41퍼센트. 남성과 여성 모두에게 있을 확률은 24퍼센트. 의외로 남성에게도 원인이 있을 수 있다는 걸 조사하고서야 처음 알게 됐다.

"다행인지 불행인지 난 지금껏 누군가를 임신시킨 적도 한 번도 없어서."

가즈시는 농담 섞어 말하고 말을 이었다.

"아무튼 내 쪽에 문제가 있을 수도 있는 거니까. 그럴 경우 나만 치료하고 당신은 아무것도 안 해도 돼. 그럼 괜찮지 않겠어?"

세쓰의 표정은 변화가 없다.

"어차피 원인을 모르면 아무것도 시작 안 돼."

"아마."

그전까지 침묵을 지키던 세쓰가 마침내 입을 열었다.

"원인은 우리 나이일 거야. 당신도 조사했으니 알겠지. 나이가 들면 난자 수가 줄고 질도 떨어진다는 걸. 남자도 마찬가지야. 여자만큼은 아니지만 나이가 들면서 정자 질과 고환 기능이 점차 떨어진대."

그런 건 알고 있다. 그래서 30대 후반에 접어든 부부가 임신 계획을 세운다는 건 보통 불임 치료를 받는 것을 뜻한다. 하지만 세쓰는 그러고 싶지 않다고 했다. 그 말은.

"그럼."

가즈시는 최대한 차분함을 유지하려고 노력했다.

"당신은 역시 아이를 원하지 않는 거네. 처음부터 그랬구나."

"아니야. 전에 말했다시피 나도 마음이 바뀌었어."

"그럼 한번 알아보기라도 해 보자. 나이 말고 또 다른 원인이 있을 수도 있잖아. 나도 그렇지만 여성에게도 여러 가지 원인이 있대. 당신도 그런 건 알아본 적 없지?"

"알아본 적은 없지만."

"그럼 역시 모를 일이야. 지금껏 임신을 해 본 경험도 없을 테고."

세쓰는 대답하지 않았다.

어?

가즈시는 무심코 세쓰를 돌아봤다. 이 반응은 뭘까.

"……설마 임신한 적 있어? 전에?"

세쓰는 대답하지 않는다. 그저 말없이 가즈시를 바라보고 있다.

그러고 보니. 처음 이야기를 꺼냈을 때 세쓰가 입에 담았던 말을 떠올렸다.

—하지만 또다시…… 아니, 그러니까 더 이상 헤매고 싶지 않아서.

과거에 있었던 것이다.

임신하고, 낳을지 말지를 고민했던 경험이.

"언제……."

가즈시는 멍한 표정으로 중얼거렸다.

"나랑 사귀기 전?"

잠시 후 세쓰가 말없이 고개를 끄덕였다.

"그렇구나……. 언제? 아니, 그전에 설마 지금 어딘가에 아이가 있거나 한 건 아니지?"

이번에는 조용히 고개를 흔든다.

"낙태했어? 아니면 유산?"

세쓰는 신중하게 말을 고르듯 뜸을 들여 대답했다.

"……낳을 수 없었어."

"나랑 만나기 전이지?"

세쓰의 미간에 주름이 잡힌다. 그런 이야기는 하고 싶지 않다는 뜻이다.

"어차피 옛날 일이야."

힘없이 그렇게 입을 연다.

"아주 오래전 일."

"지금껏 왜 나한테 말하지 않았어? 지금까지 계속 거짓말을……."

"거짓말한 거 아니야. 말하지 않았을 뿐이지."

"왜 말하지 않았는데? 그렇게 중요한 일을."

"그렇게 중요한 일이야?"

"중요한 일이지. 특히 지금은 더욱."

"그래. 그러니까 말한 거잖아."

"뭐야, 그게. 이상하게 말꼬리 잡지 마."

"말꼬리라니?"

세쓰의 표정이 다시 굳어졌다.

"내가 무슨 나쁜 짓이라도 했어? 당신과 결혼하기 전에 임신한 적이 있다. 아이는 태어나지 않았다. 그게 전부야."

"그 정도면……."

그 뒤로 더 말이 이어지지 않았다. 가슴 속에 말로 표현할 수 없는 감정이 소용돌이친다.

분노? 슬픔?

아니, 다르다.

이건, 질투다.

세쓰가 전에 아이를 임신한 경험이 있다.

그런 사실보다 상대 남자에게 더 큰 질투를 느꼈다.

누구일까. 언제일까.

그래, 역시.

언젠가 떠올린, 세쓰가 나와 결혼한 계기.

그건 역시 다른 남자와의 인연이 끝났기 때문이었다. 아니, 평범하게 끝을 맺은 게 아니다.

임신 사실이 밝혀졌다. 양쪽 다 원치 않는 일이었다. 불륜이었을까. 어쨌든 그 일 때문에 사이가 소원해졌고, 아이를 지우며 관계는 끝을 고했다.

뭐가 집념의 승리란 말인가. 멍청한 데도 정도가 있다. 나는 그저 그 남자를 대신했을 뿐이다. 세쓰는 그런 경험 때문에 나와 몸을 섞을 때도 철저하게 피임을 요구했다.

그 남자한테는 자유를 줬으면서. 나한테는.

"오늘 보름달이 떴던데."

나도 모르게 그런 말이 튀어나왔다.

세쓰가 의아한 표정으로 돌아봤다. 가즈시는 다시 중얼거렸다.

"오늘 보름달이 떴어."

"무슨 뜻이야?"

미심쩍은 표정으로 돌아보는 그녀를 보며 '기억 못 하고 있구나'라고 생각했다.

아직 아내가 아니었던 시절.

지금 눈앞에 있는 여자는 그때와 다르다.

아니, 내가 이 여자에 대해 어디까지 알고 있는지 가즈시는 이제는 알 수 없었다.

불초의 자식

1

전화벨이 세 번 울렸지만 아무도 받지 않았다. 어쩔 수 없이 컴퓨터 화면에서 눈을 떼고 근처에 있는 수화기를 집어 든다. 외선 버튼을 누르고 사무적으로 전화를 받았다.

"네. 세븐 큐브입니다."

—여보세요. 안녕하세요.

낮은 여자 목소리. 젊지 않고 그렇다고 나이 든 목소리도 아니다. 처음 듣는 목소리지만 물론 누군지는 알 수 있다. 내가 대답하지 않아서인지 여자의 말이 이어졌다.

—전 하시즈메 요지 씨의 아내 되는 사람인데요…….

아내 되는 사람이라니. 고심 끝에 나온 표현이겠지만 조금 우스꽝스러웠다.

"네. 늘 감사드립니다."

고객 전화를 받을 때와 같은 톤으로 응대한다. 상대 목소리에서는 조금 조급해하는 기색이 느껴졌다.

—저, 남편을 바꿔 주실 수 있을까요?

"잠깐만 기다려 주세요."

보류 버튼을 누르고 한숨을 내쉬었다. 굳이 확인하지 않아도 알 수 있다. 하시즈메 요지는 지금 나와 3미터도 떨어지지 않은 맞은편 컴퓨터 앞에 앉아 있다.

부재중이라고 해야 하나 하는 생각이 머리를 스쳤다. 한편으로 눈앞에서 그가 어떤 표정으로 아내와 통화하는지 보고 싶기도 들었다. 그런 생각이 든 순간 나도 모르게 질투가 가슴에 들어찼다.

보류 해제 버튼에 손가락을 갖다 댄 순간 요지가 이쪽을 쳐다봤다. 눈이 마주친 그의 얼굴에 희미한 미소가 떠오른다.

그의 책상 번호를 눌렀다. 눈앞에서 전화벨이 울리자 요지가 깜짝 놀란 것처럼 이쪽을 봤다. 그가 수화기를 집어 드는 것을 보며 "6번. **댁에서** 전화요"라고 하고 수화기를 내려놓았다.

곧장 자리에서 일어났으니 그가 어떤 표정을 지었는지

는 알 수 없다. 화장실에 가는 척하며 사무실을 나간다. 뒤돌아보고 싶지만 역시 그만뒀다.

용건은 없지만 복도를 지나 화장실에 들어갔다. 세면대 앞에서 손을 씻고 거울을 본다. 괜찮다. 어디에도 이상한 곳은 없다.

이런 시간에 아내가 무슨 일로 전화를 걸었을까. 평소에도 외선 전화를 받을 일이 많지만 그의 아내 전화를 받은 건 처음이었다.

이 시간에는 요지의 아내도 일을 하고 있을 텐데.

잡지 편집자. 「트레인타」, 즉 스페인어로 30대를 뜻한다는 제목의 그 패션 잡지를 나도 전에는 자주 사서 읽었다. 하지만 그의 아내가 잡지를 편집한다는 사실을 알게 된 뒤부터는 읽지 않았다.

—어차피 별 볼 일 없는 잡지야.

언제였을까. 내가 잡지 이야기를 꺼내자 요지는 무시하듯 그렇게 말했다.

—에이, 설마. 그 정도는 아니야.

무심코 그에게 던진 말은 반은 진심이었다. 20대 중반부터 나도 몇 년간 그 잡지를 참고해 옷과 화장품을 고르곤 했다. 이런 잡지를 만드는 일을 해 보고 싶다고 느낀 적도 있다. 그런 나 자신이 부정당하는 것 같았다.

요지는 이해가 안 된다는 듯이 나를 봤다. '너를 위해서 한 말인데'라는 느낌으로.

이런 약은 구석이 이 남자의 단점이다. 그때도 그렇고 지금도 마찬가지다.

그는 언제나 젊은 여자의 생각 같은 건 다 꿰뚫어 보고 있다는 듯이 내가 좋아할 만한 말만 골라서 했다.

—옷은 어울리기만 하면 상관없어.

—예쁘니 귀여우니 하는 건 어디까지나 남자들의 기준이야. 거기에 맞추지 마.

물론 나도 그렇게 생각하지만 그의 입으로 들으면 어쩐지 짜증이 났다.

정말 그렇게 생각해? 그냥 내가 원하는 말을 골라서 하는 거 아니야? 그렇게 되묻고 싶은 충동을 몇 번이나 참았을까.

어차피 물어 봐야 쓴웃음만 돌아올 것이다. '네 이런 면이 마음에 들어'라는 식의 여유만만한, 스스로 '이것이 바로 성인 남자의 포용력'이라고 믿는 듯한 그 표정이.

파우치에서 립스틱을 꺼내 아랫입술에 바른다. 거울을 다시 확인하고 화장실을 나갔다.

사무실로 돌아가 자리에 앉는다. 비스듬히 앞을 보니 요지의 모습은 보이지 않았다. 나는 그를 찾지 않고 다시 모니터 화면에 집중했다.

그날 일을 마치고 회사 건물에서 나가는데 휴대폰 메시

지가 도착했다.

발신자는 '이쑤시개*'. 등록된 이름을 알게 됐을 때 그는 "너무하네" 하고 웃음을 터뜨렸다.

SP(세일즈 프로모션, TV나 잡지 등의 매체를 통하지 않고 판촉 활동을 하는 것)가 주 업무인 중견 광고 회사에 중도 입사해 근속 4년째를 맞이했다. 명함에는 '어카운트 이그제큐티브'라는 직책이 표기됐는데 한마디로 기획 영업, 실제 업무는 과장인 하시즈메 요지를 옆에서 보조하는 일이다.

직속 상사인 그와 이런 관계를 맺은 지는 벌써 2년째다.

—미안, 오늘은 못 만날 것 같아.

아내의 전화를 받고 그가 사내 화이트보드에 'NR(노 리턴)'이라 적고 퇴근할 때부터 어느 정도 예상했지만 실제로 이렇게 되자 당황스러웠다.

불타는 금요일 밤. 이대로 혼자 집에 돌아가고 싶지 않았다. 휴대폰의 조그 다이얼을 돌려 본다. 지금 당장 부를 수 있는 사람이라면……. '가나코'라는 이름에서 손가락이 멈췄다. 한번 물어보기라도 할까. 등록된 번호는 휴대폰이 아닌 회사 전화번호지만 그래도 받을 거라고 판단하고 버튼을 눌렀다.

가나코가 일하는 곳은 소규모 편집 프로덕션이다. 전화

* 일본어로 이쑤시개는 '쓰마요지'라 읽는다.

를 받은 남자에게 "여보세요. 전 이와타라고 하는데요"라고 하고 가나코를 바꿔 달라고 했다.

—잠깐만 기다려 주세요. 어이, 가나코!

수화기 너머를 신경 쓰지 않고 소리치는 남자 대신 가나코가 전화를 받았다.

—일 마쳤어? 무슨 일이야?

"응. 넌 아직 남았어?"

—아니, 이제 슬슬 끝나.

"괜찮으면 오늘 한잔할래?"

—뭐야, 갑자기. 바람이라도 맞았어?

정답이지만 "그런 건 아니야" 하고 웃으며 덧붙였다.

"예상보다 일이 일찍 끝났는데 이대로 집에 가긴 좀 아쉬워서."

—그래, 좋아. 근데 앞으로 한 시간 정도는 걸릴 것 같은데, 기다릴 수 있어?

"응, 괜찮아. 어디서 커피라도 마시고 있을게."

—그래. 어디로 갈까?

"전에 갔던 시모키타 거기는 어때?"

—좋아. 그럼…… 7시 반에 남쪽 출구에서 보자.

"알았어. 갑자기 연락해서 미안."

—미안은 무슨. 그러지 않아도 나도 조만간 연락하려 했거든. 너한테 보고할 것도 있고.

"보고? 뭐야?"

―일단 만나서 이야기하자. 이따 봐.

"응."

전화를 끊고 역으로 향했다. 가나코와 약속이 잡혀서 안도했다.

대학 시절 친구들은 대부분 결혼하고 가정을 꾸린 탓에 만날 기회가 없다. 오히려 지금도 자주 만나는 사람은 같은 고등학교 출신으로 도쿄에 함께 상경해 이곳에 남아 있는 동지, 그러니까 가나코와 또 한 명, 유명 기업의 종합직으로 열심히 커리어를 쌓아 가고 있는 사카모토 미카 정도다.

미카는 일이 아직 끝나지 않았을 것이고 어차피 퇴근 후에도 회식 같은 일정이 잡혀 있을 게 뻔하다. 설령 시간이 나도 가나코와 셋이 만나면 모를까 늘 커리어우먼으로서의 자부심을 과시하는 미카와 둘이서만 술을 마시는 건 부담스러웠다. 어깨에 힘을 빼고 사는 가나코와 싸구려 술집에서 잔을 기울이는 게 마음 편했다.

요지와의 관계도 가나코에게 말했지만 미카에게는 말하지 않았다. 말해 봐야 "무슨 그런 남자를 만나니?"라고 꾸짖을 게 분명했다.

어차피 그 사람은 아내랑 헤어질 마음도 없을걸. 언젠가 싫증 나면 널 버릴 거야.

듣지도 않은 그런 말이 왠지 미카의 목소리로 머릿속에

서 재생돼 '그런 건 나도 알아' 하고 속으로 반박한다. 알지만 듣고 싶지 않았다.

가나코는 제삼자로서 신경 쓰고 싶지 않은 건지 그냥 무관심한지는 모르겠지만 "뭐, 좋아하면 어쩔 수 없지. 남녀 관계라는 게 내 마음대로 되는 것도 아니고"라고 하며 내가 가끔 쏟아내는 불평불만을 잘 받아 줬다. 물론 그 몇 배로 되돌아오는 가나코의 직장 내 트러블과 수많은 성희롱에 대한 욕과 불만을 나도 묵묵히 들어 주지만.

가나코는 약속 시간보다 10분쯤 늦게 남쪽 출구에 모습을 드러냈다.

"미안, 미안. 나오려는데 자꾸 붙잡아서."

개찰구를 지나쳐 뛰어온다.

"괜찮아. 근데 이럴 때를 대비해서 너도 휴대폰을 들고 다니는 게 어때?"

"싫어. 휴대폰 같은 게 있으면 술 마실 때도 전화가 올 거 아냐. 그런 건 딱 질색이야."

"번호를 안 가르쳐 주면 되지. 아니, 샀다는 것도 알리지 않으면."

"그러다가 들키면 또 무슨 소리를 들을지 몰라. 넌 회사 남자들의 횡포를 모른다니까."

"나도 대략은 알아."

"아, 그래서 그만뒀지."

가나코의 말에 나는 쓴웃음을 지었다. 사실 지금 회사에 들어오기 전 가나코와 같은 업계인 학술서 전문 소규모 출판사에 신입으로 입사했다. 그곳에서 편집을 맡았는데 업무과다와 사장의 성희롱에 지쳐 그만뒀다.

끝없이 이어지는 가나코의 독설에 맞장구쳐 주며 목적지로 향했다. 반년 전쯤 오픈한 에스닉한 분위기의 레스토랑인데 메뉴가 다양하고 가격도 저렴해 여자 손님들에게 인기가 많았다. 예약은 따로 하지 않아서 자리가 있으면 좋겠다고 생각하며 가게에 도착했는데 가게 앞에서 남자 몇 명이 모여 실랑이를 벌이고 있었다.

한 사람은 가게 유니폼을 입고 있다. 그 직원 옆에 있는 사람은 30대 정도로 보이는 남자고 그 옆에는 전동 휠체어에 앉은 남자가 있었다. 표정이 일그러져 있고 팔다리가 부자연스럽게 구부러져 있다. 문득 가슴이 두근거렸다.

항의하는 남자 목소리가 귓가에 닿았다.

"다른 손님들이 의자를 조금만 당겨 주면 들어갈 거 아니에요."

"고객분들께 폐를 끼칠 수 있어서……."

"우리는 고객이 아닙니까? 지금 차별하는 거예요?"

"아뇨, 그게 아니라 단지 저희 가게 통로가 좁아서……."

보아하니 직원은 휠체어를 타고는 가게에 들어갈 수 없

다고 하고, 항의하는 남자는 그런 건 말도 안 된다며 다투는 듯했다.

"다른 가게로 갈까?"

옆에서 가나코가 속삭였다.

잠시 망설인다.

어떡하지.

갑자기 끼어들어서 들어가려고 하면 남자들뿐 아니라 가나코도 놀랄 것이다.

"……그래."

가나코와 결국 그 가게 앞을 지나쳤다. 뒤에서는 여전히 다투는 소리가 들렸다.

조금 더 걸어가면 나오는 스페인식 술집으로 발걸음을 옮겼다.

"이해는 하지만 그 가게는 역시 휠체어를 타고 못 들어가."

가나코가 조용히 중얼거렸다.

"저런 걸 차별이라고 해야 하려나. 어렵네."

나는 어정쩡하게 고개를 끄덕이고 대답하지 않았다. 하지만.

차별이다. 속으로는 확실히 그렇게 생각했다.

그 남자가 말했듯 다른 손님들만 협조해 주면 아무 문제 없다. 직원은 그 휠체어 탄 남자가 들어와 가게 분위기가 망

가지는 상황을 꺼리는 것이다.

명백한 장애인 차별.

"자리가 있는 것 같아. 여기도 좋네."

가나코의 목소리에 퍼뜩 정신을 차렸다.

"아, 응."

몇 년 만에 가슴을 스친 감정에 스스로도 놀랄 만큼 동요했다. 당황한 걸 들키지 않으려고 "여기서 파는 감바스, 맛있어" 하고 애써 능청스럽게 말했다.

"거짓말."

가나코의 근황 보고를 듣고 나도 모르게 그런 말이 튀어나왔다.

"아니. 사실이야. 미안."

"정말? 그럼 나야말로 거짓말이라고 해서 미안. 축하해!"

서둘러 말을 바꾼다. 하지만 속에서는 여전히 '거짓말 같은데' 하는 의심이 들었다.

"아무튼 그렇게 돼 버렸네. 나도 여전히 실감이 안 나."

가나코는 쑥스러워하듯 대답했다.

당사자도 실감이 안 난다고 하는 마당이니 내가 놀라는 것도 당연하다. 가나코의 보고란 바로 결혼과 임신. 얼마 전부터 생리가 시작되지 않아 걱정하고 있었는데 임신 테스트기를 해 보니 양성이었고 그 소식을 남자 친구인 켄짱에게 전하자 '결혼하자'라는 이야기가 나왔다고 했다.

"뭐, 나로서는 혼자 낳고 키워도 되는데 그래도 한번 물어나 보자는 식으로 말한 거였어. 그런데 켄짱이 더 흥분하더라고. 당연히 결혼해야 하는 거 아니냐고 하면서. 설마 그런 전개가 펼쳐질 줄은 상상 못 해서 나도 놀랐지 뭐야. 그때는 아직 병원에 가지도 않았으니까. 혹시라도 결과가 잘못 나온 거면 어쩌나 싶어서."

"뭐? 그럼 아직도 안 갔어?"

"아니, 그 뒤로 둘이 함께 가서 진찰을 받았어. 의사가 정말로 축하한다고 말해 주더라. 왠지 모르게 웃음이 나왔어. 3개월이래."

"이야, 그렇구나. 다시 한번 축하해."

"고마워."

가나코는 신이 난 것처럼 우롱차 잔을 들어 내 생맥주 잔에 가볍게 부딪혔다.

가나코가 처음 무알코올 음료를 주문할 때부터 "응? 무슨 일이야?"로 시작해 여기까지 왔기 때문에 아직 맥주를 채 절반도 마시지 않은 상태였다.

'조금 더 술이 들어간 이후에 들었으면 좋았을 텐데'라고 속으로 생각했다.

"그래서, 식은?"

"그건 아직 전혀. 일단 혼인 신고부터 하려고. 배 부른 상태로 피로연을 하기도 좀 그렇고, 간단하게 친지들끼리 하든가 아니면 안 하려고."

"에이, 그러지 마. 겹경사인데."

너무 아저씨처럼 말했나 싶었지만 평소에 그런 걸 자주 지적하는 가나코도 전혀 신경 쓰이지 않는 것처럼 "뭐, 그렇긴 한데 아무튼 이제부터 상의해 봐야지. 아직 회사에도 알리지 않은 상태야" 하고 웃으며 말했다.

"정말?"

"응. 타이밍을 재고 있어. 우선 이와코, 너한테 가장 먼저 알려 주고 싶어서 오늘 널 만난 거고."

"영광이네."

"영광은 무슨. 그런데 정말 놀랍지? 간다고 해도 셋 중에 내가 가장 마지막일 거라 예상했는데."

"그럴 리 없잖아."

그렇게 말하면서도 사실 가나코가 나보다 먼저 갈 거라고는 생각지 못했다. 가나코는 학창 시절부터 알고 지낸 켄짱과 벌써 8년을 사귀었고, 프리랜서 카메라맨이라고 하지만 실상은 프리터*인 그의 입에서 결혼 이야기가 나올 기미가 없어 이제 슬슬 헤어질 때가 된 것 같다며 만날 때마다 투덜거리곤 했다.

* 아르바이트로 생계를 이어 가는 사람을 일컫는 말.

말은 그렇게 했으면서 피임도 안 하고 섹스를 했다니.

실제로 입 밖에 꺼낼 수는 없지만 내심 그렇게 중얼거렸다.

그건 곧 두 사람 다 아이가 생겨도 상관없다고 생각했다는 증거 아닐까. 가나코가 정말 미혼모라도 되겠다고 각오했던 것 같지는 않았다.

"그래서, 넌 좀 어때?"

가나코가 대뜸 물었다.

"뭐야. 그런 경사를 전하고 그런 거 묻는 건 좀 치사하잖아."

내가 발끈한 게 느껴졌는지 가나코는 "미안, 미안" 하고 사과했다. 그 태도를 보며 왠지 모를 자괴감이 들었다.

"똑같아. 미래라고는 없는 관계야."

그렇게 중얼거렸다.

"그렇구나……."

가나코는 고개를 끄덕이고 "왜 그럴까?"라고 되물었다.

"켄짱도 그러더라. 네 친구들 중에서 이와타 씨가 가장 예쁜데 아깝다고."

"아깝다?"

얼굴색이 변하는 게 스스로도 느껴졌다.

"혹시 켄짱한테 내 이야기를 했어?"

그러자 가나코는 아차 하는 표정을 지었다.

"아니, 그냥 제대로 된 남자 친구가 없는 것 같다고 했을 뿐이야."

서둘러 둘러대지만 눈길은 허공을 맴돌고 있다.

거짓말이다. 남자 친구에게 내 불륜 이야기를 한 것이다. 물론 나도 둘만의 비밀이라고 믿은 것은 아니다. 다만 남자를 상대로, 그것도 분명 침대 머리맡 같은 곳에서 그런 대화가 오간 걸 용서할 수 없었다.

아깝다니. 그 안에는 동정, 아니 그걸 넘어 명백히 나를 무시하는 시선이 깔려 있다. 그동안 스스로는 인정하고 이해한다는 식으로 말하면서도 사실 속으로는 '남자한테 영원히 휘둘리는 딱한 여자'라고 생각했던 게 아닐까.

"……미안."

계속 시치미를 떼는 건 어렵다고 느꼈는지 가나코가 사과했다.

더 이상 잔소리하면 내가 그 문제를 지나치게 신경 쓴다는 뜻이 된다. 별거 아니다. 요즘 세상에 불륜이 뭐 대수라고.

"괜찮아. 나도 슬슬 새로운 남자를 만나 볼까 싶기도 했고."

어떻게든 아무렇지 않다는 듯이 말했다.

"아, 정말? 그거 좋네."

가나코가 안도한 것처럼 맞장구를 쳤다.

"광고업계면 주변에 괜찮은 남자도 많지 않아?"

"꼭 그렇지도 않아."

"너무 조건을 따지는 건 아니야?"

"따질 건 당연히 따져야지."

그렇게 말하자 가나코는 "그건 그래. 나도 켄짱의 조금 더 다른 면들을 봤어야 하는데" 하고 얼굴을 찌푸렸다.

마음에도 없는 소리 하기는. 나는 그런 비아냥거림을 꾹 참으며 "그래. 지금이라도 늦지 않았으니 이것저것 시험해 봐" 하고 가볍게 말했다.

"응, 응."

이제는 완전히 평소의 웃는 얼굴로 돌아간 가나코를 보며 '정말 만나 볼까?' 하고 내심 중얼거렸다.

사실 요지 외에도 딱 한 명 다른 남자의 얼굴이 떠올랐다.

물론 아직은 전혀 그런 관계가 아니고 그저 일로 만난 사이일 뿐이다. 하지만 그쪽에서 나에게 호감이 있다는 건 처음 만날 때부터 느꼈다. 지금껏 그런 경험이 없었던 것도 아니라 별로 진지하게 생각하지 않았을 뿐이지만.

사실 이런 생각을 하는 것 자체가 나도 어느 정도 그를 의식하고 있다는 증거 아닐까.

요지에게 전화가 온 건 그날 밤 11시가 지날 무렵이었다. 가나코와의 술자리는 끝까지 왠지 어색한 분위기가 남았고 평소처럼 분위기도 달아오르지 않아 결국 1차로 끝났다. 가나코와 헤어질 때 그동안 꺼둔 휴대폰을 켰지만 요지에게서 걸려 온 전화는 없었다.

이럴 바에야 차라리 그냥 혼자 영화라도 보러 갈걸 하고 후회하며 집에 돌아와 샤워하고 한 잔 더 하려고 냉장고에서 캔맥주를 꺼냈을 때 그제야 휴대폰에서 벨소리가 울렸다.

'이쑤시개'라고 표시된 화면을 잠시 바라보다 통화 버튼을 눌렀다.

—여보세요.

평소와 다름없는 목소리가 휴대폰 너머에서 들렸다.

"응."

—지금 통화 괜찮아?

"응. 집이야."

—그래. 오늘은 미안.

"괜찮아. 무슨 일이라도 있었어?"

잠시 뜸을 들이고 요지가 말했다.

—아버지가 쓰러지셔서.

"뭐?"

뜻밖의 말에 순간 말문이 막혔다. 요지는 담담하게 말을 이었다.

—뇌경색. 길가에 쓰러져 계시는 걸 누가 구급차를 불러 줘서……. 응급 수술을 해서 일단 생명에는 지장 없다고 해. 집에 혼자 계셨으면 큰일 날 뻔했어.

놀라고 당황한 나머지 뭐라고 해야 좋을지 알 수 없었다.

"그래도 무사하셔서…… 다행이야."

일단 그렇게 간신히 입을 뗐지만.

—무사한 건 아니고 아직 의식은 회복 못 했어.

그의 대답에 또 한 번 말문이 막혔다.

이럴 때는 어떻게 대처해야 좋을까. 만약 평범한 직장 상사라면 무난한 위로의 한마디를 건네는 수준으로 끝날 것이다. 또 친한 친구나 연인이라면 조금 더 친근하게 하소연을 들어 줄 것이다. 그렇다. 평범한 '연인'이라면.

우리는 다르다.

불륜 상대의 가족이 맞닥뜨린 재난에 나는 어떤 반응을 보여야 할지, 무슨 말을 해야 할지 떠오르지 않았다.

그런 내 당혹감을 알지도 못한 채 요지는 아무렇지 않다는 듯이 말을 이었다.

—일 쪽은 괜찮아. 내일도 평소처럼 출근할 거고. 무슨 일이 생기면 병원에서 바로 연락 준대. 일정은 다 그대로 소화할 거야.

"……그래. 혹시 내가 뭐 도울 일이라도 있어?"

일단 그렇게 물었다.

어차피 있을 리 없다고 생각했지만.

—없어.

예상 그대로의 대답이 돌아와 순간 가슴이 찌릿했다.

그 마음이 전해졌는지 요지는 "그렇게 심각한 일은 아니야. 괜찮아" 하고 웃으며 덧붙였다.

—별로 놀랄 일도 아니고. 뭐 이미 연세도 연세고 생활도 불규칙했을 테니 어떻게 보면 자업자득이지.

냉정한 그의 말에 순간 소름이 돋았다.

애초에 그는 아버지와 사이가 좋지 않아 평소 교류가 거의 없다고 들었다. 부모님은 이미 오래전 이혼해 아버지와 어머니 모두 혼자 사신다고 했다. 하지만.

—근데 앞으로 시간을 많이 내지는 못할 것 같아.

그의 말투가 조금 달라졌다.

—언제 무슨 일이 생길지 모르니 병원에서도 언제든 연락하면 받을 수 있게 해 달라고 했어.

그가 말하는 시간이 우리가 만날 시간을 뜻한다는 걸 비로소 깨달았다.

"……알겠어."

그렇게 대답할 수밖에 없었다. 요지의 말이 맞는다. 아무리 평소에 사이가 좋지 않았다고 해도 부모님이 쓰러진 마당에 **그런 일을** 계속할 수는 없는 것이다.

—아, 부장님한테는 일단 보고하겠지만 사내에서는 비밀로 할 거니 당신도 그렇게 알아 줘.

"……응."

—그럼.

"응. 잘 자."

—잘 자. 또 연락할게.

그렇게 전화가 끊겼다.

휴대폰을 내려놓고 잠시 멍하니 있었다.

앞으로 어떻게 되는 걸까.

그렇게 심각한 일이 아니라고 하지만 수술을 받고도 의식이 돌아오지 않는다는 건 상당히 심각한 상황 아닐까. 이대로 있다가 돌아가시는 건 아닐까.

어차피 얼굴도 모르는 상대의 일이라 마음속 깊이 걱정하는 건 아니지만 그렇다고 나와 아예 무관한 일이라고 생각되지도 않았다.

앞으로 한동안 그와 예전처럼 만날 수 없다. 그건 주지의 사실이다. 그렇게 생각하니 한동안이라는 게 대체 언제까지일까 하는 의문이 들었다.

아버지가 회복될 때까지?

아니, 어쩌면, 돌아가실 때까지?

불길한 생각을 하고 싶지는 않았지만 상상은 멈추지 않았다.

만약 돌아가신다면 아무리 사이가 좋지 않은 부자였다고 해도 그가 상주를 맡아야 한다. 장례식을 돕기 위해 회사 사람들이 동원될 것이다. 아니, 장례식 준비부터 아예 회사에서 주관할 수도 있다. 그의 비서인 내가 중심이 되어.

그럼 당연히 그의 아내도 만나게 된다. 나는 어떤 얼굴로 그의 아내를 만나 위로의 말을 건넬까. 그전에 그런 상황을 아무렇지 않게 감내할 수 있을까.

아니, 그런 일은 생기지 않을 거라고 생각을 고쳤다.

그는 부장님을 제외하고 사내에서 아버지가 쓰러진 사실을 비밀로 하겠다고 했다. 설령 돌아가셔서 그 소식을 알린다고 해도 장례식은 가족끼리 조용히 치르고 회사 사람들의 도움을 받지 않는 편이 더 현실적이다.

즉, 나는 내부가 아닌 외부에 있다. 지금까지와 똑같이.

문득 낮에 회사에 걸려 온 전화가 떠올랐다. 이건 결국 가족의 문제다.

지금 그와 가장 가까운 곳에 있는 존재는 당연히 그의 아내다. 향후 일을 상의하며 서로 위로와 격려를 주고받고 있을 것이다.

없어.

요지의 목소리가 되살아났다. 그렇다. 이럴 때 불륜 상대가 할 수 있는 일이 있을 리 없다. 나는 아무것도 할 수 없다. 도움이 돼 줄 수 없다.

이것은 단순한 무력감이 아니다. 나라는 존재의 무가치함을 직시한 느낌이었다.

다음 날 요지는 앞서 공언한 대로 여느 때와 똑같이 출근했다. 업무도 예정대로 처리했다. 도중에 몇 번인가 사적인 전화가 걸려 온 듯했지만 병원인지 아내인지 알 수 없다. 어느 쪽이든 상황에 큰 변화는 없는 것 같았다.

'같았다'라는 건 내가 그의 행동을 보며 상상했을 뿐 직접 들은 건 아니기 때문이다. 그날 이후 요지에게서 연락은 오지 않았다.

전에는 퇴근 후 약속이 없는 날에도 '접대, 방금 끝났어. 피곤해', '지금 혼자 네 생각을 하고 있어' 같은 내용의 전화나 문자가 진심인지 거짓말인지를 떠나 하루에 한 번은 오곤 했는데 이제는 그마저 완전히 끊겼다.

물론 회사에서는 매일 얼굴을 맞대며 말을 주고받지만 그건 어디까지나 상사와 부하 직원으로서다. 다른 직원들과 똑같은 사무적인 대화.

한동안 둘만 만날 수 없다고 각오했지만 연락까지 끊길 거라고는 솔직히 예상치 못했다.

입으로는 '그렇게 충격받지 않았다'라고 했지만 그렇다고 나와 시시한 대화를 나눌 여유는 없는 걸까. 아니면 죄책감 때문일까. 아버지가 그렇게 된 상황에 불륜 상대와 부도덕한 짓을 할 수는 없다는 뜻일까.

어쩌면 일부러 내가 걱정하지 않게 하려는 것인지 모른다. 문득 그런 생각도 들었다. 나와 대화하다 보면 어쩔 수 없이 아버지의 상태를 언급하게 될 텐데 나와는 그런 이야기를 나누고 싶지 않은 걸까.

난 궁금했다. 아버지의 상태가 어떤지. 만나지 못하는 시간 동안 그가 무슨 생각을 하는지. 꼭 나에 대한 게 아니어도 좋다. 그의 속내를 듣고 싶었다.

그런 나날이 며칠 더 이어지자 가슴에 한 가지 의구심이 피어올랐다.

연락이 끊긴 게 정말 아버지 때문일까.

아니, 설령 그 일이 계기라고 해도 혹시 그걸 핑계로 나와의 관계를 청산하려는 게 아닐까.

의심이 한 번 들기 시작하자 꼬리에 꼬리를 물었다. 단지 연락을 끊은 것을 넘어 회사에서 만날 때 요지의 태도도 이상하리만치 무뚝뚝하게 느껴졌다. 아니, 전부터 이랬을까. 괜히 친밀한 모습을 보였다가 주변에서 의심할 수도 있으니 나는 전부터 조심했는데 그는 '그렇게 신경 쓰다 보면 오히려 더 의심받는다'라며 때때로 다른 직원들이 함께 있는 자리에서 친한 사이에서나 하는 농담을 내게 던지며 나를 당황하게 하기도 했다.

같은 과 선배인 여직원 혼마와 함께 점심을 먹고 있을 때였다.

"과장님 아버지께서 지금 입원 중이시래."

혼마가 목소리를 낮춰서 말했다.

"정말요?"

어떻게 알았느냐는 놀람의 반응이 표정에 드러나지 않

게 주의하며 되물었다.

"응. 뇌경색으로 쓰러지셔서 지금껏 의식을 회복 못 했다고 해."

"그래요? 그거 큰일이네요……."

"과장님도 회사 안에서는 티 안 내지만 그래도 역시 걱정하시겠지."

"그렇겠죠……."

무미건조하게 맞장구를 치고 넌지시 물었다.

"그런데 그런 이야기는 누구한테 들으셨어요?"

"요코우치한테 들었는데, 왜?"

"아, 그게, 다들 아는 이야기인가 싶어서요……. 전 몰랐거든요."

"글쎄. 평소 과장님 스타일상 직접 말하고 다니시지는 않았겠지만 그렇다고 특별히 비밀로 하는 것 같지도 않던데?"

부장 선에서 새어 나간 걸까. 그럴 수도 있겠지만 요지는 괜히 내가 떠벌리고 다닌 걸로 오해하지 않을까.

"아, 요코우치는 와이프분께 직접 들었을지도."

혼마가 덧붙였다.

"와이프요?"

"그래. 과장님 부인 말이야. 어제 집에서 걸려 온 전화를 대신 받았다고 했거든."

"……그렇군요."

전에 들은 그의 아내 목소리가 떠올랐다. 아내에게 직접 들었을 거라는 추측이 아예 터무니없지는 않다.

그럼 아내는 왜 그런 이야기를 굳이 같은 과 직원에게 했을까. 만약 내가 그 전화를 받았다면 어떻게 응대했을까. 내가 받지 않아 다행이라고 생각하면서도 시아버지의 병을 구실로 남편의 일터를 침범하는 아내의 태도가 그리 달갑지만은 않았다.

구니에다에게 식사 초대를 받은 건 그 무렵이었다.

담당 고객사에서 올가을 열리는 전시회 오리엔테이션이 있다고 해서 나도 SP 팀원 중 한 명으로 참가했다. 구니에다는 회사는 다르지만 그곳에 전시하는 부스 설계의 책임자였다.

"네? 식사요?"

그런 권유를 처음 받은 건 아니지만 얼마 전에 그를 떠올린 적이 있었기에 조금 당황스러웠다.

"어라? 혹시 이번에는 되는 거예요?"

내가 바로 거절하지 않은 것만으로 그의 표정이 눈에 띄게 밝아졌다.

나도 모르게 쓴웃음이 나왔다.

공간 디자이너로 일하는 구니에다와 처음 만난 곳은 반년 전쯤 있었던 이벤트 뒤풀이 자리였다. 그런 자리에 익숙하지 않은지 맞은편에 무료하게 앉아 있는 그가 조금 안타까워서 내가 먼저 말을 걸었다. 첫인상은 나쁘지 않았다.

2차 자리에서도 그의 옆자리에 앉게 된 건 구니에다가 주최 쪽에 그렇게 해 달라고 부탁한 게 틀림없어 보였다. 어쩔 수 없이 또 대화하다 보니 둘 다 영화를 좋아하는 공통점이 있다는 걸 알게 됐다. 무엇보다 가장 좋아하는 영화가 일치해 대화가 잘 통했다. 나와 그의 세대 사람들 중 그 영화를 본 사람 자체가 드물었다.

게다가 두 사람 다 엔딩 크레디트가 끝날 때까지 자리를 뜨지 않는 타입인 것을 알게 돼 "끝나기 전에 나가는 건 자유지만 앞을 가로막거나 하면 화가 나죠", "맞아요, 맞아. 엔딩 크레디트도 엄연히 영화에 포함된 건데!" 하고 서로 이야기꽃을 피웠다.

하지만 그날 연락처를 교환한 것도 아니어서(아마 그는 휴대폰이 없었을 것이다) 만남은 그것으로 끝일 줄 알았는데 이후에도 여러 번 만날 기회가 있었다. 그의 동료 직원 말을 들어보니 구니에다가 특별히 참석할 필요도 없는 회의에 내가 온다는 소식을 듣고 참석한다고 했다.

그러다 얼마 후 그는 "저도 휴대폰을 샀어요"라며 내게 전화번호를 알려 줬고 "괜찮으면 다음에 같이 식사라도 한 끼 해요"라고 제안했다. 하지만 그때마다 넌지시 거절했다.

그와 대화하는 게 즐겁고 편하기는 하지만 이성으로서의 매력은 거의 느껴지지 않았다. 그래도 구니에다는 전혀 주눅 들지 않는 듯했다.

식사 정도면 괜찮으려나.

아마 요지 일이 아니라면 그런 생각도 하지 않았을 것이다.

"네, 좋아요."

그렇게 대답하자 구니에다는 "어? 정말요? 와!" 하고 뛸 듯이 기뻐했다.

"역시 여쭙기를 잘했네요. 언제로 잡을까요? 전 언제든 상관없습니다. 오늘 당장에라도."

나는 "오늘은 좀……"이라고 하고 편한 날짜로 약속을 잡았다.

다음 주 금요일 밤. 구니에다에게 레스토랑을 예약했다는 연락이 왔다.

하지만 그 약속은 결국 당일에 취소하게 됐다.

―급하게 미안한데, 오늘 퇴근 후에 만날 수 있을까?

오랜만에 '이쑤시개'에게서 전화가 걸려 온 것이다.

가면의 사랑

1

데루모토 도시하루가 'GANCO'라는 아이디의 유저 존재를 처음 알게 된 건 어느 장애인 자원봉사 단체 포럼의 게시판을 검색하던 때였다. 그곳에 올라온 그의 발언이 게시판 기존 유저들에게 일제히 공격받고 있었다.

—위선자가 나타났다!

—그렇게까지 해서라도 좋은 사람이 되고 싶나 보네. 심정은 이해함.

—멍청한 자식.

처음 그 글을 봤을 때는 도시하루도 '바보 같은 사람이 다 있네'라는 생각만 들었다. 'GANCO'가 댓글을 단 곳은 전신 장애인의 재활을 위해 봉사한다는 학생으로 추정되는 인물이 쓴 글이었다.

평소 뭘 해도 고맙다는 말 한 번 듣지 못한 건 그냥 상대가 원래 그런 사람인가보다 싶지만 '쓸데없는 짓 하지 말라'라는 말을 들었을 때는 정말 화가 나더라고요. '아, 그래? 그럼 알아서 해'라는 식으로 생각하고 말았습니다. 이쪽에서는 좋은 뜻으로 한 일인데 그런 반응을 보이면 더는 어쩔 수 없죠. 내일은 다른 사람한테 맡기려고요.

그 게시글 아래에는 다음과 같은 댓글들이 줄줄이 달려 있었다.

—그런 사람 정말 있어요. 감사는커녕 받는 게 당연하다고 생각하는 그런 사람. 진짜 짜증 나지 않나요?
—고생 많으시네요! 그 마음, 누구보다 잘 이해합니다. 저도 지금껏 고맙다는 말 한마디 들어본 적 없으니까요. 가끔 내가 왜 이러고 있지 하는 생각이 들기도 하고……. 적어도 그런 말 한마디

라도 들으면 힘이 날 텐데 말이에요.

그런데 대뜸 'GANCO'라는 유저가 나타나 그 밑에 아래와 같은 댓글을 남긴 것이다.

대가를 바라는 건 자원봉사의 취지에 어긋나지 않나요? '해준다'라는 인식 자체가 잘못된 게 아닌가 싶네요. 갑작스러운 근무 시간 변경도 이용자와 다른 활동가분들께 민폐를 끼치는 만큼 무책임한 행동이라고 생각합니다.

틀린 말은 아니다. 아니, 오히려 맞는다. 하지만 댓글을 남긴 공간이 잘못됐다.

애초에 그곳은 활동가들이 평소 입 밖에 낼 수 없는, 보호 대상자에 대한 불평과 불만을 토로하는 게시판이었다. 그곳에서 이런 정론을 이야기해 봐야 뭐하겠는가. 쓸데없는 불똥이 튀고 반발을 사는 게 당연했다.

—고마워하는 마음이 없다면 이쪽도 싫어지는 게 당연하지. 우리도 인간이라고, 멍청아.

—우리가 따로 돈을 받는 것도 아니고 오로지 마음만이 보상인데 그걸 원하는 게 뭐가 문제야!

—이런 입바른 소리만 하는 녀석은 위선자들이 모인 게시판으

로 꺼져!

그런 상황에서도 'GANCO'는 필사적으로 반박을 시도하고 있었다.

—처음부터 그렇게 위에서 내려다보는 태도였으니 상대에게 그게 전해진 게 아닐까요?

—고마움을 강요하는 거 아니에요? 장애인들은 보호사에게 스물네 시간 감사해야 하는 건가요?

일련의 댓글을 읽으며 도시하루는 이 'GANCO'라는 유저가 궁금해졌다.

굳이 프로필을 확인하지 않아도 말투나 글 내용으로 보아 젊은 여자, 나이는 아마 학생일 것으로 추측된다. 게시판 터줏대감들이 그를 '네카마*'라고 부르자 'GANCO'는 '네카마가 뭐죠?'라고 되물으며 불에 기름을 붓기도 했다.

얼핏 세상 물정 모르는 귀한 집 딸처럼 보이기도 하지만 진심에서 우러난 댓글이라는 건 도시하루도 느낄 수 있었다. 눈물을 흘리며 키보드 치는 모습까지 상상될 정도였다.

물론 게시판 터줏대감들이 말한 것처럼 '위선자들의 게

* 실제 성별은 남성이지만 인터넷상에서 성별을 숨기고 여성 행세를 하는 사람을 일컫는 말.

시판'에 가면 이런 사람이 차고 넘칠 만큼 많다. 그러나 그들은 자신들의 홈그라운드에서 절대 벗어나려 하지 않는다. '착하고 선량한 장애인, 그리고 그런 그들을 지지하는 우리'라는 이름의 안락한 틀 속에서 똑같은 생각과 가치관을 가진 사람들끼리 서로 칭찬을 주고받는 게 그들에게는 행복인 것이다.

물론 반대 경우도 있다. 이쪽 게시판 터줏대감들이 일부러 그런 게시판에 가서 그들을 놀리거나 도발하기도 한다. 하지만 그쪽도 요새는 똑똑해져서 무시로 일관하며 상대해 주지 않을 때가 많았다.

'GANCO'는 달랐다. 이름처럼 고집스럽게* 일부러 이런 게시판에 찾아와 정론을 펼치다가 욕을 얻어먹고, '조금 더 공부하고 오겠습니다' 하고 한 번 물러섰다가도 굴하지 않고 다시 찾아오는 타입으로 보였다.

재미있는 사람이네.

도시하루는 그렇게 느꼈다.

단순히 무지한 걸까. 아니면 정말 멍청한 걸까.

하지만 둘 중 어느 쪽도 아니라는 걸 최근 몇몇 '위선자들의 게시판'을 검색하다가 알게 됐다. 그곳에도 장애인 봉사 활동가들과 후원자들이 모이지만 근본적으로 다른 건 그곳은 누군가가 상처받으면 격려해 주고, 문제를 제기하면 건

* 일본어로 '간코(頑固)'는 '완고하다', '고집이 세다' 같은 의미가 있다.

설적인 의견을 주고받는 장이라는 점이다.

장애인들이 그린 그림과 그들이 직접 지었다는 시를 소개하는 게시판에는 유저들의 호평 댓글이 줄을 잇고 있었다.

—이 얼마나 순수한 표현인가!

—마음이 정화되는 것 같아요.

—이런 것이야말로 진정한 예술이라고 생각합니다.

장애인과 비장애인이 함께 외국을 여행하는 과정을 소개한 글도 있었다. 갖가지 고난을 극복한 결과 두 사람이 서로를 발전시키고 지금껏 느껴 보지 못한 감동을 느꼈다는 내용의 글이었다.

그리고 이 게시판의 댓글란에서 'GANCO'의 이름을 발견했다. 그녀는 이곳에서도 분위기에 맞지 않는 댓글들을 남겨 반론의 표적이 되고 있었다.

—솔직히 말해 전 이 그림이 얼마나 좋은 건지 잘 모르겠어요. 저한테 문제가 있는 걸까요? 아이들의 낙서와 이 그림의 차이가 뭔가요? 누군가 아시는 분이 있으면 알려 주세요.

—그렇게 훌륭한 여행인데도 지난번보다 참가자가 줄어든 이유는 뭘까요? 지난번에 참가했지만 이번에는 참가하지 않은 분들의 의견도 듣고 싶어요.

그러자 그 아래에 후원자로 추정되는 이들의 비난 댓글이 이어졌다.

—당신 지금 무슨 소리를 하는 거야?

—무분별한 비방은 삼가 주세요.

하지만 그녀는 굴하지 않았다.

—이건 비방이 아니에요. 다들 뭔가 허울 좋은 말씀만 하시는 것 같아서……. 전 여러분의 진심이 궁금할 뿐이에요.

그 아래로 바로 댓글이 달렸다.

—혹시 당신은 장애인을 돕거나 돌본 경험이 있습니까? 그런 경험이 없다면 함부로 말하지 않는 게 좋아요.

'GANCO'는 물러서지 않았다.

—돌본 경험이 없으면 의견도 제시하지 못하나요? 여기는 누구나 자유롭게 자기 의견을 말할 수 있는 곳 아니에요? 장애 당사자나 활동가가 아닌 사람은 입 다물고 있어야 하는 건가요?

—장애를 가진 사람들은 다들 힘든 가운데서도 열심히, 긍정적으로 살아가고 있어. 도와주는 사람들 역시 마찬가지고. 당사자도 아닌 주제에 함부로 지껄이지 말라는 뜻이야.

—'열심히 살아가고 있다'라는 건 조금 이상한 표현 같은데요. 평범한 사람들한테도 그런 말을 쓰나요?

보면 볼수록 흥미로웠다.

도시하루는 어느덧 이 'GANCO'라는 유저에게 호감을 느꼈다.

그녀는 단지 알고 싶을 뿐이다. 가식이 아닌 진심을. 비방이 아닌 진실을.

무지하고 어리석지만 뻔뻔하지는 않다. 겸손은 부족할지언정 오만하지 않다. 가르침을 구걸하는 게 아닌 솔직한 질문을 던지면서 다른 사람들의 지식과 생각, 경험을 흡수하려고 한다. 그런 욕심이 도시하루에게는 흐뭇하게 다가왔다.

어떤 사람일까.

도시하루는 다시 한번 'GANCO'의 프로필을 살펴봤다.

GANCO. 도쿄 거주. 학생. 취미는 독서와 영화 감상. 가장 좋아하는 영화는 「멋진 인생!」입니다. 잘 부탁드려요.

학생일 거라는 예상은 맞았지만 그 이상의 정보는 얻을 수 없었다. 채팅이라도 하면 더 많은 정보를 알 수 있을 텐데 채팅방에서는 그녀를 찾을 수 없었다.

'GANCO'의 댓글에 답글을 달 생각은 전혀 없었다. 애초에 '장애인 포럼'에서는 검색과 열람만 하고 따로 글을 남기지 않기로 마음먹었다. 도시하루가 적극적으로 글을 쓰거나 채팅을 하는 곳은 '장애인 포럼'이 아닌 '영화 포럼'이었다.

그러던 어느 날 그곳에서도 'GANCO'라는 닉네임을 발견했다.

도시하루가 '테루테루'라는 닉네임으로 주로 글을 쓰는 영화 포럼 속 게시판은 '70년대 서양 영화에 대해 이야기하자'라는 게시판이었다. 이곳에서는 「대부」, 「용쟁호투」, 「타워 링」, 「JAWS」같은 누구나 다 아는 작품들 외에도 「나막신 나무」, 「양철북」 등 다소 생소한 유럽 영화까지 참가자들이 각자 자신이 좋아하는 작품에 대해 이야기꽃을 피웠다.

도시하루는 「페이퍼 문」, 「애니 홀」 같은, 굳이 따지자면 소규모 영화들을 편애했지만, 그런 영화를 좋아하는 사람을 찾을 수 없어 소외감을 느끼던 차였다.

그럴 때.

전 「해리와 톤토」를 좋아해요!

그런 댓글을 발견하고 '오오, 이런 영화를!' 하면서 닉네임을 확인하니 'GANCO'라는 글자가 눈에 들어온 것이다.

설마 했지만 애초에 그렇게 흔한 닉네임도 아니다. 프로필을 확인하니 'GANCO. 도쿄 거주. 학생. 취미는 독서와 영화 감상. 가장 좋아하는 영화는 「멋진 인생!」입니다. 잘 부탁드려요'라고 적혀 있었다. 분명 동일 인물이었다.

장애인 포럼에서와 달리 도시하루는 곧장 그 아래에 댓글을 달았다. 고독한 노인과 고양이의 여행을 그린 「해리와 톤토」는 도시하루도 좋아하는 영화 중 하나였다.

저도 「해리와 톤토」를 정말 좋아합니다! 전에 한 번 감상평을 올렸는데 그때는 아무도 공감해 주는 사람이 없어서 외로웠습니다(>_<). 같이 좋아해 주는 분이 있어서 기쁘네요. 마지막 해변 장면에서는 울었어요.

그러자 얼마 안 돼 'GANCO'의 답글이 달렸다.

저 말고도 이 영화를 좋아하는 분이 있다니, 저도 정말 기뻐요! 마지막 장면도 좋았지만 저는 시설에 있는 옛 연인을 만나러 가서 춤추는 장면이 정말 좋더라고요! (^ ^)!

도시하루도 그 장면에 각별한 애착이 있었다. 'GANCO'

와 더 깊이 교류해 보고 싶지만 이곳 포럼에서도 'GANCO'는 채팅방에는 참여하지 않는 듯했다.

도시하루는 열심히 게시판을 체크하기 시작했다. 이후에도 그녀는 자신이 좋아하는 영화의 감상평을 종종 올렸다. 도시하루는 그럴 때마다 댓글을 달았고 'GANCO' 또한 도시하루의 글에는 반드시 반응을 보였다. 그녀는 「라스트 콘서트」, 「엘리스는 이제 여기 살지 않는다」, 「마지막 지령」 같은 다소 마이너한 영화들도 봤다고 했고 좋아하는 장면이나 대사 등이 신기할 정도로 일치했다.

그러나 사적인 대화로 게시판 댓글창을 독차지하는 건 에티켓 위반이다. 채팅을 하지 않을 거면 서로의 아이디로 이메일을 보낼 수밖에 없다. 그리 드문 일은 아니었고 도시하루 역시 지금껏 몇 명과 그런 식으로 이메일을 주고받으며 소통한 적이 있었다.

하지만 이번만큼은 다소 망설여졌다. 잘 생각하자. 지금까지와 마찬가지로 아무렇지 않게 메일을 보냈다가 후회하는 일이 생기지 않을까.

그렇게 고민하던 어느 날 PC 통신에 접속하니 '이메일이 한 통 도착했습니다'라는 알림이 떴다.

당시에는 따로 이메일을 교환하는 상대가 없었다. 혹시나 하는 기대를 담아 메일함 버튼을 눌렀다.

보낸 사람: <GANCO>

제목: 안녕하세요, GANCO입니다!

역시! 투박한 모니터 속 글자가 마치 튀어 오르는 것처럼 눈에 들어와 박혔다.

테루테루 님, 안녕하세요! 게시판에서 몇 번 대화를 나눴던 GANCO입니다. 테루테루 님의 글을 보며 정말 취향이 잘 맞는구나 싶어서 늘 놀라고 있습니다. 채팅은 속도가 너무 빨라 따라가기 힘들어서 잘 못하는데요. 혹시 괜찮으시다면 메일로 이야기를 나눠 보실래요? 제가 모르는 영화에 대해 더 알고 싶어요!

답장 기다리겠습니다 (^◁^)

기뻤다. 물론 이쪽도 바라는 바다. 스스로도 놀라울 만큼 망설임이 대번에 사라졌다.

보낸 사람: <테루테루>

제목: Re: 메일 감사합니다. 테루테루입니다.

GANCO님, 안녕하세요. 메일 보내 주셔서 감사합니다. 저도 늘 GANCO씨와 취향이 잘 맞는다고 느끼고 있었습니다. 이걸 통해 더 많은 이야기를 나눌 수 있으면 좋겠습니다. 앞으로 잘 부탁드립니다.

지극히 상투적인 글이지만 썼다가 지우고 하느라 몇 줄을 쓰는 데 몇 시간이 걸렸다.

다음 날 PC 통신에 접속하니 '이메일이 한 통 도착했습니다'라는 알림이 떴다. 그 글자를 보는 것만으로 가슴이 뛰었다.

테루테루 님, 답장 감사드립니다! 정말 기뻐요. 사실 제가 테루테루 씨와 이야기를 나누고 싶었던 건 영화 외에도 다른 이유가 하나 더 있답니다. 테루테루 님은 복지 관련 일을 하고 계시죠? 프로필에 적지는 않았지만 사실 저도 복지 쪽에 관심이 많아서 대학에서 복지 관련 동아리에 속해 있어요. 테루테루 님이 하시는 복지 관련 일이 구체적으로 어떤 건가요? 부담되지 않는 한에서 알려 주시면 감사하겠습니다. 잘 부탁드립니다.

역시 이거였나.

우려한 일이 현실이 되자 도시하루는 당황스러웠다. 처음 그녀와 메일을 주고받는 걸 주저했던 이유도 바로 이것이었다.

도시하루가 자기 소개란에 적어 놓은 프로필.

테루테루. 스물셋. 남자. 도쿄 거주. 복지 관련 일을 하고 있습니다. 좋아하는 영화는 70년대 서양 영화 전반. 잘 부탁드립니다.

이 중에서 사실은 성별과 거주지, 그리고 영화 취미뿐이다. 나이와 직업은 모두 거짓말이었다. ‘GANCO’가 장애인 포럼에 올린 글을 보고 내 프로필에 관심을 가질지도 모른다며 걱정하기는 했지만.

어떡할지 고민했다. 진실을 말할까. 아니, 그럴 수 없다. 이대로 거짓으로 일관할 것인가. 아니면 여기서 메일 보내기를 중단할 것인가.

고민 끝에 도시하루는 한 발짝 더 나아가 보기로 했다. 들키면, 아니 들킬 것 같으면 그때 그만두면 된다. 사실 과거 메일을 주고받았던 상대와도 비슷한 이유로 관계가 자연스럽게 소멸한 적이 있다. ‘GANCO’와는 가급적 오래도록 연락을 주고받고 싶었다.

최대한 들키지 않게 노력하자. 신중하게 문장을 고민하며 답장을 썼다.

> 전에는 시설에서 일했지만 지금은 등록 요양 보호사로 일하고 있습니다. 주로 중증 장애인을 돌보는 일을 하고 있습니다.

다음 날 그녀에게서 답장이 왔다.

> 그렇군요. 저도 장애 아동 시설에 몇 번 자원봉사를 다녀온 적이 있어요. 굉장히 힘든 일을 하고 계시네요. 영화 이야기는 물론이고 일 이야기도 괜찮으시다면 조금씩 들려주세요!

상황이 점점 더 좋지 않은 방향으로 흘러가고 있지만 이대로 갈 수밖에 없다.

네, 그래요. 일이 쉽지 않지만 그렇다고 또 엄청나게 힘든 건 아니에요. 제가 아는 범위라면 알려 드릴 테니 궁금한 게 있으면 물어보세요.

감사합니다! 그게, 아무나 할 수 있는 일은 아닌 것 같아서요. 한꺼번에 여러 가지를 여쭈면 싫어하실 것 같으니 오늘은 여기까지 할게요. 앞으로도 잘 부탁드려요. < (_ _) >

메일 창을 닫은 도시하루는 형언할 수 없는 기분이 들었다.

그녀와 메일로 대화하는 건 즐겁다. 하지만 그렇게 들뜬 마음이 그녀에게 거짓말을 하고 있다는 사실 앞에서 조금씩 움츠러든다.

역시 메일을 보내지 말았어야 했나. 지금이라도 관두는 게 좋을까.

하지만 나는 관두지 않을 것이다. 이미 알고 있다. 죄책감을 몰아낼 정도로 그녀와의 메일 교환이 즐겁다는 걸.

다음 메일에서 'GANCO'는 자신의 본명과 주소를 밝혔다.

메일 교환도 재밌지만 사실 전 그림엽서를 보내는 게 취미예요.

여행을 갔을 때나 아닐 때도 친구들에게 그림엽서를 자주 보내요. 희한한 취미죠? 혹시 괜찮으시다면 테루테루 님의 이름과 주소를 알려 주세요. 그림엽서 보내드릴게요~ (*^-^*)

점점 더 곤란한 상황이 됐다.

물론 알려 주고 싶지 않다고 할 수도 있다. 실제로 지금껏 이런 사례는 모두 거절했다. 이번에도 그렇게 할 수 있지만.

그러나 여기서도 그녀가 그림엽서를 보내 줬으면 하는 마음이 더 컸다.

제 이름은 데루모토 도시하루라고 합니다. 주소는 네리마구……

그렇게 사실대로 적고 나서.

하지만 앞으로도 절 테루테루라고 불러 주세요. 저도 지금까지와 변함없이 GANCO 님이라고 부르겠습니다.

한마디를 덧붙였다. 그녀에게서 곧 답장이 왔다.

이름과 주소, 감사합니다! 호칭은 그렇게 할게요! 그럼 쭉 이대로 GANCO, 테루테루 님으로! 앞으로도 잘 부탁드리겠습니다.

그리고 얼마 후 정말로 'GANCO'에게서 그림엽서가 도착했다.

일본 알프스인지 어딘지 모를 아름다운 산맥 사진 뒤에 정갈한 글씨체로 글이 적혀 있었다.

테루테루 님, 안녕하세요! 잘 지내고 계시죠? 이 사진은 제 고향인 나가노현의 북알프스랍니다. 예쁘지 않나요? 사실 전 이런 시골에서 태어나고 자란 촌사람이에요. 테루테루 님은 도쿄 출신이신가요?

도시하루는 평소처럼 이메일로 답장을 보냈다.

엽서 감사합니다. 이렇게 아름다운 곳에서 태어나고 자라셨군요. 부럽습니다. 전 고향이 도쿄입니다. 본가는 이타바시이고 아버지는 집 근처에서 마을 공장을 운영하고 계십니다.

그 뒤로도 'GANCO'는 종종 그림엽서를 보냈다. 첫 엽서 때처럼 국내 어딘가의 풍경이나 해외 명소가 담긴 엽서 뒷면에 그곳과 얽힌 추억이나 에피소드를 적고 근황과 최근에 한 생각 등을 몇 줄씩 덧붙이는 형식이었다. 어느 순간부터 도시하루는 엽서를 받는 날이 몹시 기다려졌다.

도시하루의 답장은 여전히 이메일에 머물렀지만 그녀는

특별히 신경 쓰는 기색이 없었다.

그러던 어느 날 처음으로 'GANCO'에게서 편지가 도착했다. 편지지 두 장 사이에는 사진이 몇 장 끼워져 있었다.

지난번 동아리 친구들과 장애 아동 시설에 봉사 활동을 갔을 때 찍은 사진이에요.

시설처럼 보이는 건물 앞에서 티셔츠를 맞춰 입은 젊은 여자 몇 명이 다운 증후군으로 보이는 아이들을 둘러싼 채 카메라를 향해 미소 짓고 있었다.

오른쪽에서 두 번째예요. 잘 나온 사진이 아니라 조금 쑥스럽지만.

따로 알려 주지 않아도 사진을 봤을 때부터 도시하루는 그런 느낌이 들었다. 아니, '이 여자구나' 하고 기대했다.

오른쪽에서 두 번째. 카메라를 바라보며 수줍은 미소를 짓고 있는 여자는 요즘 여대생답게 화려한 친구들 사이에서도 눈에 띄게 아름다웠다.

도시하루는 상상한 것보다 뛰어난 그녀의 미모에 가슴이 두근거렸지만 편지의 마지막 문장을 읽는 순간 단번에 온몸이 얼어붙었다.

혹시 괜찮으시다면 테루테루 님의 사진도 보내 주시겠어요? 어떤 분인지 알고 싶어요.

가장 두려워했던 말이 적혀 있었다.

사진. 그런 건 보낼 수 없다. 보낼 수 있을 리 없다.

어떻게 거절할지를 고민했다. 최대한 자연스럽게 거절하는 방법이 뭘까.

'사진이 없습니다'. 하지만 사진이 한 장도 없다는 건 역시 이상하다. '사진을 보내기는 부끄럽네요'. 그건 사진을 보내 준 그녀에 대한 예의가 아니지 않을까.

'못생긴 모습을 보이고 싶지 않다'. 사실 그것이 본심이다. 하지만 그럼 분명 '괜찮아요'라는 말을 듣게 될 것이다.

전 그저 테루테루 님이 어떤 분인지 알고 싶을 뿐이에요.

문장도 상상할 수 있다. 만약 그 뒤로도 거절하면 사이가 어색해질 게 뻔하다.

드디어 때가 왔나. 어색해지기 싫으면 이제 이메일 보내는 것 자체를 그만둬야 할까. 어떡해야 할까. 어떻게 해야…….

그때 문득 머릿속이 번뜩였다.

그렇다. 보내면 된다. 그 사진을.

결코 거짓이 아니다.

자신이 찍힌 사진을.

사진을 동봉할 편지는 컴퓨터로 타이핑해서 출력하고 봉투에 쓸 주소와 보낸 사람 이름은 대필을 부탁했다. 그것을 우편으로 보낸 지 이틀이 지나 'GANCO'에게서 이메일이 도착했다.

> 사진 감사합니다! 테루테루 님, 상상했던 것보다 몇 배는 더 멋져요! 함께 찍힌 분이 지금 맡고 계신 분이군요! 잘 부탁드린다고 전해 주세요. 언젠가 함께 만날 수 있으면 좋겠어요.

죄책감은 없었다. 나는 거짓말을 하지 않았다. 그녀 혼자 착각하고 있을 뿐이다.

그렇다. 거짓이 아니다. 나도 분명 이 안에 찍혀 있다.

다만 그녀가 '상상했던 것보다 몇 배나 더 멋지다'라고 한 사람은 도시하루의 담당 보호사인 아사다 유타다.

'함께 찍힌 분', '맡고 계신 분'.

그 사람이 바로 도시하루다.

착각한 건 그녀다. 내 잘못이 아니다.

그렇게 생각하면 된다.

이대로 만나지만 않으면 된다. 만나지 않으면 들키지도 않는다.

* * *

"늦어서 죄송해요."

문을 열며 집 안을 향해 외치자 여자 보호사가 바로 나왔다.

"10분이나 지났다고요."

그녀는 무뚝뚝한 얼굴로 말했다.

"죄송합니다."

다시 한번 사과하며 고개를 숙였지만 그녀는 "그럼 실례하겠습니다"라는 말을 남기고 서둘러 떠났다.

"늦어서 죄송합니다."

방에 들어가 전동 휠체어에 앉아 있는 도시하루에게도 고개를 숙였다. 지각이 오늘로 벌써 다섯 번째라 유타도 면목이 없었다.

화를 낼 줄 알았는데 도시하루는 아무 말 하지 않았다. **오른발도 움직이지 않았다.**

가방에서 앞치마를 꺼내 입고 부엌으로 들어갔다.

"평소처럼 똑같이 만들까요?"

식사는 조금 전 보호사의 도움을 빌려 마쳤을 것이다. 도시하루는 식후 레몬즙을 섞은 소주를 늘 두세 잔 정도 마신다. 심야 근무는 보통 그것을 만드는 일부터 시작됐다.

이 일을 맡기 전 도시하루에 대한 설명을 들었을 때도 가장 놀랐던 것 중 하나가 장애인이 술을 마신다는 사실이었다.

"모든 사람들이 다 그런 건 아니지만 도시하루 씨는 좋아해. CP라고 해도 여러 종류가 있으니."

그때 야마시타는 그렇게 설명했다.

'장애인을 도우면서 돈을 벌 수 있는 일이 있다'라고 처음 알려 준 사람도 바로 이 고등학교 시절 한 학년 선배였다.

"CP가 뭐죠?"

"CP란 건 말이야."

야마시타는 자신만만하게 설명했다. CP란 뇌성마비의 영어 표기(정확하게는 야마시타도 모른다고 했다) 줄임말이고 당사자를 포함한 관계자들이 주로 그렇게 부른다고 했다.

"도시하루 씨는 얼굴이나 팔다리가 본인 의지와 무관하게 굳거나 움직이는 유형의 CP. 말도 제대로 못 하니 중증 장애인처럼 보이지만……. 아까 술 이야기도 그렇고 미리 주의하자면."

야마시타의 말투가 조금 달라졌다.

"도시하루 씨는 머리만큼은 누구보다 똑똑한 분이야. 그 점을 잊어서는 안 돼."

"아, 그렇군요."

그때는 그냥 어정쩡하게 흘려넘겼지만 실제 도시하루를 접하면서 그 말의 의미를 조금씩 이해하게 됐다.

"도시하루 씨. 이 녀석은 제 후배인 아사다 유타라고 해요. 앞으로 근무에 투입시키려고요. 오늘은 연수 삼아 데려

왔으니 잘 부탁드려요."

처음 만날 때도 도시하루는 오늘처럼 전동 휠체어에 앉아 유타를 맞이했다.

그의 모습은 유타가 상상하던 중증 장애인 그 자체였다. 머리가 약간 뒤로 젖혀 있고 팔다리가 구부러진 부자연스러운 자세. 알고 왔는데도 막상 얼굴을 마주하니 왠지 직시하면 안 될 것 같은 기분이었다.

"아, 안녕하세요, 아사다 유타입니다. 잘 부탁드립니다."

허겁지겁 고개를 숙이는 유타를 보고 도시하루는 얼굴을 찌푸리며 뭔가 중얼거렸다.

당황한 유타 대신 야마시타가 웃으며 대답했다.

"처음이라 긴장한 것 같으니 좀 봐줘요."

그러자 도시하루가 표정을 바꾸고 또다시 이상한 소리를 냈다. 웃고 있다는 걸 뒤늦게 깨달았다.

도시하루의 오른발이 움직였다. 발가락 양말을 신은 그는 엄지발가락으로 휠체어 다리 쪽에 부착된 판을 차례로 가리켰다. 미리 '글자판을 발가락으로 가리키면서 의사소통한다'라는 말을 전해 듣지 못했다면 뭘 하는 건지 알아보지도 못했을 것이다.

야마시타는 글자판을 들여다보며 그가 발가락으로 가리키는 글자를 눈으로 좇았다.

"나, 는, 착, 해, 서, 괴, 롭, 히, 지, 않, 아? 그런가? 나도 초

반에는 고생깨나 했던 것 같은데요."

도시하루가 다시 웃음을 터뜨리며 글자판 위에서 발가락을 움직였다.

"그, 건, 네, 착, 각? 그런가. 뭐 됐어요. 그렇다고 치죠 뭐. 어쨌든 잘 부탁해요."

유타는 다시 한번 "잘 부탁합니다" 하고 고개를 숙이면서도 중증 장애인도 이렇게 농담 섞인 대화를 한다는 사실에 또 한 번 놀랐다.

그러나 이후 시간이 흐르며 알게 된 도시하루의 능력은 유타의 상상을 훨씬 뛰어넘는 것이었다. 그는 지식이 풍부하며 머리 회전이 빨랐다. 또 유타는 만져 본 적도 없는 최신형 컴퓨터를 능숙하게 다룰 줄 알았다. 글을 작성하는 데도 아무 문제 없었다. 휠체어 글자판처럼 발가락으로 키보드를 한 글자씩 치는 탓에 비록 시간은 오래 걸렸지만 완성된 글만 보면 장애 같은 건 전혀 느껴지지 않았다.

"레몬즙 넣으면 되죠?"

냉장고를 열며 도시하루 쪽을 보자 그는 고개를 흔들었다. 그리고 오른발을 들어 엄지발가락으로 글자판을 가리켰다. 유타는 가까이 가서 발가락의 움직임을 눈으로 좇았다.

필, 요, 없, 어

처음에는 이 글자들을 읽는 데 애를 먹었다. 한 글자 한 글자를 천천히 가리킨다기보다 마치 물 흐르듯 움직이는 발가락의 속도를 도저히 따라갈 수 없었다.

하지만 이제는 익숙해져 도시하루의 말을 어렵지 않게 읽을 수 있게 됐다.

"필요 없다고요? 무슨 일이지?"

그러고 보니 오늘 도시하루의 모습이 왠지 이상했다. 기운이 없다고 할까. 평소보다 반응이 둔한 느낌이다. 전임자에게 특별히 인수 인계받은 건 없으니 건강 문제는 아닐 텐데.

그때 도시하루의 오른발이 다시 움직였다. 글자판을 가리키는 엄지발가락을 눈으로 따라간다.

부, 탁, 이, 있, 어

"부탁? 뭐예요?"

이런 말을 듣는 건 처음이었다. 보호사는 기본적으로 이용자의 요청에 따라서 행동하는 사람이다. 즉, 하는 일은 모두 부탁받은 일인 것이다. 굳이 말하지 않아도 된다.

도시하루는 계속 발을 움직였다.

다, 음, 주, 일, 요, 일

"다음 주 일요일에 같이 영화 보러……. 음, 그날도 제 담당일이죠? 좋아요."

외출 동행도 업무 중 하나다. 그날 영화 보러 가는 계획은 없었지만 물론 바꿔도 상관없다. 그전에도 함께 보러 간 적이 몇 번 있었다.

"이게 다예요?"

그렇게 묻자 도시하루의 안색이 순간 변한 듯 보였다. 모르는 사람은 CP인들의 표정 변화를 일일이 읽기가 쉽지 않다. 유타도 도시하루와 오랫동안 함께 지내며 비로소 알 수 있게 됐다.

도시하루는 잠시 생각에 잠긴 듯하다가 다시 발을 움직였다.

"여, 자, 도…… 네? 여자도 같이?"

도시하루가 고개를 끄덕였다.

"이야. 데이트예요?"

어디서 누가 또 자원봉사라도 오는가 싶어 유타는 일부러 익살을 부리며 물었다.

"알겠어요. 전 최대한 방해하지 않을게요. 제가 사라져 줬으면 할 때는 넌지시 손짓으로 알려 줘요. 뭔가 사인을 정해 둘까요?"

농담처럼 말해도 도시하루는 웃지 않았다. 평소에는 별일 아니어도 입을 벌리고 크게 웃는데.

도시하루는 굳은 표정으로 계속해서 발가락을 움직였다.

부, 탁, 이, 하, 나, 더

"또요? 뭐예요?"

나, 인, 척, 해, 줘

"나인 척? 그게 무슨 말이죠?"

유타는 도시하루가 발가락으로 가리키는 글자를 따라 읽었다. 의미를 이해하고서는 역시나 깜짝 놀랐다.

"잠깐만요."

도중에 도시하루를 멈추게 하고 다시 한번 거기까지의 내용을 확인했다.

"그 여자애한테 장애인인 걸 말하지 않았다고요? 그래서 저더러 도시하루 씨인 척을 하라고요? 근데 만나면 금세 다른 사람인 걸 알 수 있을 거 아니에요."

도시하루가 다시 발을 움직였다.

너, 와, 내, 가, 함, 께, 찍, 은, 사, 진, 을, 보, 냈, 어

"너와 내가 함께 찍은 사진을 보냈어……. 네? 그래서 그 여자가 절 도시하루 씨라고 생각한다고요?"

유타는 놀란 얼굴로 도시하루를 봤다.

"뭐예요. 왜 그런 거짓말을?"

도시하루는 아랑곳하지 않고 다시 발을 움직였다.

어, 쨌, 든, 영, 화, 보, 러, 가, 서, 나, 인, 척, 해, 줘

"나인 척해서 그 여자와 대화해 줘. 절대 사실을 말하면 안 돼……라니. 이런 건 좋지 않아요. 무조건 들킬 거예요."

들, 키, 지, 않, 게, 미, 리, 상, 의, 해, 지, 금, 까, 지, 나, 눈, 대, 화, 도, 알, 려, 줄, 게

"아니, 아니, 그러니까 안 돼요. 들킨다니까요."

그러나 도시하루는 끝까지 자기인 척을 해 달라며 고집을 부렸다. 꼭 한 번만 부탁한다며 간청했다.

유타가 결국 승낙하고 만 것은 도시하루가 상대 여자의 사진을 보여줬을 때였다.

예뻤다.

유타가 지금껏 사귄, 아니 알고 지낸 그 어떤 여자보다 'GANCO'라는 이름의 그녀는 아름다웠다.

이런 사람과 대화할 수 있다면 한 번 정도는 괜찮지 않을까.

그렇게 생각하고 만 것이다.

무력의 왕

2

해가 떠 있는 동안 볕에 말려 둔 검은 양복에 코를 대고 곰팡내가 사라진 걸 확인하고 입었다.

화장실에 들어가기 전 시계를 본다. 저녁 6시 5분 전. 이 시간에 밖에 나가는 건 오랜만이었다.

이틀 전 학창 시절 친구인 쓰노다가 세상을 떠났다는 소식을 들었다. 쓰노다는 학부 동창이 아닌 영화 동아리 동료였다. 영화를 찍는 게 아닌 감상하고 서로 비평하는 모임이었다. 당시만 해도 1년에 백 편이 넘는 영화를 극장에서 봤는데 지금은 발길을 끊은 지 오래다.

부고를 알려 준 동창의 메일 속에 사인은 심근경색이라 적혀 있었다. 불현듯 죽음이 나에게도 가까워진 느낌이 들었다. 메일 하단에는 모두 놀랐겠지만 이제는 남의 일이 아니라며 우리도 조심해야 한다는 말이 덧붙어 있었다.

장례식 장소와 날짜를 메모하고 아내에게 그 사실을 알렸다.

“가능하면 장례식에 참석하고 싶어.”

아내는 잠시 고민하다가 물었다.

“친하게 지내던 사람이야?”

“……뭐 같은 동아리였으니.”

그 대답에 아내는 입꼬리를 살짝 일그러뜨렸다.

사실 별로 친하지 않았잖아. 그런 말을 하고 싶을 것이다. 그리고 실제로도 그랬다.

다른 사람들과 마찬가지로 연하장 정도는 주고받았고 메일링 리스트에 들어 있어 근황도 파악하고 있었지만 쓰노다와는 그 정도 관계였다. 사적인 메일을 주고받거나 마지막으로 만난 게 언제인지도 기억나지 않았다.

그러니 장례식에 꼭 참석해야 할 이유는 없다. 솔직히 말해서 참석하고 싶은 마음도 별로 없었다. 그저 오랜만에 **옛 친구**들을 만나고 싶을 뿐이었다.

요양 보호사 사업소의 서비스 제공 책임자에게 메일로

'혹시 정해진 날짜 외에 부탁드릴 만한 보호사님이 있을까요?'라고 물었더니 다행히 가능할 것 같다고 했다. 아내에게 그 소식을 전하고 "다녀와도 되지?"라고 확인했다.

"가고 싶으면 가."

쌀쌀맞은 대답이었지만 어쨌든 허락으로 받아들이고 사업소에 '그럼 부탁드립니다'라고 답장을 보냈다.

초인종이 울리고 현관문이 열렸다.

"안녕하세요. 스기이시 요양 보호 사무소의 다카노라고 합니다."

6시 정각. 넥타이 위치가 어긋나지 않았는지 거울로 한 번 더 확인하고 화장실에서 나왔다.

"안녕하세요."

현관에서 신발을 벗고 있는 야간 전문 보호사에게 인사를 건넸다.

"늦은 시간에 죄송합니다. 아무쪼록 잘 부탁드립니다."

"네. 안심하고 다녀오세요."

"그럼 다녀올게."

침실 쪽으로 그렇게 외치고 현관문을 열었다.

이미 해가 저물어 가로등이 하나둘 켜지기 시작했다. 걷다 보니 상쾌한 밤공기가 느껴졌다.

이런 시간에 밖에 나가는 게 얼마 만일까. 머릿속에서 되짚어 봤다. 기억나지 않을 만큼 오랜만이다. 친구 장례식에 가는 길이니 켕기는 구석은 있지만 발걸음이 가벼운 건 부인할 수 없었다.

장례식은 쓰노다가 살던 마을의 장례식장에서 열린다고 했다. 전철을 갈아타고 교외라 할 수 있는 생전 처음 가 보는 역에서 내렸다. 역 앞에는 버스가 있지만 허겁지겁 택시를 탔다. 장례식장 이름을 전하자 기사는 "알겠습니다" 하고 차를 출발했다.

택시 창문으로 낯선 동네의 풍경을 봤다. 쓰노다는 본사로 돌아온 것을 계기로 이곳에 자리를 잡았다. 아파트를 분양받은 사람은 몇 명 있었지만 자기 집을 직접 지은 사람은 아마 동아리 친구들 중 쓰노다뿐이었을 것이다. 그런 쓰노다가 가장 먼저 죽다니. 정말 인생무상이었다.

택시가 도착한 장례식장 앞에 '고故 쓰노다 시로 장례식장'이라는 입간판이 있었다. 여전히 들뜬 기분 속에서 약간의 긴장감을 느끼며 식장에 들어섰다.

독경이 이미 시작되고 있었다. 방명록에 이름을 적고 향을 피우려고 줄을 섰는데 앞쪽으로 낯익은 얼굴 몇 명이 보였다. 눈이 마주친 사람들과 고개를 숙여 인사를 나눴다.

제단에는 생전 쓰노다의 얼굴이 담긴 큼지막한 영정 사진이 있었다. 알고 지내던 시절보다 통통해진 얼굴로 환하게 웃고 있다.

이런 미소를 짓는 사람이었구나 싶었다. 내가 알던 쓰노다는 늘 무뚝뚝한 얼굴로 걸핏하면 술자리에서 사람들과 논쟁을 벌이는 친구였다. 졸업 후 몇 번 만난 자리에서는 그런 모습을 볼 수 없었지만 쓰노다 하면 역시 그 시절의 도전적인 모습부터 떠올랐다.

그 후 어떤 삶을 살았을까.

졸업 후, 아니 대학 시절부터 쓰노다에 대해서는 아는 게 없다. 결혼식에도 초대받지 못했으니 유족석에서 침울하게 고개를 숙이고 있는 상복 차림 아내와 그 옆에 어색하게 서 있는 대학생 정도 되는 남녀도 이번에 처음 만나는 사람들이었다.

차례가 되어 앞으로 나아가 영정을 향해 두 손을 모았지만 속으로 할 말이 떠오르지 않았다. 결국 다른 사람들을 따라 형식적으로 합장하고 유족에게 고개를 숙였다. 그들의 슬픔과 가슴에 있을 공허 사이의 거리감에 허탈해하며 뒤로 물러섰다.

복도에 나가 부의 답례품 봉투를 받고 있을 때 뒤에서 누군가가 "오랜만이다" 하고 인사했다.

가와모토라는 예전 동아리 친구였다. 쓰노다보다는 조금 더 친했다.

"잘 지냈지?"

"그래. 못 올 줄 알았는데 와 줬네."

가와모토는 내 사정을 조금은 알고 있었다.

"아무리 그래도 이런 자리에는 참석해야지."

가와모토는 "저쪽에 가지랑 얏친도 있어. 시간 돼?" 하고 다른 곳으로 가자고 했다. 시계를 확인하니 앞으로 30분 정도는 괜찮을 듯했다.

"정말로 잠깐밖에 안 되는데."

"괜찮아. 어차피 장례식장에 오래 있을 것도 아니고."

가와모토를 따라 식사 좌석으로 갔다.

"여어."

"와, 오랜만이다."

그곳에는 그리운 옛 친구들이 있었다. 동창회에는 참석하지 않았으니 이렇게 모두 모인 모습을 보는 건 어쩌면 졸업 이후 처음일지 모른다.

"와이프가 많이 초췌해 보이더라."

"둘째가 아직 고등학생이잖아. 앞으로 여러 가지로 힘들겠지."

"쓰노다도 모처럼 본사로 돌아와 이제부터가 시작이었는데."

그러나 고인을 애도하는 대화는 얼마 안 돼 끝났다.

"남의 일이 아니야. 혈압이랑 혈당이 다 높아서."

"나도 요산 수치가 위험해."

"약 먹고 있어?"

"먹고 있지."

"운동 같은 건?"

"요새는 한 정거장 정도는 걸으려고 해."

"아, 나도 그러고 있는데."

"헬스장에 다녀와도 그 뒤로 평소보다 더 많이 먹고 마셔서 플러스마이너스 제로야."

화제는 어느덧 일이나 집안 사정보다 서로의 건강 문제로 옮겨 갔다. 다들 오십을 앞두고 있으니 당연한 일이다.

"넌 괜찮아?"

가와모토가 물어서 "어. 몸 쪽은 문제없어"라고 대답했다.

"그렇구나. 그래도 너무 무리하지 마."

"그래, 가끔은 숨 돌릴 틈도 있어야지."

가지와 노가미가 대화에 동참했다.

가지는 자동차 제조업체, 노가미는 석유 플랜트 기업에서 일하고 있다. 은행원인 가와모토를 포함해 이제는 모두 관리직일 것이다. 애초에 상경계열 학생들이 많았던 동아리에서 자신만 이질적인 존재였기 때문에 대기업 취직이나 출세 소식을 들어도 그다지 부럽지는 않았다.

하지만 지금은 조금 다르다.

이들이 부러웠다. 그것은 지위나 수입 때문이 아닌.

자유롭다는 것.

아니, 이들도 물론 나름의 고충은 있을 것이다. 회사에서, 집 안에서 나는 가늠할 수 없는 압박을 느끼며 내키는 대로 살지는 못할 것이다.

그래도 이들의 모습이 내 눈에는 자유로워 보였다.

일 마치면 술집에 가서 시간 가는 줄 모르고 잔을 기울이며 일상의 우울함을 떨치고, 귀가하면 바로 침대에 누워서 잠들 수 있다. 매일 밤 세 시간 간격으로 일어나 아내의 자세를 바꿔 줄 필요가 없고, 한겨울 늦은 밤에 실금으로 더러워진 아내의 속옷을 난방도 안 되는 욕실에서 덜덜 떨며 빨래할 필요도 없다. 가끔 숨 돌릴 틈도 있어야 한다고? 굳이 말하지 않아도 안다. 하지만 쉬고 싶어도 쉴 수 없다. 허락되지 않는다.

물론 이런 말을 입 밖에 꺼낼 수는 없었다.

내가 할 수 있는 일이라고는 꾸며낸 미소를 지으며 어정쩡하게 고개를 끄덕이는 것뿐이다.

"그런데 정말 대단하긴 해."

"그래. 난 흉내도 못 낼 걸."

이런 말을 듣는 게 고통스러웠다. 이들의 '나는 할 수 없다'라는 말의 이면에는 '불쌍하게도'라는 말이 숨어 있다. 감탄 속에 숨어든 연민.

동정받는 사람은 아내가 아니다. 나다.

그만해. 동정하지 마. 난 불쌍하지 않아! 날 내려다보지 마……!

장례식이 끝나자 술집에 가서 한잔을 더 하고 가자는 이야기가 나왔다. 나는 이제 돌아갈 시간이었다.

"미안하지만 난 이만 갈게."

"그렇구나."

누구도 나를 붙잡지 않았다.

"그럼."

발걸음을 돌리려는데 그전까지 거의 말을 섞지 않았던 여자 한 명이 "잠깐만, 나도 갈 거야"라고 했다.

"차로 왔으니 역까지 태워다 줄게."

"뭐? 얏친은 꼭 지금 안 가도 되잖아."

나를 말리지 않던 사람들이 일제히 입을 모아 그녀를 말렸다.

"너무 늦으면 안 돼. 이래 봬도 나도 주부인걸."

얏친, 즉 오타케 야스코가 가볍게 대답했다.

"뭐야. 남편이 잔소리해?"

"잔소리는 안 하지만 그래도 오늘은 이만 갈래. 어차피 차 가지고 와서 술도 못 마시고."

더 이상 붙잡아 봐야 소용없다는 걸 깨달았는지 다들 불만스러워하면서도 체념했다.

"그래, 그럼 잘 가. 다음에 또 보자."

그들이 나를 보는 얼굴에 조금 전까지는 볼 수 없었던 질투와 시기가 뒤섞여 있다는 걸 알 수 있었다.

"차, 저기 있어."

주차장을 향해 걸어가는 야스코를 뒤따라갔다.

"괜찮아?"

"뭐가?"

"나랑 같이 가서. 다들 싫어할 것 같은데."

야스코가 빙긋 웃었다.

"이제 와서 뭘 새삼스럽게."

그렇지 않다. 오히려 '이제 와서'이니 더 그러는 것이다.

나 말고는 모두 자녀가 있지만 육아하는 시기는 이미 지났다. 일에 쫓기느라 만날 기회도, 만나고 싶은 마음도 들지 않았던 시기가 지나 이제는 슬슬 옛 친구들이 그리워지는 시기인 것이다. 현재에 대한 불평불만을 토로하며 그때 그 시절의 추억담을 꽃피운다. 그런 곳에 여자까지 섞여 있으면 자리가 더 화려해지고 연애담 등 다소 야릇한 이야기도 나오며 분위기가 고조된다. 특히 동아리의 마돈나 같은 존재였던 야스코가 남아 있으면 더 그랬을 것이다.

주차장에 세워진 국산 세단으로 다가가는 야스코에게 나는 등 뒤에서 "아마 지금쯤 다들 이것저것 숙덕거리고 있겠지"라고 했다.

"이것저것? 차 빼 올 테니 거기서 조금만 기다려."

운전석에 올라탄 야스코가 시동을 걸고 차를 움직였다. 그녀가 운전하는 모습을 보는 건 처음이다. 좁은 공간에서

요령 있게 차를 출발해 타기 편하도록 내 옆에 갖다 붙인다. 능숙한 실력이었다.

"자, 타."

그녀의 말에 고개를 끄덕이며 조수석에 올라탔다.

"고마워. 역까지만 신세 좀 질게."

"그래. 안전벨트 해."

급히 안전벨트를 매자 조용히 차가 출발했다.

"아까 말한 이것저것이 뭐야?"

흘려들은 줄 알았는데 야스코가 다시 이야기를 꺼냈다.

"아니, 그러니까…… 둘이 같이 가는 건 좀 수상쩍다거나, 뭐 그런 거지."

"응? 말도 안 돼."

"아니야. 말 돼."

"아무도 우리 일을 모르잖아."

순간 말문이 막혔다.

아무도 우리 일을 모른다. 그 감미로운 표현에 순간적으로 하반신에 열이 오르는 것을 느꼈다.

야스코가 물었다.

"혹시 누구한테 말했어?"

"아니, 말 안 했어."

"그럼 아무도 그렇게 생각 안 해."

그녀가 또다시 웃음을 터뜨렸다.

그렇다. 아무도 모를 것이다.

야스코는 학창 시절에 동아리 멤버 중 누구와도 사귀지 않았다. 1학년 초까지만 해도 서로 견제하던 남학생들 중 가와모토가 먼저 고백하고 사귀자고 했지만 '다른 대학에 다니는 남자 친구가 있다'라는 이유로 거절했다. 보통 그런 일이 생기면 어색해져서 동아리를 그만두기 마련인데, 그녀는 그 후에도 우리와 계속 함께 어울리며 친구로 지냈다. '다른 대학에 다니는 남자 친구'는 졸업 후 야스코의 결혼식에서 만났다. 상상한 대로 잘생기고 번듯해서 모두들 수긍할 만한 남자였다.

"XX역까지 가면 돼?"

야스코는 내가 처음 택시를 잡아탄 역 이름을 댔다.

"그래, 미안."

"더 가까운 역까지 가도 돼. 집이 어디였지?"

"아니, 괜찮아. 신주쿠까지 가면 어차피 한 번에 가서."

"그래? 그래도 여기까지 왔는데."

물론 더 타고 가고 싶은 마음이 굴뚝같았다. 그녀와 함께 할 이야기도 산더미처럼 쌓여 있다.

야스코가 말한 '우리 일'. 사실 아주 잠깐이지만 야스코와 사귄 적이 있었다. 아니, 그걸 사귀었다고 해도 될까.

그때도 오늘처럼 술자리를 마치고 돌아가는 길에 같은 지하철 노선 역에 사는 그녀와 단둘이 남게 된 것이 계기였다. 혼잡한 전철 안에서 서로 시시콜콜한 이야기를 나누며 웃음 짓다가 야스코가 내릴 역이 가까워 오자 내가 술김에 “좀 더 마실래?”라고 물은 것이다.

“그래, 그러자.”

야스코는 의외로 선뜻 응했다. 그리고 아는 가게가 있다며 가까운 역에서 내려서 역 앞에 있는 어느 허름한 술집에 들어갔다.

그곳에서 어떤 대화를 나눴는지는 기억나지 않는다. 술을 마시는 동안 어느새 막차가 끊긴 것을 나와 그녀 모두 알고 있었다. 하지만 모르는 척하며 계속 술을 마셨고, 가게를 나선 뒤에는 자연스럽게 그녀가 사는 집으로 나란히 걸어갔다.

원룸 방 문을 닫자마자 나는 야스코를 끌어안고 키스를 했다. 야스코는 거부하지 않았다. 신발을 벗기도 귀찮아서 서로 껴안은 채 방 안을 돌아다니다가 침대에 쓰러졌지만, 거기까지였다. 치마 안에 손을 넣으려는 나를 야스코는 “잠깐만” 하고 제지했다.

“오늘은 안 돼.”

왜냐고 묻자 야스코는 “사귀는 사람이 있어”라고 했다.

“나도 알아”, “그러니 기다려 줘”, “그럼 왜”, “오늘은 여기까지”, “왜”.

그런 대화가 오갔지만 한 번 거절당하고 나니 더 나아갈 수 없었다. 나는 한숨을 깊숙이 내쉬고 침대에 누웠다.

"미안."

"아니, 미안할 건 없어. 근데 오늘은 안 된다는 건 다음은 있다는 뜻이야?"

"좀 생각해 볼게."

"생각해 본다고?"

"내가 어떡하길 원해?"

"그 사람과 헤어진다는 뜻 아니야?"

"잘 생각해 볼게."

어쨌든 오늘은 안 된다는 걸 알게 된 순간 또다시 급격히 취기가 올랐다.

"그럼 첫차 때까지만 있게 해줘."

"그래. 자고 가."

과연 이 상태로 잠을 잘 수 있을까 싶었지만 나는 동이 틀 때까지 곯아떨어졌고 아침에 "좋은 아침" 하는 야스코의 목소리에 잠에서 깼다.

야스코가 만들어 준 햄에그 토스트와 인스턴트커피. 그런 아침을 좁은 방에서 서로 마주 보며 먹었다. 지금 생각해 보면 그때가 인생에서 가장 행복한 순간이었을지 모른다. 오로지 희망밖에 없던 그 짧은 시간.

결국 야스코가 말한 다음은 없었다. 이후에도 계속 동아리에서 마주쳤지만 야스코는 꼭 그날 일이 없었던 것처럼 나를 대했다. 내가 먼저 전화하고 싶지는 않아서 나는 야스코의 전화를 계속 기다렸다. 기다려 달라고 했으니 기다릴 수밖에 없었고, 결국 그대로 아무 일 없이 야스코와의 관계는 끝났다.

단 한 번의 키스. 하룻밤의 추억.

이미 잊었다. 아니, 기억 못 할 줄 알았다. 그래서 그녀 입에서 '우리 일'이라는 단어가 나온 게 놀랍고 기뻤고 순식간에 하반신이 뜨거워졌다. 그때처럼.

"근데 이제 다들 아저씨가 돼 버렸네."

야스코가 가볍게 말했다.

"뭐 나도 다른 사람 말 할 처지는 아니지만. 노가미는 정말 누군지도 못 알아봤어."

눈에 띄게 머리숱이 많이 준 노가미를 비롯해 오랜만에 만난 친구들은 모두 놀라울 만큼 나이 들어 있었다.

"넌 변함없어."

"고마워. 너도 똑같아."

"서로 칭찬해 줘도 되는 건가?"

부끄러운 마음에 얼버무렸지만 솔직히 기뻤다. 꼭 빈말은 아니었다.

오늘 여기 온 가장 큰 목적은 야스코를 만나는 것이었지만 내심 그녀가 완전히 아줌마가 되지는 않았을까 하는 두려움도 있었다. 하지만 야스코는 놀라울 정도로 젊었다. 물론 자세히 보면 다소 주름과 처짐이 눈에 띄지만 스타일은 예전 그대로고 심플한 검정 옷차림이 나이에 걸맞은 아름다움을 자아냈다.

"차를 운전한다는 건 의외였어."

괜한 말을 꺼낸 나에게 야스코는 "그렇지?"라고 맞장구쳤다.

"아이가 어렸을 때 면허가 필요해서 땄어. 차 명의는 남편이지만 정작 운전은 내가 더 많이 할걸."

"가족끼리 외출할 때도 운전을 해?"

"지금은 꼭 그렇지도 않아. 애들은 둘 다 이미 다 컸고, 남편과 둘이 드라이브를 하는 것도 아니니."

그렇게 말하고 조용히 웃었다.

"뭐랄까, 지금은 일 때문에 운전을 해. 식자재 배달 일을 하고 있어. 파트타임으로."

"그렇구나……."

"이 나이에 일할 수 있는 것만으로 감사하지 뭐."

말투는 밝지만 어딘지 모르게 자포자기한 듯한 느낌이 있었다.

야스코도 동아리 다른 친구들과 마찬가지로 졸업 후 일류 기업에 취직했다. 그대로 있으면 관리직까지 문제없이 올랐을 텐데 계속 일반직에 머문 건 아마 그때부터 결혼을 염두에 두고 있어서였을 것이다. 그리고 예정대로 결혼 후 회사를 퇴직했다. 이후 20년이 넘는 공백이 있었고 특별한 기술도 없이 이 나이에 재취업은 역시 쉽지 않다.

그래도 야스코가 식자재 배달이라니…….

직업 비하라는 비난을 들을 수도 있지만 그 시절의 빛나는 야스코의 모습과 왠지 괴리가 느껴져 안타까웠다.

"넌 지금 일을 안 하지?"

"……응."

아내의 간병에 전념하기 위해 직장을 그만뒀다. 지금은 아내의 장애 연금과 사고 때 받은 보험금으로 생활비를 충당 중이다. 사실 이 문제로 나와 아내 사이에서는 의견 충돌이 있었다.

내 머릿속에는 내가 직장을 그만둔 건 전적으로 간병 때문이라는 생각이 있었다. 아니, 그건 엄연한 사실이다. 설령 중증 방문 요양 제도를 최대한 활용한다고 해도 요양 보호사로 모든 시간을 커버할 수 있는 건 아니다. 만약 지급 총량(정부에서 허가한 보호사 파견 제도를 이용할 수 있는 시간)이 지금보다 많다고 해도 요즘 같은 인력 부족 상황에서는 부탁할 사람이 없다.

아니, 그전에 아내가 원하지 않는다.

그래서 내가 나설 수밖에 없었다.

하지만 그런 말을 입에 담기라도 하는 날은.

"지금 그게 다 내 탓이라는 거야?"

언제나처럼 날카로운 목소리가 돌아온다.

"오히려 내 돈 덕에 일하지 않아도 되니 좋은 거 아니야?"

그렇게 쉽게 결론지을 문제가 아니다. 할 수만 있다면 일을 계속하고 싶었다. 간병을 시작하며 재택근무도 찾아봤지만 이전 직장에서는 실현되지 않았다.

무직이 된 상황은 예상한 것보다 더 큰 불안감을 안겼다. 소득 측면에서도 그렇지만 그보다 사회와의 연결 고리가 끊겨 버린 것 같은 소외감이 컸다.

그러나 사실 지금 나는 집에서 하는 일이 있다. 아직 '일'이라고 말할 수는 없지만 그렇게 됐으면 하고 바라는 일이 있다.

문득 차 안에서 야스코에게 그 이야기를 해 버렸다.

"괜찮지 않을까?"

야스코가 말했다.

"잘되면 좋겠네. 너라면 분명 잘할 수 있을 거야."

진심에서 우러난 말이라는 게 느껴져 기쁨이 밀려왔다.

그래. 잘되면.

정말 그렇게 생각했다. 아니, 그렇게 되도록 어떻게든 해야 한다. 지금의 삶, 이 막막한 상황에서 벗어나기 위해서는. 그런 믿음이 지금의 나를 지탱하고 있다고 해도 과언이 아니다.

야스코는 아무렇지 않게 말했다.

"시간 있으면 좀 쉬었다가 갈래?"

정말 아무렇지도 않게.

무심코 '그래'라고 대답할 뻔한 것을 간신히 집어삼켰다.

아니, 무심코는 아니다. 삼키고 나서야 그것이 진심인 것을 깨달았다. 나도 진심으로 그러고 싶다.

하지만.

"……집에 가야 해."

그렇게 대답했다. 나도 최대한 담담하게.

"그렇지?"

야스코는 아무렇지도 않은 듯 고개를 끄덕였다.

그리고 그때부터 두 사람은 침묵에 잠겼다.

그녀가 어떤 생각으로 이런 제안을 했는지는 알 수 없다. 수십 년 만에 다시 만나 '우리 일'을 떠올리며 그때 못다 한 이야기를 이어 가고 싶은 걸까.

아니, 그렇지는 않을 것이다. 내가 평범하게 결혼 생활을 하고 있다면 그녀는 이런 말을 하지 않았을 것이다.

아마도 동정하고 있다. 지금의 내 처지를. 그러니 옛 추억에 젖어서 자기도 모르게 그런 말을 내뱉은 것이다. 내가 받아들이지 않아서 안도할 것이다.

하지만 나는 달랐다.

야스코의 제안을 거절한 것, 거절할 수밖에 없는 상황에 자괴감을 느꼈다. 사실은 잠시 쉬었다가 가고 싶은 마음이 굴뚝같다. 안 될 거라고 생각하지도 않는다. 마음과 몸의 일부도 완전히 전투태세다. 하지만 그럴 수 없다.

핑계가 아니라 정말로 돌아가야 하기 때문이다. 보호사가 있는 시간은 정해져 있다. 그때까지는 집에 가야 한다. 단지 그 때문이었다.

차가 역 앞 로터리에 도착했다.

"고마워."

"응."

조수석에서 내려 차를 돌아봤다.

"그럼."

야스코는 어색하게 미소 지으며 손을 흔들었다. 그리고 앞을 보고 차를 출발시켰다.

덧붙여도 좋았을 '다음에 또 만나'라는 한마디는 둘 중 누구의 입에서도 나오지 않았다.

시간이 촉박했다. 역에서 집까지 뛰어가 간신히 다카노와 교대했다.

"감사합니다. 늦은 시간까지 죄송합니다."

"아뇨. 그럼 이만 실례하겠습니다."

다카노를 배웅하고 심호흡을 한 번 한 뒤 거실 문을 열었다.

"다녀왔어."

아내는 침대 위에서 상반신을 일으키고 있었다. 자고 있으면 좋으련만 이런 때만큼은 어김없이 깨어 있는 상태에서 나를 맞는다. '어서 와'라는 말 한마디 없이 내 얼굴을 가만히 쳐다본다.

"술 마셨어?"

아내 입에서 처음 나온 건 그 말이었다. '수고했다'라거나 '조금 더 있다 오지'라는 말은 처음부터 기대하지도 않았는데 역시나 하고 낙담한다.

"장례식이니까."

그렇게 대답하는 게 고작이었다.

술 마시면 안 돼? 일부러 서둘러 왔는데 넌 모르지? 심지어 단 한 번뿐일 권유도 거절하고 돌아왔는데!

물론 그런 말을 할 수 있을 리 없다.

"뭔가 아쉬워서 맥주 좀 마시려고."

최소한의 빈정거림을 담아 응수했다. 그러나 아내는 지극히 당연하게 "나도 마실래"라고 했다.

실내복으로 갈아입고 둘이 거의 말없이 맥주를 마셨다. TV에서는 요즘 인기를 구가하는 거구의 여장 코미디언이 화면 가득 나와 늘 그러듯 일반인들을 상대로 독설을 퍼붓고 있다. 아내는 이 코미디언을 너무 좋아해서 그토록 좋아하던 영화를 이제 보지 않지만 이 코미디언이 출연하는 프로그램만큼은 녹화까지 해서 보고 있다.

지금도 가끔 웃음을 터뜨리며 테이블에 놓인 캔맥주를

빨대로 빨아 마신다. 어째서인지 아내는 보호사가 있을 때는 술을 마시지 않는다. 그냥 평소처럼 행동하라고 해도 고개를 흔들 뿐이다.

그러다가 내가 돌아오기만 하면 이렇게 술을 요구한다. 나는 술맛을 느끼지도 못하고 방송이 언제 끝날지만을 떠올리며 말없이 TV 화면을 봤다.

장례식보다 더 우울한 2차는 다행히 한 시간 정도 만에 끝났다. 빈 캔을 치우고 둘이 양치질을 하고 아내를 침대로 데려다줬다.

옆방으로 들어가 평소처럼 컴퓨터를 켰다. 마우스를 클릭해 그 페이지를 띄웠다.

야스코에게 말한 '집에서 하는 일'이 바로 이것이다.

—꼭 대가를 받고 하는 것만이 일이 아니야. 하기 싫어도 해야 하니까 하는 것. 그런 것도 일이라고 해.

아내의 말을 빌리자면 이 역시 다양한 의미에서 '일'은 아닐 것이다. 현재로서는 대가라고 해 봐야 쥐꼬리 수준이고, 하기 싫지만 해야 하는 일도 아니다. 누가 부탁하거나 지시한 것도 아니다.

그냥 하고 싶으니 하는 것이다. 더 정확히 말하면 이것밖에 할 일이 없으니 하는 것이다.

지금껏 누구에게도 말하지 못했다. 오늘 처음 야스코에게 털어놓았다.

말할 수 있을 리 없다.

오십 줄을 넘긴 남자가 돈 한 푼 안 되는 글 같은 걸 틈틈이 쓰고 있다는 이야기를.

처음에는 다른 사람에게 읽히고 싶은 마음도 없었다. 그냥 불평불만을 토로할 뿐이었지만 일기처럼 마냥 컴퓨터 앞에 앉아 타이핑만 하기도 재미없어서 인터넷에 익명의 블로그 페이지를 개설했다.

쓰는 내용은 자연스럽게 일상 잡기가 됐다. 중심은 역시 아내와의 일이다.

글을 쓰는 데 문제는 없었다. 사람들이 읽고 재미있다, 재미없다고 평가하는 것도 중요치 않았다. 다른 사람의 눈치를 보지 않고 가슴에 쌓아 둔 생각을 자유롭게 쏟아내는 쾌감이 있었다.

그런 글에 어느덧 하나둘 독자가 붙기 시작했다.

물론 친구나 지인들에게는 알리지 않았으니 모두가 생판 모르는 남이다. 인터넷이 전 세계를 연결한다는 걸 머리로는 알고 있었지만 실제로 이렇게 내 글을 읽는 사람이 생길 줄은 예상치 못했다.

그리고 댓글도 하나둘 달리기 시작했다.

처음에는 '힘드시겠어요'라는 동정어린 댓글이나 '○○씨를 찾아가 상의하면 더 좋은 방법을 찾을 수 있을 거예요'라는 식의 조언이 많았다.

그러다가 점차 '진심이 담긴 글이라 재미있다', '비참하지만 어딘가 모를 페이소스가 느껴진다'처럼 내 글을 '읽을거리'로 평가하는 댓글이 늘었다.

개중에는 '그냥 블로그에 올릴 글로는 아까워요. 요새는 돈을 내야 볼 수 있는 콘텐츠도 많아요'라는 조언도 있었다.

아마추어가 쓴 글을 읽으려고 돈을 지불한다니. 그런 세상이 있다는 걸 처음 알았다.

비록 적은 금액이라도 수입이 된다면 마음가짐이 달라지기 마련이다.

백 엔이든 이백 엔이든 과금해서 읽는 사람이 한 명이라도 있었으면 좋겠다는 일념으로 지금까지 쓴 글의 절반 정도를 무료로 올리고 그 이후부터는 유료로 올려 봤다.

그러자 놀랍게도 실제 과금하는 사람이 생겼다.

시간을 내어 글을 써서 인터넷에 올리는 게 자연스럽게 삶의 보람으로 자리 잡은 것이다.

만약 이걸로 먹고살 수 있다면…….

그런 아련한 꿈을 품고.

나는 다시 모니터를 바라봤다.

한번은 아내가 갑자기 "커터칼을 갖다줘"라고 한 적이 있다.

물론 나는 "뭐에 쓰려고?"라고 물었다. 뭐에 쓰든 아내가 직접 커터칼을 다룰 수도 없다.

"뭐 자르고 싶은 게 있으면 잘라 줄게."

"그냥 갖다줘."

돌아오는 건 늘 듣는 언짢아하는 목소리였다.

"그러니까 뭐에 쓰려는 건데?"

"됐으니까 그냥 좀 갖다줘!"

그러나 나는 아내에게 커터칼을 주지 않았다. 아내도 더 이상 요구하지 않았다.

그때 아내가 뭘 하려고 했는지는 알 수 없다.

그러나 그 일이 있고 난 뒤부터 혹시나 하는 마음에 보호사들에게도 아내가 아무리 강하게 요구해도 칼은 주지 말라고 주의했다. 보호사들은 묵묵히 고개를 끄덕였다. 어쩌면 보호사의 직무 요강(그런 게 정말 있는지 모르겠지만)에 '위험물은 지시받아도 줘서는 안 된다'라는 규정이 있을지도 모른다.

하지만 내가 굳이 그렇게 주의하지 않아도 아내는 보호사에게 그런 걸 요구하지 않을 것이다.

보호사가 **그런 일**을 도와줄 리 없다는 걸 아내도 잘 알기 때문이다.

하지만 나라면?

부탁하면 도와줄지도 모른다.

그렇게 생각하는 걸까.

언젠가 TV에서 본 외국 사건의 재현 드라마가 떠올랐다.

밥을 먹으면서 틀어놓았는데 특별히 진지하게 시청한 건 아니었다.

아픈 아내를 둔 남편이 불륜 상대와 공모해 아내를 살해할 음모를 꾸미는 내용이었다.

남편은 평소 아내가 먹는 수면제를 치사량만큼 속여서 아내에게 먹인 후 자살로 위장해 아내를 죽이는 데 성공한다. 그러나 이후 약을 늘 먹여 온 사람이 남편이라는 것을 알게 된 경찰의 조사로 남편이 불륜 상대와 공모해 아내를 살해한 사실이 밝혀지는 이야기였다.

"정말 바보 같은 인간이네."

TV를 보던 아내가 혀를 차며 말했다.

같이 보고 있을 줄은 몰랐기에 조금 놀랐지만 나는 "그래?" 하고 적당히 맞장구쳤다.

아내는 나직이 중얼거렸다.

"죄를 짓지 않고도 죽일 방법이 얼마든지 있는데."

나는 그때 대꾸하지 않았다.

아내는 아랑곳하지 않고 말을 이었다.

"예를 들어 휠체어를 타고 외출할 때. 휠체어를 미는 사람은 늘 남편일 테니 아무도 보지 않을 때 언덕길 같은 곳에서 손을 떼면 되지."

아내의 눈길은 여전히 TV에 향해 있었다.

"고의인지 과실인지는 그 누구도 몰라. 나랑 당신밖에

는."

아내는 분명 그렇게 말했다.

나랑 당신밖에.

잘못 들은 게 아니다.

그러니 부탁해.

아내는 그런 말을 하고 싶은 것이다.

나중에 자신이 부탁할 때 고민 없이 그렇게 해 달라고.

고민 없이.

그렇다. 고민은 머리의 역할이다.

수족은 고민을 하지 않는다.

평생 당신의 수족이 되겠다.

지금으로부터 8년 전 나는 그렇게 맹세했으니까.

아내가 사고를 당했던, 바로 그때.

한낮의 달
2

그동안 업무와 무관한 상대를 만날 기회가 거의 없었다. 이웃 교류라고 해 봐야 아파트 관리 조합 정기 총회에서 한 달에 한 번 다른 주민과 얼굴을 마주치는 정도이고 자녀가 없어서 그쪽과 관련된 인연도 없었다.

그러다가 요새 퇴근 후 혼자 바나 술집에 들르는 습관이 생기면서 직업에 대한 질문을 받는 일이 많아졌다. 그럴 때 가즈시는 보통 '건물 설계를 한다', '설계 사무소에서 일한다'라고 대답하는데, 그럼 상대들은 대개 조금 놀란 표정으로 '대단하네요', '힘든 일을 하시네요'라는 반응을 보인다. 그들이 머릿속에 떠올리는 건 아마 건축가의 이미지일 거라고 가즈시는 추측했다. 집이나 건물 같은 걸 설계하는 사람.

대부분 한 번 만난 상대에게는 그 이상 설명하지 않지만, 가즈시는 정확히 말하면 건축가가 아니었다. 아니, 건축가는 화가나 음악가처럼 그런 쪽의 일을 직업으로 삼는 이들의 총칭이므로 그렇게 불러도 무방할지 모른다. 그럼 표현을 바꿔 보자. 가즈시는 '건축사'가 아니다. 다시 말해 국가 자격인 1, 2급 건축사 자격을 가지고 있지 않다. 따라서 '설계사'라고 말할 수는 있어도 건축사라고 하면 사칭이 된다.

그러나 자격증이 없어도 건축 일은 할 수 있다. 지금 일하는 사무소와 예전 회사에서도 자격증 없이 설계 일을 하는 사람이 가즈시 말고도 여럿 있었다. 회사 안에 한 명이라도 1급 건축사 자격증을 가진 사람이 있으면 건축사 사무소 간판을 내걸 수 있고 어떤 건물이든 설계할 수 있다. 사무소 자체적으로나 회사 대표가 반드시 자격증을 가지고 있어야 하는 것도 아니다. 사실 명망 있는 건축가 중에서도 1급 건축사 자격증이 없는 사람이 많다. 세상은 그런 사실을 모르고 별로 상관하지도 않는다.

가즈시도 자격증을 따고 싶기는 했다. 아니, 당연히 취득할 생각이었다. 그러나 처음 입사한 회사가 워낙 바쁜 나머지 전문 학원을 다니거나 독학으로 공부할 시간이 없어서 결국 포기했다.

자격증이 없어도 1백 제곱미터 미만, 2층 이하 목조 주택은 설계 가능하니 이전 회사에서 주 업무이던 전시회 부스 설계에 지장이 없었다. 지금 사무소로 옮긴 뒤에도 감리 업무는 할 수 없지만 점포나 사무소 설계팀의 일원으로 일하는 데 전혀 문제가 없었다.

디자인 감각이나 기술적인 면에서는 사장을 비롯해 다른 직원들에게 어느 정도 인정도 받고 있기 때문에 언젠가부터는 이제 와서 굳이 자격증을 딸 필요가 있을까 하는 생각이 들기 시작했다.

이직 후 지금까지 업무상으로 불만을 느낀 적은 없다. 사무소는 규모가 별로 크지 않고 사내 인간관계에서 스트레스가 없을뿐더러 급여도 만족스러웠다.

지금까지는.

가즈시가 지금 회사의 업무 방식에 의문을 품게 된 것은 자신이 설계한 비스트로 레스토랑에 손님으로 들른 것이 계기였다.

그곳은 다양한 와인을 구비했고 잔으로 와인을 주문할 수 있는 게 특징이며 안주가 다양하고 가격도 저렴한 곳이라고 했다.

그날은 일이 평소보다 일찍 끝나 단골 바가 아직 문을 열지 않아서 가볍게 요기라도 할 목적으로 방문했다.

그래서 당초 오래 머무를 생각도 없었다.

명성에 걸맞게 와인과 음식은 맛있고 가성비도 좋았다. 베테랑 건축가가 설계한 점포 내부에서는 세련된 분위기가 물씬 풍겼고 인테리어 감각도 훌륭했다.

그래서 예상한 것보다 더 오래 머물렀는데, 한 시간이 흐르자 왠지 모르게 마음이 불편해졌다. 점포 내부는 그다지 붐비지 않고 시끄럽지도 않고 접객에도 문제가 없었다. 이유는 단 하나, 의자 때문이었다.

외형은 멋지지만 폭이 좁고 쿠션 탄력이 부족했다. 그냥 먹고 마시는 데는 별문제가 없지만 한 시간 정도 앉아 있으니 불편함이 느껴졌다.

점포를 디자인한 사람은 실력이 있고 가즈시와도 친한 이토라는 선배 직원이었다. 의자까지 직접 디자인하지는 않았겠지만 당연히 그가 직접 선택했을 물건이다.

왜 이런 의자를 주문했는지 가게 문을 나선 뒤에도 궁금했다.

다음 날, 점심시간에 우연히 이토와 점심을 함께 먹으며 가즈시는 점포에 다녀왔다고 이야기하고 우선 디자인을 칭찬했다.

"아, 다녀왔구나. 괜찮았지?"

"네. 음식도 맛있었고 그 정도 수준에 그 가격이면 손님이 많을 것 같던데요."

"그래. 실제로도 요새 꽤 인기가 있대."

"그런데……."

가즈시는 최대한 선배의 심기를 건드리지 않게 조심하며 궁금한 것을 물었다.

"아, 그 의자. 그건 그쪽에서 직접 발주한 거야."

이토는 전혀 주눅 들지 않고 그렇게 대답했다.

"발주요?"

깜짝 놀라서 되물었다.

"그렇게 착석감이 불편한 의자를요?"

"착석감이 불편하다고까지 하는 건 좀 과장 아닌가?"

이토가 웃으며 말했다.

"죄송해요. 그런데 구체적으로 뭐라고 지시하던가요?"

"'장시간 체류는 가급적 피하고 싶으니 그쪽으로 신경 써 달라고 했어. 한마디로 고객 회전율을 높이고 싶다는 뜻이었지. **'비스트로 레스토랑의 맥도널드화'**라고 해야 하나."

이토는 그렇게 말하며 자조 섞어 미소 지었다.

회전율? 선술집 같은 곳이야 그렇다 쳐도 음식과 술은 물론 분위기까지 가격에 포함된 비스트로 레스토랑에서? 회전 초밥집도 아닌데.

그때는 그런 점포 방침이 그저 놀라울 뿐이었다.

그러나 사실 이런 요청이 비단 그 점포에만 국한된 게 아니라는 것을 얼마 후 알게 됐다.

"사회사상으로서의 아키텍처에 대해서 아나?"

며칠 후 사장의 부름을 받고 평소 거의 가지 않는 고급 초밥집에서 식사를 함께할 때였다.

사장과의 회식 자체는 그리 드물지 않았다. 유명 설계 사무소에서 독립해 '대기업은 못 보는 세심한 부분까지 신경 쓰는 회사'를 모토로 지금의 사무소를 설립한 그는 직원들의 의견 수렴을 중요하게 생각해 평소 정기적으로 직원 한 명 한 명과 식사를 함께하고, 술을 마실 수 있는 사람이라면 술잔도 기울이며 평소 말하지 못한 회사나 업무에 대한 불만은 없는지, 인간관계에 문제가 없는지 등을 들을 기회를 마련해 두고 있었다.

사실 술자리라고는 하지만 사장과 얼굴을 맞댄 채로 진정한 속마음을 털어놓을 수는 없으니 경영자의 자기만족에 불과하다고 다들 귀찮게 생각하기는 했지만.

그래도 일이 너무 바쁘면 거절할 수 있고 평소 제 돈 내고는 갈 수 없는 가게에서 먹고 마실 수 있으니 가즈시는 그날과 같은 자리에 전에도 몇 번 참석했다.

사장이 느닷없이 이상한 말을 꺼낸 건 음식을 다 주문하고 고급 사케를 마시며 취기가 슬슬 오르던 무렵이었다.

"……사회사상으로서의 아키텍처 말입니까?"

무슨 뜻인지 몰라 되묻고 말았다.

그래도 건축을 공부한 사람으로서 가즈시 역시 아키텍

처가 뭔지는 대략 알았다. 일반적으로 아키텍처란 건축 그 자체를 의미하며 건축학에서는 건축 양식이나 구조 등을 뜻한다.

하지만 '사회사상으로서'라는 건 뭘까.

"그래."

사장은 자못 당연한 것처럼 말을 이어 갔다.

"건축 그 자체의 의미 외에도 인간의 행동을 제약하거나 일정 방향으로 유도하는 디자인이나 구조를 '아키텍처'라 부르지."

여전히 이해 못 하는 표정인 가즈시를 향해 사장은 훈계하듯 말했다.

"예를 들어 법은 단속과 처벌로 인간의 행동을 제약하잖나? 사회 규범이라는 것도 도덕의 가르침으로 인간의 행동을 제약하지. 그리고 시장市場도 사실 인간의 행동을 제약하거나 유도하는 역할을 해."

"시장……."

"즉, 마케팅 말일세. 화려한 광고를 하거나 가격을 변동시키면 사람들의 구매 패턴도 바뀌지 않나?"

"아아, 네."

"그리고 또 하나, 인간의 행동을 제약하는 방법으로 건물의 디자인을 바꿔 어떤 행동을 유도하는 것. 그런 '아키텍처에 의한 제약'도 있지."

"아키텍처에 의한, 제약……."

속으로 '또 시작인가' 하고 생각하며 사장의 말을 앵무새처럼 따라 했다. 술이 들어가면 설교 모드까지는 아니더라도 의미심장한 철학이나 교훈적인 이야기를 자주 입에 담는 것이 사장의 버릇인데, 그것만 없으면 회식이 힘들지도 않을 것이다.

"그래."

가즈시의 반응을 아랑곳하지 않고 사장은 기세 좋게 말을 이어 갔다.

"건물의 디자인을 바꿈으로써 선택지를 고르기 쉽게 하는 것. 반대로 어떤 행동을 하는 게 불편해지도록 환경을 바꾸는 것. 디자인을 통해 사람들이 자발적으로 특정 행동을 선택하도록 유도하는 거야. 말하자면 건축이 이 사회, 세상을 바꾸는 거지. 멋지지 않나?"

"……네."

무슨 말을 하고 싶은 건지 도통 감을 잡을 수 없었다.

"자네, 얼마 전 어떤 점포 의자의 착석감이 불편했다고 이토에게 한마디 했다더군."

화제가 바뀌었다.

"네? 하, 한마디라뇨."

얼마 전 선배 직원에게 물은 비스트로 레스토랑 의자를 뜻한다. 생각도 못 한 방향으로 이야기가 흘러가 가즈시는 어안이 벙벙해졌다.

"한마디는 아니었나 보군. 그냥 친절한 감상 혹은 건설적인 의견이었나?"

사장이 비꼬는 어조로 말했다.

"뭐, 어느 쪽이든 상관없어. 이토가 말했듯 그건 클라이언트의 지시였고 우리가 최근 설계 계획 시 제안하는 콘셉트 중 하나이기도 하지. 즉, 그게 바로 사회사상으로서의 아키텍처다."

이야기가 되돌아와 더 크게 당황했다. 대체 둘이 어떻게 연결되는 걸까.

"디자인 기획으로 소비자들의 트렌드를 일정 방향으로 유도해 고객의 수익으로 이어지게끔 한다. 자네도 이제는 일할 때 슬슬 그걸 염두에 두는 게 좋을 거야."

여전히 말문이 막혀 있는 가즈시에게 사장은 "난 자네에게 기대를 걸고 있어"라고 덧붙였다.

"진짜 1급 건축사라며 콧대만 높은 녀석들보다 자네가 훨씬 프로페셔널하지. 궂은일을 마다하지 않는 데다가 기술도 확실하니까. 남은 건 이거라고, 이거."

사장은 검지로 관자놀이 부근을 톡톡 두드렸다.

그날의 일을 어떻게 받아들여야 좋을지 알 수 없었다. 사장은 나에게 뭔가 충고하고 싶었던 걸까. 아니면 평소처럼 그저 잡담의 일환일까.

그리고 나에 대한 업무 평가. 나는 인정받고 있는 걸까, 무시당하고 있는 걸까.

그날은 나카자와와 평소처럼 신주쿠의 저렴한 술집에서 만났다.

"요즘 요산과 혈당 수치가 아슬아슬해서."

두 번째 술을 생맥주에서 미즈와리*로 바꾼 것 외에 나카자와는 전과 별반 다를 바 없었다. 그가 최근 맡은 프로젝트와 관련해 고객사와 상사에 대한 불평을 한바탕 들어주고 가즈시도 회식 자리에서 사장에게 들은 이야기를 털어놓았다.

나카자와의 의견을 듣고 싶었던 건 자신에 대한 사장의 평가를 남들은 어떻게 생각할지 궁금해서였지만, 그가 집중적으로 물고 늘어진 건 의외로 '사회사상으로서의 아키텍처'라는 말이었다.

"그건 '배제 예술'과 같은 논리네."

나카자와의 입에서 나온 생소한 단어에 당황했다.

"배제 예술? 그건 또 뭐야."

"나도 최근에 알게 된 개념이야. 난 지금 주택 쪽을 맡고 있으니 도시 디자인이나 공공 디자인 같은 것도 나름 공부하고 있어."

* 사케, 소주, 위스키 등의 술에 물을 넣어 희석시킨 칵테일.

"아, 그렇구나."

늘 시시껄렁한 잡담만 늘어놓는 나카자와의 입에서 이런 전문적인 말을 듣는 건 처음인 듯했다.

"요즘 공원 벤치 같은 곳에 왠지 오래 앉기 힘들다고 느낀 적 없어?"

"공원? 음……. 잘 안 가서."

"가 봐. 요새는 많이 달라졌으니까. 예를 들어 우에노 공원. 이것 좀 봐."

나카자와가 꺼낸 물건을 보고 나도 모르게 "앗!" 하는 말이 튀어나왔다.

"너, 아이폰 샀어?"

"산 지 꽤 됐는데?"

"이야."

최근 주변에서 피처폰에서 스마트폰으로 바꾼 사람이 늘었다. 하지만 나카자와까지 아이폰을 샀다니. 왠지 나만 유행을 놓치는 것 같았다.

"이것 좀 봐."

가즈시의 그런 심정 따위 아랑곳하지 않고 나카자와가 아이폰을 톡톡 두드리자 사진 몇 장이 화면에 표시됐다.

"오, 화질 좋네. 역시 피처폰이랑 달라."

"이 벤치 좀 봐. 최근에 새로 생긴 우에노 공원 벤치야. 가운데에 철제 칸막이가 있지?"

"응? 칸막이? 이 팔걸이 말이야?"

"그래. 이게 무슨 용도인지 알겠어?"

"무슨 용도냐니……. 개개인의 공간을 확보해서 앉기 편하게 할 용도 아니야?"

"아니. 이건 벤치에 눕지 못하게 만든 거야."

"뭐?"

그런 발상은 한 번도 해 보지 못해서 깜짝 놀랐다. 그러고 보니 이런 칸막이가 있으면 확실히 눕기 어려울 것이다.

"그렇구나……."

"그뿐만이 아니야. 사진만 봐서는 잘 모르겠지만 등받이가 거의 직각에 가까워서 자세를 똑바로 해야 하고, 좌판도 조금 기울어서 몸이 약간 앞으로 쏠려. 이런 벤치에는 앉아 있어 봐야 하나도 편하지 않아."

"잠깐만. 그럼 왜 이렇게 편하지 않은 벤치 같은 걸 만드는 건데?"

"노숙자 퇴출을 위해."

"노숙자 퇴출?"

가즈시는 앵무새처럼 그 말을 따라 했다.

"그래, 이 벤치를 봐. 이건 우에노 공원이 아닌 다른 공원에 있는 벤치인데."

화면을 스크롤해서 다른 사진을 보여 준다.

"여기에는 칸막이가 없지만 가로 폭이 짧아서 누우면 하반신이 밖으로 튀어 나가겠지? 자, 이건 벤치는 아니지만, 잠깐 쉬고 싶을 때 이런 곳에 앉을 때가 있지?"

나카자와가 보여 준 건 역 앞 로터리 등지에서 흔히 볼 수 있는 식수대 사진이었다. 그의 말대로 그런 곳에서 짐을 옆에 두고 잠시 휴식을 취하려고 가장자리에 앉는 이들의 모습을 종종 볼 수 있다.

"같은 간격으로 돌기 같은 게 나 있지? 이것도 사람이 눕는 것을 막기 위한 용도야. 이쪽은 더 심해."

다음으로 보여 준 사진은 아마도 역시 벤치의 일종 같은데 모던한 튜브형 디자인이었다. 좌판이 곡선으로 돼 있어 앉기 불편해 보였다.

"이런 곳에는 누울 수 없는 게 당연하겠지. 더군다나 스테인리스 재질이라 여름에 덥고 겨울에는 추워. 앉아 있으면 오히려 불편해."

"아니, 하지만……."

나카자와가 말한 대로 그가 보여 준 것들은 하나같이 앉아 있기 불편해 보이는 의자였다.

그러나 이런 사례는 극히 일부이지 않을까. 예민한 디자이너가 제품 디자인을 지나치게 신경 쓴 나머지 오히려 불편한 물건을 만드는 건 흔한 일이다.

나카자와는 "아니, 일부라고 할 수 없어" 하고 고개를 저었다.

"주의 깊게 보면 알 수 있어. 최근 만들어진 것들, 그러니까 리모델링된 시내 큰 공원이나 공공장소에 있는 벤치들은 하나같이 이렇게 디자인돼 있거든."

나카자와는 허술한 구석은 있지만 적어도 거짓말을 하지 않는다. 이 녀석이 이렇게 말한다면 맞을 것이다.

하지만.

"대체 언제부터 이런 식으로……."

"내가 아는 한 가장 오래된 건 10년 전쯤 신주쿠 서쪽 출구 지하도에 설치된 장식물이야. 전에 노숙자들이 한꺼번에 쫓겨난 적이 있지?"

"아……."

기억났다. 골판지 하우스 등으로 불리며 도청으로 향하는 지하 통로 한 귀퉁이가 노숙자들에게 점거됐던 시절이 있다. 여러 번의 퇴거 요청에도 응하지 않아 도청 직원들이 그들을 강제 퇴거시켰다.

또 다른 곳에서는 골판지 하우스에서 화재가 발생해 일대에서 골판지를 깔고 눕는 행위 자체가 전면 금지된 적도 있다. 하지만 그 후 어떻게 됐는지는 모르고 있었다.

"공원뿐만 아니라 역 앞이나 공공시설 주변 같은 곳에 별로 어울리지 않는 엉뚱한 조형물 같은 게 보이곤 하지? 그런 것도 대부분 배제 예술이야. 의도적으로 그런 걸 만드는 거야. 노숙자만이 아니야. 아이들이 스케이트보드 같은 걸 타지 못하게 할 목적으로 만들기도 해. 하지만 그렇게 함으로써 오히려 휠체어를 타는 사람이나 노약자 등이 다니기 힘든 환경이 돼 버렸어."

"그럼 주객이 바뀌는 것 아니야?"

나도 모르게 큰 소리가 나왔다.

"그래. 그걸 떠나 애초에 그런 건 예술도 아니지. 하지만 그렇게까지 해서 그들은 사회에서 불순물을 몰아내려 하고 있어."

"그들? 정부 말이야?"

"글쎄. 꼭 정부에 국한된 건 아니지 않을까. 우리도 무의식적으로 그런 식으로 움직일 수 있으니까. 그러니까 우리가 자발적으로 일정한 행동을 하게끔 유도당하는 거지."

사장의 입을 통해 들은 말과 똑같았다.

사회사상으로서의 아키텍처.

나 또한 모르는 사이에 그 한 축을 담당하고 있는 걸까.

그날은 나카자와도 늦어도 괜찮다고 해서 그가 아는 술집에 2차를 갔다. 40대로 보이는 씩씩한 마담이 운영하는, 2번가와 3번가 경계의 평범한 노래방 술집이었는데 위치 때문에* 게이 손님이 많은 듯했다.

* 도쿄 신주쿠 2번가 인근은 성소수자들이 모이는 구역으로 유명하다.

평소 그런 이들을 접할 기회가 없었던 가즈시는 처음 들어갈 때는 다소 긴장했지만 마담이 어떤 손님이든 가리지 않고 친절하게 말을 걸어 줘서 금세 익숙해졌다.

그 이후부터는 나카자와도 진지한 이야기를 하지 않고 마담이 던지는 시시콜콜한 이야기에 맞장구치며 기분 좋게 술을 마셨다. 조용한 가게에 갔으면 또 나카자와의 불평불만이나 험담을 들을 것이 뻔했기에 지금 상황에 가즈시도 안심했다.

편안한 나머지 술집에 너무 오래 머무른 탓에 아슬아슬하게 막차를 타고 집에 도착했을 때는 이미 날짜가 바뀌어 있었다.

발소리를 죽이며 방에 들어갔다.

가즈시가 이런 시간에 퇴근하는 건 요새 들어 드문 일이 아니었다. 평소 집에서 밥 먹는 일도 거의 없어서 미리 연락하지 않았어도 세쓰는 먼저 잠들어 있는 듯했다. 침실에서는 아무 소리도 들리지 않았다.

샤워와 양치질을 하고 슬그머니 침실로 들어갔다.

작은 스탠드 불빛 속에서 잠든 세쓰의 모습이 보였다. 깨우지 않게 조심하며 침대에 들어간다.

사실 가즈시는 거실에서 자는 게 서로에게 더 편할지 모르지만 침대마저 따로 쓰면 왠지 모든 게 끝날 것 같다는 생각에 겁이 났다.

두 사람의 임신 활동은 그날 이후 끝을 고했다.

세쓰와 몸을 섞고 피부가 맞닿는 일은 이제 없다. 물론 전과 똑같은 상태로 돌아갔다고 생각하면 아무것도 달라진 게 없기는 하다. 아이가 없고 섹스하지 않아도 부부인 것 역시 변함없었다.

그러나 뭔가가 결정적으로 달라졌다.

그때 한번 싹튼 세쓰에 대한 의심과 불신은 아무리 시간이 지나도 사라지지 않았다.

아내에게 낙태 경험이 있다는 사실. 그녀가 지금껏 적극적으로 아이를 만들려 하지 않은 이유도 분명 그 일 때문일 거라는 추측. 그것들은 영원히 사라지지 않는 응어리처럼 가슴 깊숙한 곳에서 굳어 버렸다.

하지만 그렇다고 해서 부부 관계가 더 냉랭해진 것은 아니다.

사실 가즈시보다 세쓰 쪽이 더 많이 변했다.

원래부터 말수가 많거나 쾌활한 성격은 아니었다. 그러나 그날을 기점으로 세쓰에게서는 전과 같은 재치 넘치는 말솜씨와 시원시원한 미소가 완전히 자취를 감춰 버렸다.

서로 일 때문에 바쁘기는 했지만 거실에서 마주 앉아도 피상적인 대화만 나눴다.

세쓰는 혼자 있을 때, 즉 내가 술집에 있는 동안 집에서 뭘 하며 시간을 보낼까. 그런 생각을 해 본 적도 없었다.

그러다가 며칠 전 **그것**을 알게 됐다.

전에는 스포츠면 정도만 훑어보던 신문을 요새는 구석구석 읽게 됐다. 꼭 사장에게 한 소리 들어서가 아니라 사회의 변화를 조금 더 알아야겠다는 결심이 들었다.

아침에는 바빠서 읽을 시간이 없으니 조간을 여유롭게 읽는 건 대체로 밤늦은 시간이다. 그날도 세쓰가 잠든 늦은 밤이 돼서야 신문을 펼쳤다.

신문 사회면의 일부가 네모나게 잘려 있었다.

가위로 잘라낸 듯했다. 가로세로 몇 센티미터의 공간이 뻥 뚫려 있다.

자른 사람은 세쓰가 틀림없었다.

이 공간에는 어떤 기사가 있었을까. 왠지 궁금해졌다.

다음 날 점심시간을 이용해 회사에서 가장 가까운 도서관을 찾아갔다.

집에서 구독하는 신문의 어제 날짜 사회면을 펼쳤다.

잘린 곳에 어떤 기사가 있었는지는 금세 알 수 있었다.

'장애로 미래 비관', 5세 자녀를 목 졸라 살해한 혐의로 어머니 체포(마이아사신문) 2011년 1월 20일

19일 XX경찰서는 다섯 살 아들을 살해한 혐의로 XX 용의자(33)를 체포했다. 용의자는 "아이가 자폐성 장애

진단을 받아 미래를 비관했다"라며 혐의를 인정한 것으로 알려졌다. 경찰은 용의자가 19일 오전 8시경 자택 거실에서 아들을 목 졸라 살해한 것으로 추정하고 있다.

XX경찰서에 따르면 용의자는 음식점에서 근무하는 남편(40), 아들과 셋이 살았다. 이웃이 증언하기를 용의자는 평소 아들의 장애 문제 때문에 고민하고 있었으며 경찰은 사건과의 관련성을 신중하게 조사 중이다.

아이를 살해한 30대 엄마가 체포됐다는 기사였다.

가즈시는 이런 사건이 일어난 사실조차 몰랐다.

세쓰는 왜 이런 기사를 가위로 오려낸 걸까.

최근 몇 년간 친부모가 학대 끝에 아이를 사망에 이르게 한 사건이 늘었지만 이번 사건은 그런 것들과 사정이 다르다. 어머니에게도 동정의 여지가 있어 보인다. 그런 점이 눈에 들어왔을까.

발췌한 기사는 어디 두었을까.

그날 가즈시는 일을 일찍 마치고 술집에 들르지 않고 귀가했다. 아직 저녁 8시 전. 잡지 교정 마감일이 다가오는 세쓰는 더 늦게 집에 돌아올 것이다.

좋지 않은 일이라는 건 알지만 그보다 세쓰가 지금 관심을 두고 있는 게 뭔지 더 궁금했다.

신문을 오려서 보관한다면 그곳밖에 없다.

침실에 있는 책상. 세쓰의 사적인 물건이 들어 있는 서랍에 손을 얹는다.

잠겨 있지 않다. 죄책감이 다소 줄었다. 서랍을 열어 보니 가장 위에 파일이 있었다.

들어서 펼친다. 예상대로 맨 첫 페이지에 오려낸 신문 기사가 꽂혀 있었다.

이 기사 외에 또 뭐가 있을까. 다음 장을 펼치자 그곳에 꽂힌 것도 발췌한 신문 기사였다.

> **장애 딸 간병에 지친 어머니가 딸을 살해(마이아사신문)**
>
> **2010년 2월 19일**
>
> 18일 오전 5시 30분경, XX시 도로에 정차된 승용차 안에서 두 여성이 쓰러진 상태로 발견됐다. XX서 경찰이 출동했을 때 운전석에는 XX시에 사는 여성(45), 조수석에는 이 여성의 큰딸(19)이 숨져 있었고 트렁크에서는 번개탄을 태운 흔적이 발견됐다. 경찰 발표에 따르면 딸은 중증의 지적 장애가 있어 평소 어머니가 돌봤다고 한다.

이게 대체 뭐지……?

의아해하며 다음 장을 펼쳤다.

부모가 아들 살해를 인정(난사이신문) 2010년 2월 3일

지난해 12월 자택에서 동반 자살을 계획하여 신체적, 지적 장애가 있는 아들(당시 30)을 살해한 혐의로 기소된 XX정 거주 남성(63, 회사원)과 아내인 여성(58, 무직)에 대한 첫 공판이 1일 XX지법에서 열렸다. 두 사람은 검찰의 기소 사실을 모두 인정했다. 변호인은 어머니가 둘째 아들을 건강하게 낳지 못했다는 점에 책임감을 느끼고 있었다는 등 범행 배경을 설명하며 정상 참작을 호소했다.

그다음 장, 그다음 장도.

난치병 아들을 살해 후 '죽고 싶다'라고 호소한 아내를 남편이 살해(호마이신문) 2009년 9월 15일

XX현 XX경찰서는 14일 '죽고 싶다'라고 호소한 아내를 살해한 혐의로 XX시 XX정 거주 남성(60, 회사원)을 살인 혐의로 체포했다. 경찰 발표에 따르면 살해된 용의자의 아내(58)는 평소 난치병인 근위축성 측삭 경화증(루게릭병)을 앓고 있는 아들(당시 38세)을 집에서 돌보며…….

장애 있는 딸과 어머니가 동반 자살(산요미신문) 2007

년 7월 20일

19일 오후 7시 30분경, XX현 XX시에 거주하는 XX 씨(50)의 집 안에서 딸(20)이 엎드린 채 쓰러져 있고 아내(48)가 목을 매 숨져 있는 것을 귀가한 XX 씨가 발견…….

지적장애 아들 살해한 어머니 체포(가이호쿠신문)

2006년 4월 5일

XX현 XX경찰서는 지난 4일 자택에서 아들(29)을 살해한 혐의로 같은 현 XX시에 사는 용의자(48, 무직)를 살인 혐의로 체포했다. 용의자는 평소 XX시내 지적 장애인 시설에 입소해 있는 아들을 돌봤다고 한다. 조사에 따르면 그는 "지쳤다"라는 진술을…….

입퇴원 반복하는 딸 살해한 아버지 체포(산요미신문)

2006년 3월 18일

XX현 XX경찰서는 17일 XX시에 거주하는 용의자(50)를 살인 혐의로 긴급 체포했다. 조사 결과 XX용의자는 같은 날 오전 6시경 자택 거실에서 자고 있던 딸(20, 무직)을 목 졸라 살해한 혐의를 받고 있다. 그는 딸 살해 후 자신도 현관에서 목을 매 스스로 목숨을 끊으려고 했지만…….

25세 장애 아들을 목 졸라 살해, 아버지도 목매 숨져(마이아사신문) 2005년 2월 22일

21일, XX시 아파트에 거주하는 남성(50, 무직)이 목을 매 숨졌고 남성의 아들(25)이 이불 위에서 숨진 채로 발견…….

어머니가 아들을 흉기로 살해 후 스스로 목숨 끊어(마이아사신문) 2005년 1월 12일

11일 오후 6시 30분경, XX시의 한 민가에서 직장에서 퇴근한 남편(58)이 1층 현관 앞에서 아내(52)와 아들(24)이 피를 흘리며 쓰러져 있는 것을 발견하고 119에 신고했다. 이웃 주민에 따르면 아들은 자폐증으로 몇 년 전까지 통원 시설에 다니며…….

어머니에게 집행 유예 선고, 루게릭병 딸 살해 후 동반 자살 기도 혐의(산요미신문) 2005년 1월 10일

운동 신경이 마비돼 몸을 움직일 수 없는 난치병인 '근위축성 측삭 경화증(루게릭병)'을 앓던 딸(당시 30세)의 인공호흡기를 끊어 살해한 후 동반 자살을 기도한 혐의로 살인죄로 기소된 어머니에게…….

장애 둘째 아들과 어머니가 동반 자살, 첫째 아들이 발

견(산요미신문) 2004년 1월 8일

지난 7일 오전 10시 30분경, XX시에 거주하는 어머니 XX 씨(60)의 집을 방문한 첫째 아들(34)에게 "어머니와 동생이 죽었다"라는 112 신고가 들어와…….

25년간 돌본 근위축증 딸 살해한 아버지에게 집행 유예 판결(간자카신문) 2003년 10월 5일

근위축증에 걸린 딸(당시 25세)의 장래를 비관해 인공호흡기를 끊어 살해한 혐의로 살인죄로 기소된 아버지(49)에게…….

장애 아동 가족의 고뇌 부각(간자카신문) 2003년 6월 22일

공황 증세를 보이는 고기능 자폐증 딸(당시 15세)의 미래를 비관해 살해한 아버지(50)에게 XX지방 법원은…….

그 뒤로도 기사는 계속 이어졌다.

구독하지 않는 지방지도 포함해 하나같이 부모가 장애 있는 아이를 살해한 소식을 전하는 기사였다.

한두 가지는 가즈시도 접한 것 같지만 설마 이렇게 비슷한 사건이 많을 줄은 꿈에도 몰랐다.

마지막 장을 펼치자 가장 오래된 기사는 1999년 기사였다.

1999년은 세쓰를 처음 만난 해다.

그때부터 세쓰는 이런 기사들을 찾아서 오려 파일로 만든 후 결혼 뒤에도 계속 가지고 있었던 것이다.

그리고 지금도 그것을 계속 업데이트하고 있다.

대체 무슨 목적으로 이런 짓을.

불초의 자식
2

요지와 둘이서만 만나는 건 거의 한 달 만이었다.

늘 그렇듯 아카사카에 있는 호텔 레스토랑에서 만났다. 혼자 기다리기 싫어 일부러 약속 시간보다 10분 정도 늦게 갔는데 가게 안에 요지의 모습이 보이지 않았다. 자리에 앉자 그제야 '미안. 15분 정도 늦을 것 같아'라는 문자가 왔다.

결국 요지는 그보다 더 늦게 모습을 드러냈다. 테이블에 다가온 그가 이미 반쯤 빈 내 맥주잔을 보며 눈살을 찌푸린 것처럼 보였던 건 기분 탓이라고 생각하기로 했다.

음식 주문은 늘 그러듯 그에게 맡겼다. 처음 둘이 밥을 먹었을 때는 취향을 물었는데 그때 "잘 모르겠으니 맡길게요"라고 해서인지 그 이후로는 한 번도 물어본 적이 없다. 물론 늘 맛있게 잘 먹기는 한다.

"아버지 상태는 좀 어때?"

잔을 부딪친 후 나는 역시 그 화제로 대화의 문을 열었다.

"똑같아. 앞으로 의식이 돌아올 일은 없을 것 같아."

요지는 감정 없이 대답했다.

"그럴 수가……."

무심코 중얼거렸지만 다음 말은 나오지 않았다.

"그게 사실이니 어쩔 수 없어. 물론 의사는 명확하게 말하지 않았지만 설령 의식이 돌아온다고 해도 후유증이 클 거라 했고, 앞으로 그렇게 계속 힘들게 사는 것보다 이대로 세상을 떠나는 게 본인한테도 좋을 거야. 지금까지 내키는 대로 사셨으니 후회도 없을 테고."

"그건…… 너무 말이 심하지 않아?"

"전혀. 아버지도 어차피 자식들한테 폐 끼치고 싶지 않다고 생각할걸. 남에게 폐 끼치는 걸 누구보다 싫어하는 사람이었으니까. 무능한 인간의 뒤처리를 하는 건 멍청한 짓이라고 입버릇처럼 말씀하시곤 하셨지. 자신에게도, 남에게도 엄격한 분이었어."

무능한 인간의 뒤처리를 하는 건 멍청한 짓이다.

언젠가 비슷한 말을 요지의 입에서도 들은 것 같았다.

아니, 실제로 들었다. 어떤 거래처의 홈페이지를 리뉴얼하면서 새 로고에 붙은 캐치프레이즈를 촌스럽다는 부장의 한마디로 인해 변경했는데, 나중에 해당 문구를 거래처 사장이 직접 결정한 것이라는 게 알려져 계약 취소를 하느니 앞으로 출입 금지를 하느니 난리가 났었을 때다. 결국 그 일을 맡은 요지가 고객사를 찾아가 정중하게 사과하며 무사히 넘어갔다.

그때 요지는 분명 씁쓸한 표정으로 중얼거렸다.

무능한 인간의 뒤처리를 하는 건 멍청한 짓이다. 내가 이런 일을 하려고 회사에 들어온 건 아니다.

평소 사이가 좋지 않은 아버지와 똑같은 말을 입에 담은 걸 요지는 기억 못 하는 걸까. 물론 기억나지 않으니 내 앞에서 아무렇지 않게 말했겠지만.

험담하기는 해도 의외로 잘 맞는 부자 아니었을까. 나는 내심 그렇게 생각했다.

엘리베이터를 타자 요지는 당연한 듯 위층 버튼을 눌렀다. 나도 아무 말 하지 않았다. 이 레스토랑에서 만나기로 할 때부터 같은 건물에 있는 호텔에 방을 예약해 둔 걸 알고 있었기 때문이다.

알고는 있지만 뭔가 마음에 걸렸다. 그전에 뭔가 한마디라도 해야 하지 않을까. 적어도 설명이라도 해 줘야 하지 않을까. 지금껏 왜 만나지 못했는가. 그동안 무슨 생각을 하고 있었는가. 나와의 관계를 어떻게 생각하고 있나. 만나지 못한 시간. 우리의 관계.

그러나 나는 결국 그 말을 입 밖에 꺼내지 못했다. 그를 따라 복도를 걷다가 그가 연 방 문이 닫히기 전에 안에 몸을 밀어 넣었다.

안에는 어스름하게 불이 켜져 있고 유리창 너머로 무수한 작은 불빛이 보였다.

요지는 양복 재킷을 벗고 손을 씻으러 화장실에 갔다. 나는 블라인드를 내리려고 창가에 다가갔다. 창문에 내 모습이 비친다.

처음부터 여기 올 줄 알았다면 조금 더 차림새를 신경 썼을 텐데.

그렇게 생각하니 문득 허무함이 밀려왔다.

나는 왜 지금 이런 곳에 있는 걸까.

"……보고 싶었어."

화장실에서 나온 그가 뒤에서 어깨를 끌어안고 오늘 처음 그 말을 꺼냈다. 그리고 목덜미에 입을 맞췄다.

돌아선 내 입술에 그의 입술이 다가왔다. 내가 입을 살짝 열어 응하자 틈새로 혀가 들어온다. 서로의 혀가 얽히는 동시에 그의 손이 움직인다. 오른손은 내 목덜미에서 어깨를 거쳐 등으로. 왼손은 엉덩이를 따라간다. 나도 천천히 그의 등에 손을 얹었다.

여러 번 반복되어 온 움직임에 내 몸이 금세 반응한다. 다음으로 그가 뭘 할지 이미 다 알고 있다. 그다음, 그다음도.

예상한 대로 요지의 손이, 손가락이 움직인다. 익숙해졌다기보다는 이미 외웠다. 신선함 대신 깊은 안도감이 들었다.

나는 느긋하게 준비하면 된다. 그러나 오랜만에 느끼는 손가락의 감촉은 예상보다 더 빨리 내 몸 깊숙한 곳에 닿았다. 처음에는 속옷 위. 그리고 그 아래. 요지의 손가락이 닿았을 때 이미 그곳은 준비를 마친 상태였다.

"흠뻑 젖었어."

요지가 내 귀에 대고 속삭인다.

"대단한걸."

나는 고개를 흔들며 그의 하복부에 손을 갖다 댔다. 이미 단단해진 그곳을 부드럽게 쓰다듬으며 바지 지퍼를 내린다. 속옷 사이에서 그의 성기를 꺼내서 애무했다. 그에 화답하듯 손가락이 더 깊숙이 들어온다. 내가 숨을 내쉬자 그는 내 입에 격렬하게 입을 맞췄다.

요지는 서로 옷을 입은 채로 서서 이렇게 하는 걸 좋아했다. 그러기 위해 먼저 두 손을 깨끗이 씻고 오는 것이다.

그는 거기서 더 나아가고 싶어 했지만 나는 "샤워하고 올게"라고 했고 우리는 함께 옷을 벗고 욕실로 향했다.

그날의 섹스는 어느 때보다 격렬했다.

오랜만이라는 말로는 다 설명할 수 없는, 어딘지 모르게 찰나와 같은. 오로지 쾌락만을 추구하는 듯한 요지의 움직임에 내 몸도 강렬히 반응했다.

흥분과 함께 조금씩 투명해지는 의식 속에서 어쩌면 오늘이 마지막이 될 것 같다는 생각이 스쳤다.

이것으로 끝내자. 육체를 통해 그가 그렇게 고하는 것 같았다.

혼자서 그런 걸 정하지 마. 그런 이기적인 행동은 용납할 수 없어.

아슬아슬한 찰나에 움직임이 멈췄다. 그가 내 몸에서 나가려고 한다. 늘 그러듯 행위 도중에 피임 도구를 착용하기 위해서다. 그런 그의 허리를 두 손으로 끌어당겼다. 그가 의아한 표정을 짓는다.

"괜찮아."

그의 귀에 대고 속삭였다.

"어?"

"괜찮으니 그냥 해 줘."

"하지만."

"멈추지 마."

나는 그의 허리를 붙잡은 채 다시 한번 안으로 끌어당겼다. 그리고 조금씩 하체를 움직였다.

"아……."

그가 목소리를 흘렸다.

"해 줘."

"괜찮아?"

"괜찮아. 괜찮으니까. 이대로."

내 허리 움직임에 맞춰 그도 움직인다. 서로의 움직임이 격렬해지며 하나가 된다. 이제는 어느 쪽이 움직이는지도 알 수 없다. 그러다 이내 절정이 찾아왔다. 머릿속이 새하얗게 변한다.

"아아."

신음과 동시에 그가 내 안에서 빠져나갔다. 배 위로 따뜻한 게 쏟아진다.

결국 밖에다가 했구나. 여전히 그의 윤곽을 몸으로 느끼며 나는 머리 한구석에서 생각했다.

내 말을 믿지 못하는 걸까.

아니면 타고난 신중함 때문일까.

아무리 쾌락에 젖어도 이성을 잃지 않는다.

아니, 단지 겁이 많을 뿐일 수도 있다.

하지만 나 역시 마찬가지라는 생각이 들어 우스웠다. 우리는 서로 닮았기 때문에 서로에게 끌린 것이다.

처음에는 지금껏 만나보지 못한 타입의 남자라고 생각했다. 항상 자신감이 넘치고 말투가 거침없는 데다 어떤 사안이건 자신의 의견이 분명하다. 그러면서 주변을 배려하는 마음을 잊지 않고, 실제로 배려를 아끼지 않는다. 내가 갖지 못한 그런 모든 것들을 다 가진 남자라 끌렸다고, 좋아하게 됐다고 믿었다.

하지만 아니었다. 2년의 만남으로 완전히 퇴색된 그의 정체는 나와 별반 다를 바 없는 평범한 사람이었다. 자신을 지키기 위해 주변 눈치를 살피고, 자신이 상처받지 않게 주위를 서성거리는 사람.

그러나 그보다 더 추한 건 그런 남자인 줄 알면서도 이별을 말하지 못하고 혹시나 하는 희망을 마음 한구석에 줄곧 품고 있는, 곧 서른을 앞둔 여인이다.

한동안 꿈결 속에 있었다. 어느덧 옆에 요지의 모습이 보이지 않았다.

변기 물 내리는 소리가 들린 후 그가 나타났다. 이미 속옷을 입고 있다.

"아, 깨웠나?"

요지가 양복바지를 집어 들며 말했다.

"벌써 시간이."

방을 잡아도 묵지는 않는다. 이 역시 평소와 다를 바 없다.

"조금 이르긴 하지만, 미안해."

"여러모로 힘들지?"

요지는 웃기만 할 뿐 대답하지 않았다. 와이셔츠를 갖춰 입고 단추를 채운다.

"넌 자고 갈 거야?"

"그럴까……."

평소에는 둘이 함께 나가지만 지금은 움직이고 싶지 않았다.

"그래. 자고 가. 계산은 해 둘 테니."

"……있지."

"응?"

왜 그런 걸 묻고 싶은지는 알 수 없었다. 자연히 그 말이 입 밖에 나왔다.

"아버지가 입원해 계신 병원이 어디야?"

"뭐?"

요지가 놀란 듯 고개를 돌렸다.

"그런 걸 왜 묻지?"

"왜인지는 나도 모르겠지만……. 혹시 비밀?"

"딱히 비밀은 아니지만, 알아서 뭐 하려고?"

"그냥 궁금해서. 아버지가 쓰러졌다는 이야기도 나만 아는 줄 알았더니 다들 알고 있었고."

"아."

요지가 얼굴을 살짝 찡그렸다.

"요코우치가 또 쓸데없는 소리를 했나 보군."

"당신 아내한테 들었대."

요지는 대답하지 않았다. 뭔가 낌새를 챈 듯했다.

"병원 이름 정도는 알려 줘도 괜찮잖아. 병문안 갈 것도 아닌데."

요지는 "뭐 상관없기는 한데" 하고 웃더니 오차노미즈에 있는 대형 병원의 이름을 들었다.

"아버지 문제가 매듭지어질 때까지 앞으로 또 한동안 보기 힘들 것 같아."

요지가 옷을 다 입고 말했다.

나는 어렴풋이 미소 지으며 대답하지 않았다. 그는 조금 의아해했지만 잠시 후 "그럼 또 연락할게" 하고 방을 나갔다.

순식간에 혼자가 됐다.

흐트러진 시트 위에 나 혼자 벌거벗은 채 누워 있다.

문득 비참한 기분이 들었다.

무거운 몸을 이끌고 욕실로 들어갔다. 평소보다 더 뜨거운 물에 몸을 담근 채 구석구석 씻는다. 배에 분비된 요지의 체액은 그가 직접 티슈로 닦았지만 그곳도 다시 꼼꼼히 씻어 냈다.

그러다 무심코 질 속에 손가락을 넣었다. 밖으로 꺼낸 집게손가락을 코 앞으로 가져간다.

역시. 그의 잔향이 느껴졌다. 서둘러 빼기는 했지만 절반은 남기지 않았을까.

내가 했던 거짓말 때문에 문득 불안해졌다.

왜 그런 말을 했을까. 생리가 끝난 지 이미 열흘이 지났다. 오히려 위험한 시기다.

믿지 않은 게 정답이었다. 바보 같은 나 자신이 싫어져 물 온도를 낮추고 질 속까지 빈틈없이 씻었다.

몸을 닦으며 욕실에서 나갔다.

조용하다. 이런 곳에 혼자 있기 싫다. 그렇다고 집에 돌아가기도 싫었다.

시계를 본다. 벌써 11시가 넘었다. 가나코에게 전화해 봐야 이 시간에는 나오기 힘들 것이다.

지금이라도 나와 줄 것 같은 사람. 딱 한 명 떠오르는 사람이 있다.

휴대폰을 꺼내 들고 잠시 망설였다. 여기서 전화를 걸면 왠지 특별한 일이 생길 것 같았다.

그래도 결국 통화 버튼을 눌렀다. 두 번, 세 번 통화음이 간다. 역시 그만둘까. 그렇게 생각한 찰나 수화기 너머에서 목소리가 들렸다.

—여보세요, 구니에다입니다!

누가 들어도 들뜬 목소리였다. 내 전화를 받고 이렇게나 기뻐하는 사람이 있다니. 그렇게 생각하자 갑자기 눈시울이 뜨거워졌다.

"네, 여보세요."

—무슨 일이에요?

"이런 시간에 미안해요."

—아뇨, 아뇨. 전 괜찮습니다. 혹시 무슨 일이라도 있어요? 아니, 물론 아무 일 없이 전화 주셔도 괜찮은데.

"저기요. 제가 약속이 취소돼서 그런데 혹시 지금 한잔하러 나오실 수 있나요?"

—지금요?

잠깐의 공백이 있었지만 금세 "좋죠! 지금 바로 갈게요! 지금 어디세요?" 하는 한 옥타브 높아진 목소리가 들렸다.

"지금은 아카사카지만 어디든 상관없어요. 구니에다 씨 집은 어느 쪽인가요? 근처로 갈게요."

—아, 아뇨. 당연히 제가 가야죠. 아, 그런데 아카사카까지 가려면 시간이 좀 걸릴 것 같긴 하네요.

"제가 갈게요. 어디예요?"

—아, 그럼 나카노 근처는 어떨까요? 제가 사는 곳이 니시오기라서……. 나카노라면 아카사카에서 마루노우치선을 타고 오면 그렇게 번거롭지는 않을 거예요.

"알겠어요. 나카노. 몇 분 정도?"

—음, 30분 정도면 괜찮을 것 같네요.

"그럼 도착하면 전화할게요."

—네! 그럼 곧 뵙겠습니다!

전화를 끊고 나니 지금껏 차갑게 식어 있던 마음이 조금이나마 따스해진 것을 느꼈다.

구니에다와 나카노에서 만난 건 이미 자정이 다 된 시간이었다.

아침까지 영업하는 가게를 안다며 그가 데려간 곳은 카운터와 작은 테이블만 있는 오키나와풍 선술집이었다. 늦은 시간인데도 거의 만석이지만 구니에다가 단골이라 그런지 가게 주인이 다른 손님들의 자리까지 옮겨 카운터 구석에 자리를 만들어 줬다.

아와모리* 록이라는 술을 처음 마셔 봤는데 입에 잘 맞았다. 구니에다는 "도수가 높으니 조심하세요"라고 했지만 얼마든 마실 수 있을 것 같았다. 카운터 너머에 있는 인상이 진한 남자가 "잘 드시는 분이네" 하고 한 잔을 더 사 주었다. 구니에다에게 선택을 맡긴 안주는 고야참프루**와 시마락쿄***까지 하나같이 생소한 것이었지만 전부 맛있었다. 가게 안을 흐르는 오키나와 민요 선율이 기분을 좋게 했고, 여기저기서 오가는 사투리 섞인 대화도 유쾌했다. 가게에 처음 들어올 때만 해도 가슴 속에서 이글거리던 요지와의 만남의 불씨는 술잔을 비울수록 사라졌다.

좋아. 오늘은 마음껏 마시자.

그렇게 생각한 것까지는 기억했다.

* 오키나와현에서 생산되는 증류주.

** 오키나와식 여주 볶음.

*** 오키나와산 락쿄(염교, 부추속 식물).

정신을 차려 보니 택시 안이었다. 속이 메슥거렸다. "죄송해요. 여기서 세워 주세요"라고 하자 "괜찮아요? 속이 안 좋아요?"라는 기사가 아닌 다른 남자의 목소리가 옆에서 들렸고, 나는 그가 누구인지 멍한 머리로 어렴풋이 떠올렸다. 문이 열리자마자 길가로 달려가 속에 든 것을 전부 게워 냈다. 처음 보는 음식물이 한꺼번에 쏟아져 나와 대체 내가 뭘 먹은 건가 싶었다.

"그래요. 다 토하는 게 좋아요. 전부."

등을 어루만지는 손이 따스했다. 그제야 비로소 '아, 그 사람이구나' 하고 떠올렸다. 구니에다와 함께 술을 마셨다. 아와모리 록. 오키나와 민요. 마무리로 먹은 소키소바*. 거기서 한 번 더 토했다. 아깝다. 맛있었는데. 그렇게 생각해도 어쩔 수 없다. 더 이상 아무것도 나오지 않는 지경에 이르러서야 구니에다의 손에 이끌려 다시 택시로 돌아갔다. '도로를 더럽혀서 죄송해요, 내일 청소하러 올게요' 하고 속으로 사과했다. 그리고 택시 좌석에 앉자마자 다시 기억을 잃었다.

눈을 떴을 때는 모르는 곳에 있었다.

침대 시트의 향기와 가슴에 감긴 수건까지 하나같이 낯섦으로 가득하다. 여긴 대체 어딜까. 나는 왜 이런 곳에 와 있는 걸까. 여전히 꿈속에 있는 것처럼 멍하니 생각에 잠겨 있

* 돼지갈비 고명이 들어간 오키나와식 국수.

을 때 떨어진 곳에서 코 고는 소리가 들려서 화들짝 놀랐다.

조심스럽게 주위를 둘러본다.

낯선 천장, 벽, 내가 누운 침대…….

저 멀리서 담요를 덮고 누워 있는 사람.

구니에다였다.

저질렀구나. 후회와 부끄러움이 한 번에 밀려왔다. 그러나 담요 안에서 몸을 살며시 만져 보니 옷은 그대로 입고 있다. 조금 안도하며 어젯밤의 기억을 되살렸다.

정신을 잃을 만큼 술에 취한 채 택시에 탔다. 주소를 물어서 "가고 싶지 않아. 그런 곳에는 가고 싶지 않아"라고 버둥거린 게 어렴풋이 기억났다. 구니에다는 어쩔 수 없이 자신이 사는 이곳에 나를 데려왔을 것이다.

그를 탓할 수 없다. 전부 나 때문이다.

소리 나지 않게 조심하며 침대에서 내려갔다. 방을 가로질러 부엌에 가서 세수하고 입을 헹궜다. 양치질과 샤워도 하고 싶었지만 참았다.

시계를 보니 아침 7시. 아침이라도 차려서 구니에다의 호의에 보답하는 게 예의겠지만 괜히 소리 내서 그를 깨우고 싶지 않았다. 아니, 솔직히 말해 얼굴을 마주하고 싶지 않았다.

고민 끝에 명함 뒷면에 '어젯밤은 미안해요. 데려다줘서 고마워요'라고 적고 눈에 잘 띄는 곳에 두었다. 가방은 금방 눈에 띄었다. 지갑을 보니 돈이 거의 줄지 않았다. 술값과 택시비도 전부 구니에다가 계산한 듯하다. 돈도 두고 갈까 고민했지만 오히려 실례될 수도 있을 것 같아 그만뒀다.

발소리를 죽인 채 현관에 가서 소리 나지 않게 문을 열고 밖으로 나갔다. 문을 닫고 빌라 계단을 내려갔지만 올라온 기억이 전혀 없었다.

길가로 나서자 순간 여기가 어딘가 싶어 잠시 망연자실했다.

그날은 집에 돌아가서도 좀처럼 컨디션이 회복되지 않아 온종일 누워서 지냈다. 구니에다가 일어나면 전화를 걸어올 게 뻔하지만 휴대폰을 꺼 두었다.

다음 날 아침이 되자 컨디션이 완전히 회복됐다. 혼자 집에 있으면 잡생각만 들 것 같아 샤워하고 옷을 갈아입고 밖에 나갔다.

영화나 쇼핑을 떠올렸지만 아무래도 내키지 않았다. 역에서 정보지를 사서 재미있는 행사라도 하나 싶어 페이지를 펼쳤다. 문득 미술관은 어떨까 하는 생각이 들었다.

평소 하지 않던 일을 해 보고 싶었다. 요지와 구니에다. 그제 밤의 일은 떠올리고 싶지 않다. 아름다운 다른 무언가로 마음을 씻고 싶었고 그러려면 그림이 좋을 것 같았다.

우에노역에서 내려 목적지인 미술관으로 발걸음을 옮겼다. 저명한 화가들이 '어린이'라는 키워드로 그린 그림을 전시한 기획전이 열리고 있었다. 백여 점의 작품을 하나하나 시간을 들여 감상했다.

그러다가 어느 그림 앞에서 발걸음을 멈췄다.

어디선가 본 것 같은 그림이다. 작품 이름은 「밤, 소녀가 이끄는 눈먼 미노타우로스」. 피카소의 동판화다.

어두운 배경에서 반인반수 괴물 미노타우로스가 비둘기를 품에 안은 소녀의 손에 이끌려 걷고 있다.

—이 그림 속 미노타우로스는 육욕肉欲의 상징이야.

요지의 목소리가 되살아났다.

—소녀는 구원의 상징이고.

오래전 그가 데려갔던 프랑스 음식점에 이 그림의 레플리카가 걸려 있어 "뭐야, 이 어두운 그림은" 하고 비난 섞어 내뱉자 그는 "난 이 그림을 좋아해" 하더니 그렇게 덧붙였다.

아이의 순수한 영혼으로 자신의 추한 욕망이 구원받을 수 있다고 믿었던 게 아닐까.

그때는 이해도 공감도 못 하고 그저 어두운 그림이라는 느낌밖에 없었다. 그러나 지금 이렇게 원본을 눈앞에 두고 보니 그때와 또 달랐다.

요지는 이 그림의 모티브를 구원이라고 했지만 나는 다르게 생각했다. 전설 속 괴물은 제물로 바쳐진 아이들을 잡아먹다가 어느 날 제물 중 한 소년에게 죽임을 당하지 않았을까. 그러나 이 그림 속 미노타우로스는 눈이 멀었지만 멀쩡히 살아서 제물 중 하나였을 소녀의 손에 이끌려 가고 있다.

그림 속 소녀는 구세주 같은 존재가 아니다.

이것은 오히려 복수 아닐까. 이 괴물은 결국 죽음보다 더 무서운 곳에 도달하지 않을까.

그런 이야기를 누군가에게 하고 싶었다. 요지에게 그런 말을 하면 그는.

—그렇군. 그렇게 해석할 수도 있기는 하겠네.

위에서 내려다보듯 말하고 미소 지어 보일지 모른다.

그래도 좋다. 뭔가를 보고, 느끼고, 생각한 걸 머리에만 담아 두지 않고 누군가에게 털어놓고 싶다. 대답해 주지 않아도 상관없고 말을 할 수만 있어도 좋다. 속으로만 이것저것 떠올리는 건 역시 허무하니까.

가나코에게 전화해 볼까 생각했다. 하지만 일요일이니 켄짱과 함께 있을 것이다. 휴대폰을 켜면 구니에다에게 전화나 문자가 와 있을 게 틀림없고 그럼 사과 전화를 해야겠지만 아직은 그런 기분이 들지 않았다.

미술관에서 나가 역과 반대편으로 향했다. 조금 걷고 싶었다.

혼고나 오차노미즈까지 걸어갈까. 그렇게 생각했을 때 문득 '병원'이라는 단어가 떠올랐다.

그제 밤에 들었던 요지의 아버지가 입원해 있는 병원. 그 병원이 오차노미즈에 있다.

가 볼까. 딱히 뭔가를 하려는 건 아니다. 그냥 어떤 병원에 입원해 있는지, 병원이 어떤 곳인지 확인해 보고 싶었다.

하지만 오늘은 일요일이다. 그가 병문안을 올 수도 있다. 온다면 혼자가 아닐 것이다. 아마 아내와 함께. 만약 두 사람과 마주친다면.

그러면…… 그렇게 된다면…….

아니, 오히려 재밌지 않을까. 그가 어떤 표정으로 아내에게 나를 어떻게 소개할지 지켜보자. 그런 사악한 마음도 고개를 들었다.

큰 대학의 부속병원이라 위치는 금세 찾을 수 있었다.

정문에 들어서니 외래 진료를 쉬는 날이라 로비가 한산했다. 안내판을 보며 신경외과 병동을 확인한다. 3층이다.

정말로 이곳에 입원했는지만 확인하자. 그렇게 생각하며 '종합 안내'라고 적힌 카운터로 다가갔다.

웃는 얼굴로 맞아 주는 여직원에게 조심스럽게 말을 건넸다.

"저, 이름과 병동만 아는데……."

"면회 오셨어요? 확인해 드릴 테니 성함을 말씀해 주세요."

"제 이름요?"

잠시 어리둥절했다.

"아뇨, 입원하신 분의."

"아, 하시즈메 씨예요. 70대 남자고요. 한 달 전부터 이곳 신경외과에 입원해 있는 것으로……."

"잠깐만 기다려주세요."

직원이 키보드를 몇 번 두드리더니 다시 나를 봤다.

"하시즈메 세이지 씨군요. 신경외과 병동 303호실이에요. 거기 있는 면회표를 기재해 주세요."

상황이 이렇게 된 이상 쓸 수밖에 없다. 조금 망설이다가 나는 '하시즈메'라는 성에 적당한 이름을 맞춰 적고 '가족'에 동그라미를 그렸다. 어차피 확인하지 않을 것이다. 여직원이 '면회인' 명찰을 건네며 엘리베이터 위치를 알려 줬다. 이제는 정말 가야 한다.

엘리베이터를 타고 3층에서 내렸다. 눈앞에 간호사 스테이션이 보인다. 안에 간호사가 두 명 있지만 바쁘게 일하느라 내게 관심도 주지 않는다. 303호실. 안내받은 방을 확인한다. 바로 옆에 있는 개인실이었다.

복도를 지날 때는 심장이 두근거렸다.

정말 가는 거야? 가서 뭘 하려고?

혹시라도 병실에 다른 사람이 와 있으면. 하지만 여기까지 왔으니 돌아갈 수도 없다. 각오를 다지며 303호실 앞에 섰다.

심호흡을 한 번 하고 문을 두드렸다.

1초, 2초……. 응

답이 없다. 아무래도 다른 손님은 오지 않은 듯했다.

"실례합니다."

나직이 말하고 조심스럽게 문을 열었다.

커튼이 걷힌 밝은 방이었다.

가운데 침대 위에 하시즈메 요지의 아버지인 하시즈메 세이지가 누워 있다. 인공호흡기나 링거 같은 관을 주렁주렁 달고 있지만 차분한 얼굴로 눈을 감고 있다.

머리가 짧고 수염이 자랐지만 요지와 닮았다고 느꼈다. 부자지간이니 당연할 것이다. 그의 입을 통해 평소 사이좋지 않은 아버지에 대한 험담을 여러 번 들었던 터라 닮은 모습이 의외였다. 그도 알고 있을까. 자신이 아버지와 이토록 닮았다는 걸.

병실 안은 조용했다. 들리는 소리라고는 인공호흡기에서 나오는 슈, 슈 하는 작은 숨소리뿐이다.

침대 옆에 의자가 있어서 그곳에 앉았다. 다시 한번 세이지의 얼굴을 바라본다. 마치 요지가 그대로 나이 먹은 듯한 모습이라 조금 켕기지만 우스웠다.

"죄송합니다."

웃음을 터뜨린 걸 사과하고 입을 연 김에 자기소개를 했다.

"처음 뵙겠습니다."

이름을 밝힐까 하다가 그만뒀다.

"전 아드님, 그러니까 요지 씨의 애인이에요."

세이지의 표정은 물론 변화가 없다. 눈을 감은 채 움직이지 않는다.

"사귄 지는 벌써 2년이 됐네요."

왜 이런 말을 하는 걸까 생각하면서도 말이 저절로 튀어나왔다.

"이러면 안 된다는 걸 알았지만 죄송해요. 헤어질 수가 없었어요."

기계를 통해 인공적인 호흡 소리만 들린다.

"요지 씨에게는 일을 배웠어요. 존경하는 마음이 어느새 연애 감정으로 발전했죠. 상사이기도 하고 아내도 있는 분이라 그런 마음을 드러내지 않으려고 최대한 조심했어요. 학생 때 여러 일이 있어서 연애에 소심한 편이거든요."

이야기할수록 마음이 차분해지는 게 느껴졌다.

"계기는 어떤 프로젝트가 끝나 뒤풀이 같은 느낌으로 요지 씨와 둘이 처음 술을 마시러 간 것이었어요. 그날은 뭔가 특별한 날이었죠. 저도 입사 이래 가장 큰 프로젝트를 무사히 끝내 오늘만큼은 특별해도 되겠구나 하는 생각이었고요."

문득 '아직 2년밖에 안 됐네'라는 생각이 들었다. 벌써 아득한 옛일처럼 느껴진다.

"처음 이자카야에 갔을 때는 격려 술자리 같은 느낌이었는데, 2차로 어느 호텔에 있는 바에 갔어요. 호텔 최고층에

위치한 야경이 아름다운 곳이었죠. 저도 술을 많이 마신 터라 긴장을 풀고 사적인 이야기를 나눴어요."

전에 다니던 회사와 학창 시절 이야기를 했다. 그러다 문득 그가 지금 사귀는 사람이 있냐고 물어서 없다고 했다. 그런 질문을 받은 건 처음이었고 약간 위험한 분위기를 감지해 내 입으로 먼저 아내 이야기를 꺼냈다. 아내와의 첫 만남과 결혼 생활에 대해 물었다.

"아이를 가지려고 노력했지만 결국 실패해서 그 후 부부 사이가 어색해졌다고 하더라고요. 너무 직접적으로 물은 게 잘못이었을까요. 그렇게 저희는 해서는 안 될 말을 서로 주고받았고…… 지금은 거의 가정 내 별거처럼 가면 쇼윈도 부부로 지내고 있다고 했어요."

머리 한구석으로 '아, 이야기가 좋지 않은 방향으로 흐르고 있어'라고 느끼기는 했다. 유부남이 젊은 여자를 유혹할 때 쓰는 상투적인 대사 아닌가. 그러나 한편으로 그에게 동정심을 느끼는 내가 있었다.

"집에 가기 싫어 혼자 이런 가게에 와서 자신만의 시간을 보내는 게 유일한 낙이라고 하더라고요. 그래서 오늘은 저와 함께 있어도 괜찮냐고 물었더니 '혼자 있을 때보다 좋은 시간을 보낼 수 있었다. 고맙다'라고 했어요."

그런 말을 진지하게 받아들인 건 아니다. 아마 나는 그를 이용했다. 전부터 그런 관계가 되고 싶었고, 그러려면 넘어야 할 허들을 그가 조금 낮춰 줬다. 쉽게 넘을 수 있게. 그래서 뛰어넘기로 결심했다.

"오늘은 늦어도 괜찮냐고 해서 괜찮다고 했죠. 이 호텔 바에서 술을 마실 때는 항상 아래층에 있는 방을 잡아 조금 쉬고 간다고 해서 조용히 따라갔어요."

이런 이야기를 누군가에게 하는 건 처음이다. 가나코에게도 이렇게 자세한 이야기는 하지 않았다.

누군가에게 털어놓고 싶었다. 대답은 듣지 않아도 된다. 아니, 차라리 대꾸해 주지 않는 편이 낫다. 그저 조용히 들어주면 된다.

"바보 같죠? 저도 알아요. 아내분께는 늘 미안한 마음을 가지고 있어요. 이런 관계가 영원히 지속될 거라고 생각하지도 않고요."

말없이 눈을 감고 있는 세이지의 얼굴을 봤다.

"……오늘은 들어주셔서 감사해요."

대답할 리 없는 그의 얼굴을 보며 나는 말을 이었다.

"다음에도 들어주실 수 있나요? 또 와도 될까요?"

어느새 예상한 것보다 시간이 많이 흐른 걸 깨달았다. 의자에서 일어난다.

"또 오겠습니다. 그때까지 잘 지내세요."

그렇게 말하고 병실 문을 나섰다.

가면의 사랑

2

도시하루는 자신에게 PC 통신은 일종의 가면이라고 생각했다. 아무도 자신의 본모습을 알지 못한다. 볼 수 없다.

그러나 가면 아래에 있는 건 진짜 자신이다. 비록 투박한 컴퓨터 속 글자의 나열이지만 그 글을 쓰는 사람은 틀림없는 나다. 오히려 겉모습을 모르는 만큼 이쪽이 더 본래의 내가 아닐까. 그렇게 생각한 적도 있었다.

도시하루는 출산 당시 무산소성 뇌 손상을 입고 태어났다. 다행히 목숨은 건졌지만 그때부터 CP(Cerebral Palsy, 뇌성마비) 장애인이 되었다.

안타깝게도 현재 의학 기술로는 뇌성마비를 완치할 수 없다. 다만 조기 운동 훈련이나 외과 수술, 약물 치료 등을 통해 장애가 있는 부위를 일정 수준 개선할 수는 있다. 또 보조 기구나 좌위 유지 장치, 전동 휠체어, 그 밖의 여러 의사소통 도구를 활용해 일상에 필요한 능력도 어느 정도 향상할 수 있게 됐다.

CP에는 여러 유형이 있는데, 도시하루의 경우 아테토시스(athetosis)형이라고 해서 얼굴과 사지 근육에 불수의적 운동이 생겨 자기 의지와는 상관없이 움직이는 특징이 있다. 또 근육이 과도하게 긴장해 몸을 움직이기 어렵고 팔다리를 구부리고 펴는 데 애를 먹으며 균형을 잘 유지하지도 못한다. 게다가 중력을 거슬러서 몸을 드는 힘이 약해서 목이 잘 고정되지 않고 잘 때 몸을 뒤척이지도 못한다. 자력 보행은 물론 똑바로 서는 것조차 어렵다.

그래서 도시하루에게 어릴 때 기억은 항상 바닥의 감촉과 함께였다. 집 안 다다미와 카펫. 병원과 재활 훈련실의 비닐 시트. 도시하루는 늘 그 위를 기어다녔다. 보행 훈련을 받지 않고 휠체어도 없던 시절, 도시하루의 이동 수단은 바닥을 기어다니는 것뿐이었다.

성장하면서 전동 휠체어 조작법을 익히고 다른 일도 하게 됐지만, 가장 자유롭게 움직일 수 있는 신체 부위는 오른쪽 다리였다. 결국 그 오른 다리의 발가락을 이용해 글씨를 쓰고 그림을 그리고 키보드를 치는 법을 익혔다. 글자판을 가리키며 타인과 소통하는 것도 전부 오른발로 한다.

말은 할 수 있지만 언어 장애도 있어 발음이 불분명해 알아듣는 사람은 가족이나 오래 알고 지낸 요양 보호사 정도다.

그래서 모르는 사람들은 도시하루를 보면 '아, 장애가 심한 것 같아서 불쌍해'라고 생각하기 마련이다. 더 나아가 '지적으로도 분명 뒤처져 있겠지'라고 추측한다.

CP는 장애 부위나 정도에 따라 지적 장애를 동반하는 경우도 있지만 보통 운동 마비가 주를 이룬다. 도시하루도 지적 장애는 없지만 겉모습과 말을 잘하지 못하는 것 때문에 오해받는 경우가 많았다.

그러나 PC 통신 속 세계는 다르다.

누구나 장애인인 것과는 무관하게 도시하루를 대했다. 눈으로 보지 못하기에 당연하다. 그런 당연함이 도시하루에게는 더할 나위 없이 편안했다.

PC 통신 친구들은 도시하루, 즉 '테루테루'를 다방면에 걸쳐 지식이 풍부하고 유머 감각도 있는 재치 있는 사람이라 생각했다. 여러 사람에게 그런 평가를 들었으니 도시하루만의 착각은 아니다.

이 모습이야말로 '본래의 나'인 것이다. 도시하루는 그렇게 믿었다.

'GANCO'에게 처음 만나고 싶다는 메일을 받았을 때는 물론 거절하려고 했다.

지금까지도 여러 번 오프 모임에 초대받았지만 그때마다 전부 거절했다. 그렇다고 해서 특별히 관계가 어색해지지도 않았다. PC 통신은 어디까지나 온라인상의 공간이고 실제 만나거나 본명을 알려 주는 데 거부감을 느끼는 사람이 많았다. 오히려 그런 이들이 대다수다.

그래서 'GANCO'의 제안을 거절해도 특별히 미안해할 필요가 없었다. 그녀는 실망할 수 있지만 '메일만 주고받는 사이가 좋다'라고 하면 아마 납득했을 것이다.

그런데도.

결국 만나기로 한 건 그녀를 실제로 만나고 싶은 욕망을 거스를 수 없었기 때문이었다.

하지만 그녀를 만날 사람은 데루모토 도시하루가 아니다. 어디까지나 '테루테루'다. 그러기 위해서는 컴퓨터를 대신할 가면이 필요했다.

가면 없이 그녀를 만나면 어떤 일이 벌어질지 뼈저리게 알고 있기에.

그의 첫사랑은 특수 학교 초등부에 다니던 시절 담임 여자 선생님이었다.

지금도 선명하게 기억하고 있다. 아주 예쁜 분이었다. 어머니와 나이 차가 그리 나지 않았을 테지만 전혀 달랐다. 한 번은 어머니가 그 선생님을 왜 좋아하느냐고 물었을 때 "예쁘니까"라고 대답한 적도 있다.

그때 어머니는 "너도 예쁜 여자를 좋아하는구나……" 하고 왠지 모르게 슬픈 얼굴로 중얼거린 것을 지금도 기억한다.

대부분의 첫사랑이 그렇듯 선생님을 향한 마음은 풋풋한 동경으로 끝났다. 진정한 첫사랑은 도시하루가 같은 특수학교 중등부에 올라갔을 때 찾아왔다.

중학교 1학년 때 전학 온 여자아이였다. 그 아이는 폴리오(이른바 소아마비) 후유증으로 오른발 뒤꿈치가 땅에 닿지 않는 '첨족'이라는 장애를 가지고 있었다. 그 밖에는 정상인과 다를 바 없었고 그전까지 일반 학교에 다니기도 했다. 키가 크고 머리가 좋은 데다 무엇보다 얼굴이 예뻤다.

도시하루 역시 반에서 공부로 주목받아서인지 선생님은 우등생이라는 이유로 두 사람을 짝지어 줬고 '잘 어울리는 한 쌍'이라는 말을 듣기도 했다. 도시하루는 물론이고 그 아이도 별로 개의치 않아 보였다.

그런 그녀가 고등부에 진학하며 다시 일반 학교에 가게 됐다. 합격 소식을 들었을 때 도시하루는 축하하는 기쁨과 이제는 끝이라는 슬픔 사이에서 갈팡질팡했다.

그러다 마음을 굳게 먹고 중학부가 끝나는 마지막 날 그 아이를 학교 뒷마당으로 불러서 고백했다.

결과는 '미안해'였다. 보기 좋게 거절당했다.

마음 한구석에 혹시나 하는 기대가 있었던 건 틀림없었다. 하지만 안 되면 어쩔 수 없고 깨끗이 포기하자고 스스로 다짐했다.

진짜 충격을 받은 건 그 이후였다.

고등부에 올라간 지 얼마 되지 않아 그녀와 친했던 여자아이에게서 이런 이야기를 들었다.

—이제는 걔랑 연락 안 하니까 말해 주는 건데.

그녀와 친한 줄 알았던 여자아이는 내게 고자질하듯 말했다.

—네가 고백했을 때 속으로 '어떻게 나랑 사귈 수 있을 거라고 믿었을까?'라고 생각하면서 비웃었대. 정말 너무하지?

처음에는 그녀도 내게 호감이 있었다는 것을 알았기에 그냥 질투라고 생각했다.

거짓말이고, 그녀가 그런 말을 할 리 없지 않느냐고 믿었다.

그리고 얼마 후 전철 역 부근에서 그녀를 발견했다.

일반 학교 교복을 입은 그녀는 전보다 더 예쁘고 사랑스러웠다. 그리고 옆에서 같은 교복을 입고 있는 남학생에게 지금껏 한 번도 본 적 없는 환한 미소를 짓고 있었다.

남자는 멀쩡하고 외모도 번듯했다. 사귀는 사이인지는 알 수 없지만 도시하루는 분명히 느꼈다.

내 앞에서는 한 번도 보여 주지 않은 '좋아하는 남자를 보는 눈빛'으로 그녀가 남자를 보고 있다는 것을.

그녀의 친구가 한 말이 사실이었다. 도시하루는 그제야 비로소 깨달았다.

저 아이한테 나는 처음부터 안중에도 없었다.

—어떻게 나랑 사귈 수 있을 거라고 믿었을까?

두 번 다시 그런 경험을 하고 싶지 않았다.

이런 걸 부탁할 수 있는 사람은 유타밖에 없다. 도시하루는 일찍이 그렇게 결론 내렸다. 함께 찍은 사진을 보낼 때부터 어쩌면 이런 상황이 생길 가능성을 떠올렸을지 모른다.

부탁받고 처음에는 거절하던 유타도 그녀의 사진을 보여 주자 승낙했다. 예쁜 여자인 걸 알게 됐으니 만나고 싶고 대화하고 싶어졌을 것이다. 알기 쉬운 녀석이었다.

도시하루는 처음부터 유타가 그런 사람인 걸 알고 있으니 그를 가면으로 활용하기로 한 것이다. 다른 보호사들은 융통성이라곤 없는 착한 사람들이 대부분이라 거짓말하거나 타인을 속이는 일에 거부감을 느낄 게 분명했다. 유타는 약속 시간에 늦거나 일을 대충 할 때는 있어도 적어도 허세나 위선을 부리지는 않았다.

또 키가 크고 외모도 나쁘지 않다.

다만 오른쪽 눈 아래 뺨 부근에 작은 흉터 같은 게 있었다.

본인도 신경 쓰는지 물어본 적은 없지만 사람을 만날 때 자연스럽게 손을 흉터 부근에 대고 있는 모습을 종종 목격했다. 무의식적으로 숨기고 싶은 건지도 모른다.

그런 점에서도 다른 보호사들에게서는 느낄 수 없는 친밀감 같은 걸 느꼈다.

하지만.

지금은 후회하고 있다.

이런 일은 역시 처음부터 저지르지 말았어야 했다. 애초에 'GANCO'와 만날 생각 같은 걸 하지 말았어야 했다.

* * *

유타는 승낙한 것까지는 그렇다고 해도 데이트하러 가는 데 두 명이 나가도 괜찮은지 다시 한번 도시하루에게 확인했다. 애초에 여자를 처음 만나러 갈 때 누군가를 데리고 가는 것 자체가 있을 수 없는 일인데, 더군다나(본인은 말하기 힘들겠지만) 장애인을 동반하는 건 평범하게 생각해도 비상식적인 제안이 틀림없었다.

그, 건, 그, 사, 람, 도, 알, 아

도시하루는 그렇게 대답했다.

'GANCO'라는 닉네임의 그 여대생은 대학 복지 동아리 소속이라 장애인에 대한 이해와 관심이 많다고 했다. 도시하루가 CP 청년을 돕고 있다고 하니(실제로는 그 반대인데) 더 관심을 보이며 그 사람도 한번 만나보고 싶다고 했다.

그런 과정을 거쳐 함께 영화 보러 갈 약속을 잡았으니 CP 청년(즉, 자신)이 함께 가도 아무 문제 없는 것이다.

"아, 그렇구나……."

복잡해 보이지만 일단은 납득했다.

즉, 이건 '데이트'가 아니다.

만약 상대에게 그럴 마음이 있다면 아무리 복지에 관심이 많다고 해도 처음 만나는 낯선 사람, 그것도 장애인을 동행하는 상황을 용납할 리 없다.

그쪽 입장에서는 야외 봉사 활동 같은 건가 보네.

물론 도시하루에게 그런 말을 하지는 않았다. 영화를 보고 함께 차를 마신다. 그걸 넘어 그렇게 예쁜 여자와 대화할 수 있다는 것만으로 그 어떤 일보다 훨씬 즐거울 것이다.

그 후 만남 당일까지 유타는 지금껏 도시하루가 PC 통신에 썼다는 글과 그녀에게 보낸 메일을 읽으며 두 사람이 어떤 대화를 주고받았는지 파악했다.

사실 그녀에게서 온 메일도 보고 싶었지만 도시하루가 "허락 없이 다른 사람의 메일을 보여 줄 수 없다"라며 거부했다. 이렇게 된 마당에 새삼스럽다고 생각했지만 어차피

'GANCO'에 대한 정보는 전부 전해 들어서 대화에 지장은 없을 것 같았다.

'테루테루'에 대해서는 딱히 확인할 필요도 없었다. 유타는 이미 도시하루를 잘 알고 있는 데다 놀랍게도 도시하루는 사진뿐 아니라 나이와 기타 프로필도 유타의 것을 언급하며 그녀를 속였다고 했다. 사실대로 말하면 장애인인 게 들통나기 때문에 어쩔 수 없었을 것이다.

"그건 좀 너무하잖아요."

유타는 웃으며 투덜거렸다. 그래도 만나서 자신에 대한 설명을 굳이 하지 않아도 되니 그 점에서는 다행이었다.

"그러니까 지금껏 나눈 대화 외의 다른 것들은 제가 알아서 해도 된다는 말이네요."

그러자 도시하루는 얼굴을 찌푸렸다. 그러고는 글자판 위에서 발가락을 움직였다.

유, 타, 가, 아, 닌, 어, 디, 까, 지, 나, 테, 루, 테, 루

"아, 그건 당연하죠. 내가 아닌 '테루테루'로. 네."

도시하루의 발이 움직였다.

나, 를, 지, 칭, 할, 때, 도, 내, 가, 아, 닌, 저

"어, '나'가 안 된다고요? 도시하루 씨도 '나'라고 하잖아요."

도시하루가 고개를 흔들었다.

안, 돼, 그, 사, 람, 앞, 에, 서, 는, 저

"네, 네, 알겠습니다. 저라고 할게요, 저."

여전히 의심스러운 듯 쳐다보는 도시하루에게 유타는 덧붙였다.

"괜찮아요. 맡겨 주세요. 들키지 않게 할게요."

말, 이, 너, 무, 많, 아, 도, 들, 킬, 수, 있, 으, 니, 신, 중, 하, 게

"알겠어요, 알겠어요. 맡겨만 주시라니까요."

그래도 도시하루는 여전히 불안한지 무슨 일이 생기면 글자판으로 메시지를 보낼 테니 그녀가 알아채지 못하게 자기 발을 주시해 달라고 당부했다.

"네네, 알겠습니다. 알겠습니다."

호언장담하는 유타를 걱정스럽게 바라보던 도시하루는 잠시 후.

잘, 부, 탁, 합, 니, 다

그러더니 고개를 숙였다.

평소 보호사들 앞에서 약한 모습을 보이지 않는 도시하루가 이토록 겸손하게 구는 건 처음이었다.

이렇게까지 해서라도 그 아이를 만나고 싶은 걸까. 유타는 내심 쓴웃음을 지었다.

그리고 드디어 그날이 왔다.

약속 장소는 알기 쉽게 영화관 앞으로 정했다. '명화좌'라 불리는 번화가에서 조금 벗어난 곳에 있는 작은 영화관이었다.

그날 상영작은 「벌집의 정령」이라는 스페인 영화인데 유타는 제목도 들어보지 못했다. 영화를 보고 나면 당연히 서로 영화에 대한 감상을 나눌 것이고 그때 자신이 느낀 걸 그대로 이야기하면 될 줄 알았는데 도시하루는 그건 안 된다고 했다.

내, 가, 전, 에, 감, 상, 문, 을, 썼, 어

그러더니 프린터로 출력한 종이를 건넸다.

"네? 이대로 말하라고요? 외워야 하는 거예요?"

그, 래

"그냥 제가 느낀 대로 말하면 안 돼요?"

도시하루가 설명하기를 지금껏 여러 영화에 대한 감상을 서로 주고받아서 그녀도 '테루테루'가 할 법한 이야기를 대략 알고 있을 거라 했다. 그것과 전혀 상반된 말을 했다가는 의심을 살 수도 있다는 것이다.

그럴 가능성도 있겠지만 그럼 다른 영화 이야기가 나오면 어떡하냐고 묻자 도시하루는 다른 영화에 대해서도 알려주겠다고 했다.

그날 이후 유타는 도시하루의 집에 있는 동안 영화 공부에 매진했다.

지금까지 두 사람의 대화에서 화제에 올랐던 영화, 오를 것 같은 작품. 그중에는 유타가 본 것도 있었지만 대부분 모르는 영화였고, 감상이나 분석도 상당히 마니악해 유타의 감각과 전혀 달랐다. 외워야 할 영화 제목과 감독, 배우 이름이 산더미처럼 쌓였고 도시하루는 그것들을 인쇄한 종이를 건네며 그날까지 외우라고 했다.

"이런 건 불가능해요. 이걸 어떻게 다 외워요?"

유타가 투덜거리자 잠시 곤란한 표정을 짓던 도시하루는 결국 어쩔 수 없다는 듯 글자판 위에서 오른발을 움직였다.

들, 킬, 것, 같, 으, 면, 그, 냥, 화, 제, 를, 바, 꿔

"바꾸라니. 뭘로요?"

장, 애, 인, 돌, 봄

"아, 그렇구나. 그쪽은 저도 잘 아니."

'GANCO'는 영화 이상으로 복지에 관심이 많다. 테루테루를 만나 대화해 보고 싶다고 한 것도 애초에 그쪽 이유가 더 큰 듯했다.

내 경험이라면 어렵지 않게 이야기할 수 있다. 도시하루가 그녀에게 언급한 경력 역시 유타의 것이므로 모순도 생기지 않는다. 영화보다 장애인 돌봄에 대한 화제를 중심으로 하자는 데 이견은 없었다.

***

약속 시간보다 5분 정도 일찍 영화관에 도착했는데 'GANCO'는 도시하루, 유타보다 먼저 와서 기다리고 있었다.

멀리서 봐도 그녀임을 한눈에 알 수 있었다. 하얀 바탕에 파란색 꽃무늬가 그려진 무릎 위 길이 원피스를 입고 살짝 불안한 표정으로 서 있는 모습은 사진으로 볼 때보다 몇 배는 아름다웠다.

이쪽에서 말을 걸기 전 그녀가 먼저 우리를 알아차렸다.

그럴 만도 하다. 특수 제작된 전동 휠체어를 조작하는 도시하루의 모습은 가만히 있어도 눈에 띄기 때문이다.

도시하루를 보고도 'GANCO'는 전혀 놀라지 않았다. 먼저 옆에 서 있는 유타, 그리고 도시하루에게 똑같이 미소 지어 보이며 "안녕하세요, 처음 뵙겠습니다" 하고 수줍게 고개를 숙였다.

"죄송합니다. 조금 늦었네요."

유타가 약간 상기된 얼굴로 입을 열었다. 유타 역시 실제 그녀를 눈앞에 두고 긴장한 모습이다. 물론 도시하루는 유타보다 가슴이 더 두근거렸다. 표정으로는 알 수 없겠지만 이럴 때는 평소보다 근육 긴장이 심해져 손발뿐 아니라 얼굴도 굳는다.

그녀가 '괜찮으세요?'라는 듯이 도시하루를 봤다.

"아, 괜찮아요. 이분도 'GANCO' 씨를 만나서 반가워하고 있어요."

유타가 가볍게 말을 건넸다. 속으로 쓸데없는 소리 하지 말라고 생각했지만 그녀가 "정말요? 저도 만나서 반가워요" 하고 얼굴을 갖다 대는 바람에 근육 긴장이 더 강해졌다.

"그럼 들어갈까요?"

유타가 말했다.

"아, 제가 직원을 불러올게요."

"네. 부탁 좀 드리겠습니다."

"네."

'GANCO'는 망설임 없이 계단을 내려간다. 오늘 우리가 올 거라고 영화관 쪽에 미리 연락해 놨지만 안에 들어가려면 계단이 있어 유타 혼자서는 휠체어를 옮길 수 없다. 'GANCO'는 그 점도 잘 알고 있는 듯했다.

스커트를 펄럭이며 계단을 내려가는 그녀의 뒷모습을 멍하니 바라봤다.

"착하네요."

등 뒤에서 목소리가 들렸다.

고개를 드니 유타가 웃으며 내려다보고 있었다.

"저렇게 착한 애를 속이는 건 역시 좀 꺼림칙해요."

유타가 상기된 얼굴로 말했다. 누가 봐도 즐기고 있는 게 보였다.

그전에도 여러 번 와 본 곳이라 직원들의 대응은 익숙했고 유타에 더해 'GANCO'도 장애인 돌봄 경험이 있어서 객석 의자로의 트랜스퍼(이승)는 순조롭게 이뤄졌다. 주변 관객들이 호기심 어린 시선으로 봤지만 'GANCO'는 전혀 개의치 않았다.

통로 쪽에 도시하루가 앉고 그 옆에 유타, 'GANCO' 순으로 앉았다. 트랜스퍼 문제를 고려하면 어쩔 수 없는 선택이지만 유타가 당연하다는 듯이 그녀 옆에 앉는 게 조금 거

슬렸다.

너무 붙지 말라고 눈짓으로 신호해도 유타는 눈치채지 못한 건지 아니면 일부러 무시하는 건지 영화가 시작될 때까지 친근하게 그녀에게 말을 건넸다.

"뭔가 오늘 처음 만난 것 같지 않네요."

"네. 메일을 자주 주고받았으니까요."

"사진도 봤고요. 그런데 실물이 훨씬 더 예쁘세요."

"아, 감사합니다."

'GANCO'가 수줍은 듯 고개를 숙였다.

멍청아. 그런 소리 하지 마. 도시하루는 속으로 독설을 내뱉었다. '테루테루'는 수줍음 많은 성격이라 처음 만난 자리에서 그런 경박한 말은 하지 않는다고.

그러나 그녀도 첫 만남의 긴장이 어느 정도 풀렸는지 유타의 이야기에 즐겁게 맞장구쳤다.

"음료수라도 사 올까요?"

유타가 물었다.

"아뇨, 전 괜찮아요. '테루테루' 씨는요?"

"네? 아, 난…… 아니, 전 괜찮습니다."

"저…… 뭐라고 불러 드려야 좋을까요?"

"아아, 이분은 **유타 씨**로."

유타가 뒤를 돌아봤다.

"유타 씨, 음료수 마실래요?"

유타가 웃음을 참는 듯한 표정으로 물었다.

도시하루는 필요 없다며 고개를 흔들었다. 그보다 필요 이상 친근하게 굴지 말라며 한마디하고 싶었지만 앞좌석 등받이와 간격이 너무 좁은 나머지 글자판 위에서 다리를 움직일 수 없었다.

"수분을 너무 많이 섭취하면 영화 보다가 오줌 쌀 수도 있어서요."

유타가 그렇게 말하고 웃었다.

여자 앞에서 이런 무례한 말을 하다니!

도시하루는 화가 났다. 그녀의 얼굴을 훔쳐보니 역시 곤란해하는 표정을 짓고 있었다.

"화장실은 괜찮죠? 갈 거면 지금."

유타는 여전히 그 화제를 끌고 갔다. 도시하루는 무시했다.

"여기 화장실, 휠체어 타고 들어갈 수 있나요?"

'GANCO'가 물었다.

"네. 전용 화장실은 없지만 큰 쪽 문을 열어 두면."

"그렇군요. 역시 쉽지 않네요."

그녀는 흥미로워하며 고개를 끄덕였다.

관심을 가져 주는 건 반갑지만 화장실 이야기는 싫었다. 다른 화제로 넘어가기를 바라는 찰나 영화 상영 시작을 알리는 소리가 울렸다.

"그럼 나중에."

그녀의 목소리를 끝으로 관내가 어두워졌다.

영화관에서 나와 미리 생각해 둔 근처 커피숍에 들어갔다. 몇 번 와 본 적이 있어 휠체어를 타고 문제없이 들어가는 곳이라는 걸 알고 있었다.

직원과 몇 마디를 주고받고 좁은 가게 안에서 테이블 사이를 누비며 도시하루의 휠체어를 밀고 가는 유타.

"능숙하시네요."

'GANCO'가 감탄한 듯이 말했다.

"뭐, 여러 번 왔으니."

"그렇군요. 역시 순순히 받아 주는 가게는 잘 없나 봐요."

"맞아요. 거절당하는 경우가 더 많죠."

유타가 거들먹거리듯 대답했다.

"통로가 좁아서 못 들어간다는 건 그렇다 쳐도 바닥이 손상될 것 같아서 안 된다는 말을 들은 적도 있고."

"너무해……."

'GANCO'가 얼굴을 찌푸렸다.

유타의 말처럼 입점 거부, 승차 거부 같은 노골적인 차별은 지금껏 진저리가 날 정도로 겪었다.

국가와 지자체의 노력 덕에 최근 주택 설계를 중심으로 '배리어 프리*'라는 말이 강조되고 있지만 정작 번화가나 길거리에서는 아직 전혀 보급되지 않았다고 해도 과언이 아니다. 도시하루의 선배들, 즉 CP인 단체 사람들이 노선버스에서 휠체어 탑승을 거부당한 것을 계기로 격렬한 차별 철폐 운동을 벌인 게 벌써 십여 년 전 일이었다.

그러나 그런 일이 있었는데도 사람들의 의식은 여전히 변하지 않았다.

계단이나 단차, 출입구의 협소함처럼 물리적인 이유로 거부하는 건 어쩔 수 없다. 하지만 누가 봐도 문제없어 보이는데 단지 민폐라는 이유로 거절당할 때만큼은 도시하루도 철저히 싸웠다. 이 가게도 사실 처음에는 그다지 호의적이지 않았다. "그건 차별 아닌가요?" 하고 따지며 다소 무리하게 길을 개척해 나간 건 유타나 다른 보호사들이 아닌 도시하루 자신이었다.

테이블 앞에 앉아 각자 주문을 했다. 유타와 'GANCO'는 아이스커피, 도시하루는 늘 그렇듯 레몬스쿼시였다.

잠시 한숨 돌리고서 유타가 "영화 어땠어요?"라고 물었다.

"아, 정말 좋았어요! 감동했어요!"

'GANCO'가 눈을 반짝이며 말했다. 그녀가 분명 좋아할 거라고 도시하루도 확신했지만 아무래도 기대 이상이었던 듯했다.

"'테루테루' 씨는 전에 봤다고 하셨죠?"

* 장애인, 노인 등 사회적 약자들이 편하게 살 수 있게 물리적 장애물, 심리적 장벽 등을 제거하자는 운동 및 정책.

"네? 아아, 난, 아니 전, 그러니까, 개봉했을 때."

"저희 동네에는 상영관이 없어서……. 입소문은 자주 들어서 궁금했어요."

그녀는 씁쓸한 표정으로 말했다.

"그렇군요. 그때 'GANCO' 씨는 아직 중학생?"

"네, 아마 중3이었을 거예요. '테루테루' 씨는 그때 이미 일을 하고 계셨죠?"

"아, 으응, 뭐 그렇죠."

유타는 도시하루와 상의한 걸 떠올리듯 대답했다.

"고등학교를 졸업하고 아르바이트할 때였나……. 좋은 영화였죠."

실제로는 지루했을 것이다. 영화 상영 중에 유타가 연신 하품할 때마다 도시하루는 몸을 움찔했다. 다행히 'GANCO'는 눈치채지 못한 듯했다.

"아나의 그 까맣고 커다란 눈동자가 지금도 눈에 선해요."

"맞아요. 귀여운 아이죠."

유타는 이제는 완전히 허물없이 그녀를 대했다.

"'테루테루' 씨 이야기를 듣고 스페인 내전에 대해 조금 공부하면서 영화의 배경도 알 수 있게 됐어요."

"맞아요. 그쪽을 알면 영화를 더 잘 이해할 수 있죠."

자신이 가르친 대로 그대로 읊는 걸 옆에서 듣는데도 도시하루는 긴장해서 숨을 죽였다. 'GANCO'는 물론 눈치채지 못하고 감격에 겨운 듯 말을 이어 갔다.

"그리고 정말 조용한 영화였는데, 왠지 제 귀에도 정령의 속삭임이 들리는 것 같더라고요."

"정령의 속삭임이라……. 맞아요, 뭔가 들리는 것 같았죠."

멍청하게 'GANCO'의 말을 앵무새처럼 따라 하고 있다. 이렇게 말하라고 조금 더 자세한 소감을 들려줬지만 잊어버린 듯했다. 이대로는 곤란하다.

도시하루는 조용히 유타를 불렀다.

갑작스러운 목소리에 유타가 놀란 듯 고개를 돌렸다.

도시하루는 빠르게 오른발을 움직였다. 유타가 발 움직임을 눈으로 좇았다.

화, 제, 를, 바, 꿔

그러자 'GANCO'도 낌새를 채고 "혹시 무슨 일이라도 있나요?" 하고 걱정스럽게 물었다.

"아, 아뇨. 아무것도 아니에요. 자기도 대화에 참여하고 싶은가 봐요."

또 쓸데없는 소리를.

"아, 그렇군요. 물론이죠."

아무것도 모르는 'GANCO'는 환하게 웃는 얼굴로 도시하루를 봤다.

"발가락으로 글자판을 가리키시다니. 대단해요. 저도 읽을 수 있을까요?"

"글쎄요. 익숙하지 않으면 어려울걸요. 내…… 아니 제가 통역할 거니 괜찮아요."

"감사해요. '테루테루' 씨도 정말 대단하세요."

"뭐 워낙 오래 함께한 사이라."

"얼마나 됐나요?"

"음, 2년쯤 됐을까요."

자연스럽게 화제가 바뀌어서 도시하루는 안도의 한숨을 내쉬었다.

"그렇군요. 그래도 생활 전반을 돕는다는 건 정말 쉽지 않을 것 같아요. 전 자원봉사라고 해 봐야 시설에 몇 번 가서 아이들과 놀아 준 정도니까요. 아니, 오히려 제가 더 즐긴 것 같은데."

'GANCO'는 수줍은 듯 미소 지었다.

"아마도 현실을 전혀 모르고 있겠죠."

"아, 그런데 뭐, 경험이 중요하니까요. 그러다가 익숙해지면 별거 아니에요."

유타의 거들먹거리는 말투에 또 화가 났다. 'GANCO'는 순순히 고개를 끄덕였다.

"네, 저도 이해해요. 아니, 물론 현실적인 어려움은 아직 모르겠지만 익숙해지는 게 중요하다는 건 정말 맞는 말씀 같아요. 우리는 평소 장애인을 접할 기회가 적으니 익숙하지 않은 거잖아요. 그래서 갑자기 장애인이 눈앞에 나타나면 당황해서 눈을 피하거나 어떻게 대해야 할지 몰라 당황하거나 두려워하는 게 아닌가 싶어요. 고작 그거 조금 경험해 보고 이런 말 하기 망설여지지만, 실제로 장애를 가진 아이들과 오래 함께하다 보니 평범한 아이들과 전혀 다르지 않다는 걸 알 수 있었어요. 아, '평범'이라는 단어도 좋지 않네요. 뭐라고 해야 하나……. 죄송해요, 갑자기 제 이야기만 늘어놓았네요. 아무것도 모르는 주제에……."

"아, 아니에요."

그녀의 이야기를 듣던 유타가 당황한 얼굴로 말했다.

"그렇게 다양한 생각을 하는 'GANCO' 씨야말로 대단하네요. 전 평소 그냥 아무 생각 없이 하는 편이라."

이 말은 진심일 것이다. 그러나 'GANCO'는 "아뇨, 그렇지 않아요" 하고 고개를 흔들었다.

"아무 생각 없이 하시는 게 오히려 대단한 거 아닐까요? 그만큼 자연스럽다는 말이니까요. 아까부터 제가 봐도 정말 평범하게, 아, 또 평범이라고 해 버렸다. ……전혀 긴장하거나 주위의 시선 같은 걸 신경 쓰지 않고 당연한 것처럼 유타 씨를 돌보는 모습이 정말 존경스러웠어요."

"존경이라뇨, 당치도 않습니다. 정말 그냥 아무 생각이 없는 건데, 하하하……."

유타는 유난히 수줍어했다.

'뭐야, 설마 정말 존경하는 줄 아는 거야?'라고 생각하면서 도시하루는 'GANCO'에게 새삼 감탄했다.

실제로 그녀의 말은 틀리지 않는다. 복지 관계자들은 차별 없는 사회를 외치며 '이해'와 '지원'이라는 단어를 입에 자주 올린다. 그러나 그보다 더 필요한 것은 모두가 우리 같은 장애인들에게 익숙해지는 일이라고 도시하루도 늘 생각했다.

지금으로서 우리는 일반인들의 눈에 '기형적인 존재'다. 편견과 차별 이전에 애초에 자신들의 세계에 존재하지 않는 사람인 것이다. 그렇기 때문에 우리를 만나기를 두려워하고 기피한다.

그러니 우선 우리 같은 이들이 세상에 분명하게 존재한다는 걸 사람들에게 인식시켜야 한다. 장애의 종류나 정도에 상관없이, 우리도 당신들과 똑같은 한 인간으로 이 세상을 살아가고 있다는 걸.

인간은 어떤 것에든 익숙해지는 존재라고 도시하루는 생각했다. 가까이에서 자주 접하다 보면 편견이나 차별이 아예 사라지지는 않더라도 언젠가 희미해진다. 적어도 있는 그대로를 받아들일 수 있게 된다. 모든 건 거기서부터 시작된다.

그래서 도시하루는 어느 순간부터 자신을 더욱더 세상에 드러내고자 노력했다. 시설에서 나와 독립생활을 하면서 방에 틀어박히지 않고 적극적으로 밖에 나갔다. 그렇게 세상에 나가자 자신과 같은 중증 장애인(당사자 모임은 차치하더라도)을 만날 기회가 정말로 적다는 것을 깨달았다.

아무리 그래도 조금 더 눈에 띄는 곳에 존재해도 되지 않을까. 보이지 않으니 깨닫지 못한다. 만나지 않으니 알지 못한다. 우리 같은 장애인의 존재를. 당신들 **건강한 사람**들처럼 우리도 똑같이 고민하고, 괴로워하고, 기뻐하고, 웃고, 욕망하고, 분노하고, 슬퍼한다는 사실을.

"아, 시간이 벌써 이렇게!"

'GANCO'의 목소리를 듣고 퍼뜩 정신이 들었다.

"죄송해요. 제가 너무 말이 너무 많았네요."

"아뇨, 당치도 않습니다. 이것저것 많이 배웠습니다."

유타가 아첨하듯 그녀를 추켜세웠다. 그녀의 일정과 이쪽의 교대 근무 사정도 있어서 데이트는 애초에 5시까지로 정해 두고 있었다. 그 시간을 이미 훌쩍 넘겼다.

"저야말로 정말 많은 것을 배웠답니다. 영화도 너무 좋았고 즐거웠어요. **유타 씨**도 만날 수 있어서 기뻤고요."

마지막 말을 할 때 그녀는 도시하루의 얼굴을 확실히 보며 말했다. 도시하루는 어떻게 반응해야 좋을지 몰라 우물쭈물했다.

"저도 정말 즐거웠어요. 다음에 또 만나요."

유타가 가볍게 대답했다.

"정말요?"

일어서서 지갑을 꺼내려는 그녀를 유타가 제지했다.

"아, 아뇨. 오늘은 제가 사겠습니다."

"아뇨. 제가 초대했으니."

"아니, 제가 나이도 더 많고 사회인이기도 하니."

"아, 네…… 죄송해요. 그럼 이번에는."

"이 정도로 뭘."

유타가 거들먹거리며 말했지만 물론 오늘 쓴 돈은 전부 도시하루의 지갑에서 나왔다.

카페 입구에서 헤어지기로 했다.

"오늘은 정말 감사합니다."

"빈말이 아니라 정말 다음에 또 만나요."

"네. 사실 오기 전까지 많이 긴장했는데 '테루테루' 씨께서 친근하게 대해 주신 덕분에 긴장이 풀렸어요."

순간 가슴이 덜컥했다. 유타의 오늘 태도는 역시 메일과는 사뭇 다른 느낌이었을 것이다.

"네. 다음에 또 메일 보낼게요."

"네."

"공부도 열심히."

"'테루테루' 씨도 일 열심히 하세요. **유타 씨**도 또 뵙겠습니다."

마지막으로 도시하루에게 그렇게 말하더니 그녀는 고개를 꾸벅 숙이고 떠났다.

모퉁이 너머로 뒷모습이 사라지는 순간.

"이야. 간신히 들키지는 않았네요."

유타가 기지개를 쭉 켜며 말했다.

정말 들키지 않았을까. 일말의 불안이 남았지만 그렇게 믿을 수밖에 없다.

"그런데 저렇게 착한 아이를 계속 속이는 건 역시 죄책감이."

유타가 농담처럼 던진 말이 도시하루의 가슴 깊숙이 박혔다.

* * *

유타는 일주일에 평균 나흘 도시하루를 돌봤다. 주로 심야, 주말이나 공휴일 등 다른 보호사나 학생 자원봉사자들의 지원율이 낮은 날과 시간대가 주를 이룬다. 그만큼 보수가 높아서 유타도 바라는 바였다. 하루 4, 5시간을 하면 7천 엔이니 그것만으로 한 달에 10만 엔이 약간 넘는다. 빈 날은 일당으로 배달 아르바이트도 해서 한 달에 약 18만 엔 수입으로 저렴한 공동 주택에서 살기 충분했다.

도시하루의 집에는 구에서 파견 나오는 보호사가 3명, 학생 자원봉사자가 총 10명 등록돼 있다. 그 밖에도 야마시타나 유타처럼 유급 자원봉사자가 다섯 명씩 교대로 일했다.

야마시타는 전부터 '유급 자원봉사자'라는 표현을 썼는데, 정식 명칭은 '전신 장애인 등록 보호사'라고 한다. 구에서 파견하는 보호사와 별개로 자신들이 직접 고른 사람을 보호사로 등록하게 해 달라고 장애인 단체에서 운동을 벌인 덕에 야마시타나 유타 같은 무자격인도 보호사로 등록할 수 있게 된 것이다. 그러나 구에서 지급하는 등록 보호사 비용에는 상한이 있어 그것을 초과하는 지출은 도시하루가 상당 부분을 부담하고 있다.

도시하루가 취미로 컴퓨터 프로그래밍이나 소프트웨어 개발 등을 한다는 건 알고 있었지만 그런 일로는 아마 큰돈은 벌 수 없을 거라 생각했다.

"부모님 유산이라고 했나, 뭐 그런 거라고 들었는데."

그에 대해 묻자 야마시타는 무심히 말했다.

"오, 유산. 그러고 보니 도시하루 씨는 가족이 없나요? 다 돌아가셨어요?"

"그런 것 같아."

야마시타는 관심 없다는 듯 대답했다.

"혼자서 힘들겠네요."

유타가 걱정하듯 말하자 야마시타는 씩 웃었다.

“꼭 그렇지도 않대. 다른 장애인들은 부모가 전적으로 돌봄을 맡아서 자위 같은 것도 만족스럽게 못 한다더라. 혼자 있는 편이 더 자유롭다고 도시하루 씨도 그랬어.”

“네? 자위요? 그런 것도 해요?”

유타는 깜짝 놀라 되물었다.

“당연하지. 그런 기능에는 문제가 없으니까.”

유타는 “그렇군요” 하고 고개를 끄덕였지만 잘 와닿지 않았다.

“그래도 역시 동정이겠죠?”

야마시타는 고개를 갸웃거리며 “아마도”라고 했다.

“전에 누가 좋은 곳에 데려가 줬다는데 입구에서 거절당했다더라.”

“대단하네요.”

묘하게 감탄스러웠다.

아무튼 그런 일이 있어서 유타는 도시하루에게 성욕이 있고 그가 이성에게 관심이 있다는 걸 알고 있었다.

‘그래도’ 하고 유타는 내심 생각했다.

설마 정말로 현실 속 여자를 좋아할 줄이야.

“왜요? 아깝게!”

더 이상 그 아이와 만나지 않고 메일도 안 할 거라는 말을 도시하루에게 들었을 때 유타는 무심코 소리쳤다.

"혹시 그날 이후 메일로 싸우기라도 했어요?"

그러자 도시하루는 아니라며 고개를 흔들었다.

"그럼 뭐예요? 지난번에 만났을 때 무슨 일이라도?"

특별히 두 사람 사이에 무슨 일이 있었던 기억은 없다. 그때는 애초에 도시하루가 유타였고, 유타가 도시하루였다. 서로 말을 주고받지도 않았을 것이다.

도시하루는 천천히 오른발을 움직였다.

어, 쨌, 든, 이, 제, 안, 만, 나

그러더니 잠시 고민하는 듯한 제스처를 취하고 다시 발을 움직였다.

이, 젠, 끝

"……그렇군요. 뭐 그렇다면 어쩔 수 없죠."

그렇게 대답했지만 솔직히 실망스러웠다. 조만간 다시 만날 수 있을 거라 기대했다.

도시하루인 척해야 하는 게 성가시기는 하지만 어차피 실제 말하는 사람은 나다. 지난번에도 결국 거의 평소 내 모습 그대로 그녀를 대했다. 그녀도 완전히 나를 '테루테루'로 착각해 존경의 눈빛까지 보내지 않았나.

그렇다. 그 눈빛은 분명 나를 향한 것이라고 유타는 믿었다.

장애인 돌봄 일에 익숙한 내 모습과 도시하루를 대하는 태도. 꼭 그녀에게 '대단하다'라는 말을 들을 목적은 아니지만 어쨌든 그녀 눈에는 그런 내 모습이 존경스럽게 비친 것이다.

내가 친근하게 대해 줘서 긴장이 풀렸다고도 기쁜 듯이 말하고 심지어 다음에 또 보자고까지 했는데.

갑자기 왜 안 만난다는 걸까.

그러나 아무리 물어도 도시하루는 이유를 말해 주지 않았다.

그렇다면.

유타는 그제야 비로소 이해했다.

정말로 그 아이에게 반했구나.

그렇게 생각하니 납득이 갔다.

그 아이를 속이는 게 괴로워진 것이다. 내가 농담처럼 말했듯 죄책감을 느끼게 된 것이다.

아니, 어쩌면.

나를 질투하는 것인지도 모른다. 아무리 도시하루인 척한다고 해도 직접 그녀와 말하는 사람은 유타다. 그녀가 존경의 눈빛을 보내는 대상, 아니 그걸 넘어 명백한 호의를 보이는 대상은 도시하루가 아닌 유타인 것이다.

그 때문에 도시하루는 질투를 느꼈다. 함께 있으며 그 모습을 보고 있기가 힘들어졌다.

꼭 이해 못 할 일은 아니다. 하지만.

멍청한 녀석이라고 생각했다. 그런 욕심을 부리지 않고 지난번처럼 중간에 자신을 끼워 넣으면 그녀를 계속 만날 수 있을 텐데. 그런 다음 메일로 연락을 주고받으며 만족하면 될 텐데.

어차피 그 아이와 그 이상 뭘 어떻게 하는 건 무리 아닌가.

역시 이대로 끝내기는 아깝다.

도시하루가 만나지 않을 거면 내가 대신 만나도 되지 않을까.

아니, 애초에 그녀에게는 내가 '테루테루'다.

PC 통신에 대해서는 전혀 모르지만 사용법만 익히면 나도 메일 정도는 보낼 수 있을 것이다.

그렇다. 어차피 도시하루는 앞으로 메일을 보내지 않을 거라고 하니 내가 '테루테루'라는 이름으로 메일을 보내면 된다.

좋아, 컴퓨터를 사자. 그 정도 지출은 별거 아니다.

처음에는 도시하루가 날 가면으로 이용했지만, 앞으로는 내가 '테루테루'라는 가면을 쓰고 'GANCO'를 만나면 된다.

무력의 왕

3

“너무 오래 걸리면 곤란합니다. 10분 정도로 부탁드려요.”

간호사에게 그렇게 주의를 들으며 나는 병실 앞까지 갔다.

입구에서 두 손을 소독하고 보호복에 모자, 장갑, 마스크를 착용한다. 간호사의 안내를 받아 중환자실 안으로 들어갔다.

내부는 어두웠다. 병실 면적을 대부분 침대가 차지하고 있고 그 위에 수십 명의 중환자들이 누워 있다. 들리는 소리라고는 슈, 슈 하는 인공호흡기 소리와 전자음뿐이다. 모니터가 발산하는 푸른빛에 비친 환자들은 하나같이 튜브를 달고 침대 옆 장비와 연결돼 있다.

아내도 마찬가지였다.

처음 보고 가장 놀랐던 건 어깨까지 내려온 머리카락이 모조리 잘린 점이었다. 그것도 모자라 얼굴 양옆과 이마가 깁스로 고정돼 움직일 수 없다. 목구멍에서 뻗어 나온 관은 침대 옆 장비와 연결돼 있었다.

"자가 호흡이 불가능해서 목을 절개해 캐뉼러를 삽입했습니다."

간호사가 옆에서 설명했다.

"그래서 말씀하시는 건 불가능합니다. 저희 목소리는 들으실 수 있지만."

"의식은……."

"또렷합니다. 아, 지금은 주무시고 계실지도. 깨울까요?"

"아, 아뇨, 그대로."

간호사는 "네, 알겠습니다" 하고 고개를 끄덕이더니 "면회가 끝나면 간호사실에 말씀해 주세요" 하고 자리를 떴다.

그 뒤로 한참 동안 아내의 모습을 우두커니 바라봤다.

잘린 머리카락과 그녀를 둘러싼 기계들 때문에 낯선 여인처럼 보인다.

불과 몇 시간 전만 해도 활발하게 움직이고, 말을 하고, 내 옆에 있던 아내가 지금은 꼼짝할 수 없고 말도 못하는 상태로 누워 있다. 그런 사실이 현실로 다가오지 않았다.

사고 순간이 떠올랐다.

계단 아래에 쓰러진 아내에게 달려갔다. 말을 걸어도 반응이 없다. 움직이지도 않았다.

죽은 걸까. 당황하면서도 심장 박동을 확인해야겠다며 가슴에 귀를 댔다. 잘 모르겠다. 조금 전부터 온몸에서 쿵쿵 울려 퍼지는 소리는 내 심장 소리다. 아내의 심장은…… 뛰는 소리가 들린다. 움직이고 있다. 죽지 않았다.

나는 재빨리 방으로 달려가 휴대폰을 들고 다시 현관을 나갔다. 계단을 내려가며 119를 누른다. 금세 전화가 연결됐다.

―119입니다. 응급 상황입니까? 화재입니까?

"응급 상황입니다. 지금 당장 구급차를 불러 주세요. 여기는."

당황한 나머지 주소가 바로 떠오르지 않았다.

"괜찮으세요?"

목소리가 들려서 돌아보니 같은 아파트에 사는 낯익은 여자가 걱정스러운 얼굴로 쳐다보고 있었다. 다른 이웃 주민도 몇 명 나와 있다.

"죄송합니다. 여, 여기는 스기나미구……."

여자가 재빨리 옆에서 아파트 주소를 알려 줬다. 그것을 그대로 수화기 너머에 전한다. 교환원이 이름과 전화번호를 물었다. 그런 건 상관없으니 빨리 와 달라고 생각하며 필사적으로 대답했다.

"아내가 사고를 당했습니다. 계단에서 굴러떨어져서 의식을 잃었어요. 빨리!"

그때 아내의 눈이 살짝 떠졌다.

초점이 맞지 않는 눈으로 나를 포착하더니 잠시 허공을 맴돌다가 다시 나를 봤다.

"……나, 어떻게 된 거야……."

연약한 목소리지만 아내는 확실히 그렇게 말했다.

"의식을 되찾았습니다!"

휴대폰을 향해 소리쳤다.

"나……."

아내가 괴로워하는 얼굴로 말했다.

"내 몸, 어떻게 된 거지……? 아무것도 느껴지지 않아……. 손은, 다리는, 있어……?"

나는 멍하니 아내를 내려다봤다.

—여보세요? 들리십니까? 구급차가 지금 그쪽으로 가고 있습니다. 여보세요?

수화기 너머에서 교환원의 목소리가 계속 흘러나왔다.

구급차는 몇 분 만에 도착했다. 그사이 여러 명이 다가와 무슨 일인지 물었지만 대답할 여유가 없었다. 다른 사람들이 입을 모아 지진이 일어났다고 외쳐도 전혀 머리에 들어오지 않았다.

들것에 실려 가는 아내를 따라 나도 구급차에 올라탔다.

얼마 후 철도 운행이 모두 중단되고 고속도로가 통제되며 도내 도로에 큰 정체가 발생했지만, 이때만 해도 비교적 차량 흐름이 원활했다.

호흡 곤란을 호소하는 아내에게 구급 대원이 산소마스크를 씌워 줘서 그 후로는 아내와 대화를 나누지 못했다. 구급차 안에서 나는 줄곧 아내의 손을 잡고 있었지만 아내는 얼굴을 일그러뜨리며 고개를 연신 흔들었다. 당신이 내 손을 잡고 있는 게 느껴지지 않는다. 아내는 소리 없이 그렇게 외치고 있었다.

구급차가 도착한 곳은 인근에서 가장 큰 종합 병원이었다. 아내는 들것에 실린 채 엘리베이터를 타고 진료실에 갔고 나는 복도에서 간호사에게 사고 당시 상황과 아내가 겪은 일들을 설명했다. 이후 아내는 엑스레이실로 옮겨졌다고 했지만 정확히 어떤 상태인지에 대한 설명은 없었다.

허탈하게 로비에 나가 보니 TV 앞에 사람들이 모여 있었다.

지진 속보가 나오고 있었다. 사람들의 입에서 새어 나오는 "이럴 수가", "믿을 수 없어", "말도 안 돼" 같은 말에서 심상치 않은 분위기가 느껴졌다.

그들 몸 사이로 TV 화면이 보였다.

밀려오는 쓰나미가 어딘지 모를 바닷가 암벽을 넘고 있

었다.

떠내려가는 트럭들. 한 대가 아니다. 파도에 휩쓸린 수많은 자동차, 그리고 집 지붕.

숨이 막혔다.

이게 대체 뭐지……?

자막으로 가마이시, 오후나토 등의 지명과 진도를 알려주는 글자가 흘러갔다.

미야기현 북부에서 진도 7, 미야기현 남·중부, 후쿠시마현 나카도리·하마도리, 이바라키현 북·남부, 도치기현 북·남부에서 진도 6강, 이와테현 해안 남부·내륙 북부…….

머리가 복잡했다. 자막으로 표시된 진도보다 더 큰 일들이 일어나고 있다. 알 수 있는 건 그뿐이었다.

"……씨."

누군가가 부르는 목소리에 정신을 차렸다. 돌아보니 간호사가 서 있었다.

"선생님께서 드릴 말씀이 있다고 하십니다."

"아아, 네."

간호사를 따라 진료실로 향했다.

"남편분 되십니까?"

진료실에 들어서자 엑스레이를 보던 의사가 나를 향해 물었다.

"네."

"일단 뇌에는 이상이 없습니다. 다만 넘어지며 목뼈가 탈골됐기 때문에 수술을 빨리 해야 합니다."

차분한 의사의 말이 머리에 잘 와닿지 않았다.

목뼈가 탈골? 의식이 명료했고 직후에는 말도 했는데?

"이곳이 탈골 부위입니다."

의사가 엑스레이 사진 속 목 부위를 가리켰다.

"여기 있는 균열 같은 게 보이시나요? 탈골 부위입니다. 탈골 자체는 수술하면 회복이 가능합니다만."

의사는 잠시 멈칫하더니 말을 이어 갔다.

"환자는 현재 팔다리가 마비돼 감각이 없다고 호소하고 있습니다. 아마 탈골 시 이 부위의 척수가 손상된 것으로 추정됩니다. 호흡 장애와 사지 마비는 척수 손상의 전형적인 증상입니다."

척수 손상. 들어본 적 있다. 설마.

"치료할 수 있나요?"

나는 얼떨결에 그렇게 물었다.

"수술 후 깁스와 특수 보조기로 뼈를 고정할 겁니다. 시간을 두고 안정을 취하면 탈골은 회복됩니다. 다만."

그전까지 무덤덤한 말투였던 의사가 약간 힘들어하는 표정을 지었다.

"마비가 회복될지는 아직 알 수 없습니다. 부상 직후에는 완전 마비와 부전 마비를 구분하기 쉽지 않죠. 척수 쇼크 기간이 지나도 마비가 계속되면 일반적으로 예후를 기대하기 어렵습니다."

예후를 기대하기가 어렵다……?

이게 무슨 뜻일까.

"그럴 경우 남은 기능을 최대한 활용해 일상생활에서 할 수 있는 일을 늘리기 위한 재활 치료를 해야 합니다. 최소 한 달, 경우에 따라서는 석 달 정도 경과 관찰이 필요하죠. 정확한 상태를 환자 본인도 궁금해하실 텐데 정확히 알 수 있을 때까지 구체적인 건 말씀드리지 않는 게 좋습니다."

"……알겠습니다."

그렇게 대답할 수밖에 없었다.

그로부터 몇 시간. 무사히 수술을 마치고 수술실로 옮겨진 아내를 만나게 됐지만.

아내는 눈을 부릅뜨고 나를 보고 있었다.

"……깨워 버렸네."

입에서 그런 말만 나왔다.

아내의 입술이 움직인다. 무슨 말을 하려는지는 금방 알 수 있다.

당신은 괜찮아?

이런 상태로도 나를 먼저 걱정하다니. 나는 쏟아질 것 같은 눈물을 꾹 참으며 말했다.

"난 괜찮아……. 큰 지진이었어. 진원지 쪽은 난리라고 하지만 여긴 그 정도는 아니래. 걱정 안 해도 돼."

아내가 안심한 듯 눈을 감았다. 조금 여유가 생겼는지 어렴풋이 미소 짓는다.

입술이 다시 움직인다. 무슨 말을 하는지 알 수 없다. 고개를 기울이자 아내는 눈을 위로 움직여 다시 한번 뭔가를 말했다.

"머리? 머리카락?"

눈을 감았다가 다시 뜬다. 고개를 움직일 수 없으니 이것이 긍정의 의미일 것이다. 천천히 눈을 깜빡이는 건 '예스'일까.

"응. 다 깎아서 민머리지만 그래도 예뻐."

그렇게 말하며 웃었다. 정말로 웃는 표정인지는 확신할 수 없다.

아내는 미간을 찌푸리며 눈을 짧게 깜빡였다.

아니야. 예쁠 리 없어.

"머리는 곧 자랄 거야. 호흡도 시간이 지나면 괜찮아질 거고."

아내가 입을 열었다. 역시 무슨 말을 하는지 알 수 없다. 그러나 상상이 됐다.

감각이 없어. 몸이 움직이지 않아. 팔다리도.

모른 척하며 고개를 저었다.

다시 아내의 입술이 움직였다.

응? 아니야.

손. 손?

시선이 아래로 옮겨 간다. 그리고 아내는 다시 한번 뭔가를 말했다.

잡아 줘.

이번에는 모르는 척할 수 없었다.

아내의 몸에 덮인 얇은 이불에 손을 넣어 아내의 손을 찾았다.

전과 변함없는 부드러운 손이 그곳에 있었다. 온기도 변함없다. 다른 점이라고는 내가 손을 잡아도 아내는 잡지 않는다는 점이다. 손가락 하나 움직이지 않는다.

아내가 내 얼굴을 뚫어져라 봤다. 그리고 뭔가를 물었다. 나는 대답했다.

"응, 잡고 있어."

일순간에 아내의 얼굴이 일그러졌다. 몇 번이고 눈을 감았다 떴다를 반복한다.

모르겠어. 느껴지지 않아.

나는 아내의 손에서 내 손을 떼었다.

"시간이 조금 걸릴 거야."

간신히 그렇게 말했다.

"지금은 일단 생각하지 말고 쉬어야 해. 어쨌든 거기에 집중하자."

아내는 불만스러운 듯했지만 잠시 후 눈을 한 번 깜빡였다.

"너무 오래 있으면 안 된대. 내일 또 올게."

아내는 순간 슬픈 표정을 지었다가 가볍게 숨을 들이마시며 눈을 깜빡였다.

"그럼, 내일 또 봐."

아내의 입이 움직였다. 잘 가.

고개를 끄덕이고 중환자실을 떠났다.

그러나 그날 나는 결국 집에 돌아갈 수 없었다.

'그 정도는 아니래' 수준이 아니었다. 수도권에 일어난 대규모 교통 장애로 귀가하지 못한 사람이 속출했다. TV에서는 관방 장관이 기자 회견에 나와 귀가 자제를 호소했다. 밤이 되자 철도 운행 재개 소식이 하나둘 보도됐지만 얼마 후 그보다 더 충격적인 소식이 전해졌다.

일본 정부의 원자력 긴급 사태 선언. 이번 재난이 지진, 해일뿐 아니라 원자력 발전소의 심각한 사고를 동반한 복합 재난인 게 드러난 순간이었다.

도쿄 도내에서 발생한 사고에 대해서도 발표됐다. 건물이 전파, 반파된 가구가 6천4백55가구, 화재는 34건이 일어났다. 도쿄 하루미에서는 최대 1.5미터의 지진 해일이 관측됐고 액상화 현상 같은 피해도 발생했다.

또 주차장 일부 붕괴와 천장 낙하 등으로 7명이 사망하고 94명이 부상을 당했다.

아내도 그 부상자 중 한 명이었다.

전국 각지에서 정전이 발생했지만 병원에는 자가발전 장치가 있어 그곳에 있는 편이 더 안전하다. 그렇게 생각하는 사람들이 우르르 병원에 몰려와 병원에서 그들에게 담요를 지급하기도 했다.

나는 비슷한 처지인 사람들과 함께 병원 로비 소파에서 하룻밤을 보냈다.

동일본 대지진.

훗날 그렇게 불리게 된 대지진의 전모가 서서히 드러나고 있었다. 그 수준은 내 상상을 훨씬 뛰어넘었다.

산리쿠 해안 전역에서 목조 가옥 등이 흔적도 없이 사라지는 등 피해가 극심했다. 도호쿠 지역에 국한되지 않고 상당 규모의 여진이 간헐적으로 발생해 사람들의 불안을 가중시켰다.

거기에 더해 원전 관련 뉴스가 연이어 터져 나왔다.

후쿠시마 제1 원전의 '전 교류 전원 상실', '1호기 건물 폭발', '피난 구역 확대', '일본 최초의 노심 용융 사고', '추가 노심 용융과 폭발', '격납 용기 손상과 화재' 등.

상황은 점점 더 악화되고 있었다.

그런 와중에 나는 매일 병상에 누운 아내를 면회했다. 퇴근 후 뛰어가다 보니 시간에 쫓겨서 면회 시간은 10분 남짓이다. 대화다운 대화를 할 수 없지만 얼굴만 볼 수 있으면 그걸로 만족했다.

둘째 날 갔을 때 아내는 울고 있었다. 나중에 간호사에게 물어보니 아내 옆 침대에 있던 환자가 오늘 아침 사망했다고 했다.

그날뿐만 아니라 아내 주변에서는 매일같이 사람들이 죽어 갔다. TV도 많은 이들의 죽음을 전했지만 어제까지 옆에 누워 있던 사람이 잇따라 죽는 공포는 당사자만이 알 수 있을 것이다.

그러나 어느 순간부터 아내는 더 이상 눈물을 흘리지 않았다. 죽음에 익숙해진 것이다. 이곳은 그런 곳이었다.

의사는 자가 호흡이 가능해지면 일반 병동으로 옮길 수 있다고 했다. 그리고 그날은 의외로 빨리 찾아왔다.

도쿄에서는 지진의 영향이 여전히 이어졌다.

슈퍼와 편의점에서 물건이 동나고 식품과 생필품 품귀 현상이 펼쳐졌다. 계획 정전이 시작되며 모든 건물과 시설의 불빛이 반쯤 꺼져서 한낮에도 어두웠다.

TV든 회사에서든 화제는 온통 지진이었다. 원전 사고로 인한 방사능의 영향을 우려해 도쿄를 떠나는 사람들도 생겨났다.

앞으로 이 나라는 어떻게 될까. 모두가 같은 불안감을 토로했다.

나도 불안했지만 그래도 아내가 날 지탱해 줬다. 내가 정신 차려야 한다. 지금은 아내만 생각해야 한다. 그렇게 다짐하며 매일 병원에 다녔다.

어느 날 평소와 다름없이 중환자실에 들어갔더니 아내가 누워 있던 침대에 얼굴 전체를 인공호흡기 마스크로 뒤덮은 백발 남성이 누워 있었다.

대체 어디에?

겁에 질려 간호사에게 물었을 때 "아, 조금 전 일반 병동으로 옮기셨어요"라는 대답을 듣고 가슴을 쓸어내렸다.

안내받은 병동 층에서 엘리베이터에서 내려 4인실인 505호실로 향했다.

여자들만 있는 병실이라 조심스러웠지만 그런 걸 따질 상황이 아니었다. "실례합니다" 하고 고개를 숙이고 들어가 아내의 침대를 찾았다. 칸막이 커튼으로 반쯤 가려진 안쪽이 아내의 공간이었다.

커튼을 열자 목에 붕대를 했지만 아내는 모든 기구를 떼어낸 채 말끔하게 침대에 누워 있었다. 등에는 커다란 베개 같은 것을 대고 있다.

"다행이야. 중환자실에서 나와서."

그렇게 말하자 아내는 빙긋 웃었다.

"목소리도 낼 수 있게 됐어."

조금 쉬었지만 익숙한 아내의 목소리였다.

"……다행이야."

나는 만감이 교차해 아내의 말을 되풀이하며 근처에 있던 간이 의자를 끌어당겨 앉았다.

"정말 큰일이네."

아내가 입을 열었다.

"아, 그게 앞으로 어떻게 될지는 아직……"이라고 까지 말했을 때 아내의 표정을 보고 그 이야기를 하는 게 아니라는 걸 깨달았다.

"……아, 응. 도호쿠 쪽은 정말 큰일인 것 같아."

서둘러 말을 고쳤다. 병실에는 TV가 없지만 병실 밖에 나가면 세상 이야기가 귀에 들어오기 마련이다.

"어떻게 될지 모른다고 한 건 내 상태를 말하는 거야?"

"아니."

"선생님이 뭐라고 하셨어?"

아내가 눈살을 찌푸렸다.

"여전히 감각이 없어."

"……서두르면 안 돼. 경과 관찰 기간이라고 해서 시간이 필요하대."

거짓말이 아니었다. 완전 마비인지 부전 마비인지를 구분하는 데는 최소 한 달이 걸린다. 경우에 따라서는 석 달이 걸리기도 한다. 물론 그동안 아무것도 하지 않는 건 아니고 재활 훈련을 한다. 만약 부전 마비라면 그러다가 감각이 조금씩 돌아오기도 한다. 하지만 계속 감각이 없다면.

나는 불쾌한 상상을 떨쳐냈다.

"이제 재활도 시작되겠지?"

"응. 중환자실에 있을 때도 재활 치료 선생님이 오셔서 팔다리를 조금씩 움직여 주셨어. 앞으로는 휠체어를 타고 훈련실에 갈 거래."

"그렇구나."

아내가 중얼거렸다.

"……재활하면 움직일 수 있게 될까?"

"당연하지."

나는 힘을 실어 대답했다.

그렇게 믿었다. 우선은 나부터. 반드시 나을 거라고. 다시 움직일 수 있을 거라고 믿었다.

원전 사고가 좀처럼 수습되지 않아 온 세상이 시끄러웠다. 그런 와중에도 선의를 가진 사람들이 피해 지역으로 달려가 봉사 활동에 애썼다. '유대감'이라는 단어가 시대의 키워드가 되었고, 이럴 때일수록 모든 일본인이 하나가 되어 난관에 맞서야 한다고 긍정적으로 말하는 사람도 있었다.

그러나 우리에게는 그보다 더 우선해야 할 일이 있었다.

아내의 재활 훈련이 시작된 것이다.

우선 침대 옆에서 관절 가동 범위 훈련을 하는 것부터 시작됐다.

물리 치료사가 병실에 찾아와 아내의 팔다리를 조심스럽게 움직이며 경직된 관절의 가동 범위를 넓혀 줬다. 다음은 근력 강화 훈련. 침대에서 상체를 일으켜 본인이 스스로 움직일 범위를 확인했다.

아내는 어깨만 움직일 수 있었다. 어깨를 움직이면 자연스레 팔도 움직인다. 그 움직임에 물리 치료사가 손으로 저항을 주거나 추를 써서 근력 저하를 조금이나마 막았다.

일반 병동으로 옮긴 지 일주일 정도 지났을 때 처음으로 훈련실에 가게 됐다. 아직 휠체어를 타지 못해 들것에 실린 채로 이동했다.

그때는 나도 반차를 내고 동행했다. 훈련실은 넓어서 꼭 작은 체육관 같았다.

여기저기 깔린 매트 위에 누운 환자들이 물리 치료사의 도움을 받아 가며 몸을 움직이고 있었다. 난간을 붙잡고 걷기 연습을 하는 사람도 있다. 기둥에 설치된 대형 스피커에서 최신 팝송이 흘러나와 마치 헬스장을 연상케 하는 분위기였다.

훈련실에서 아내가 가장 먼저 한 것은 기립 훈련이었다.

들것에서 경사대라는 곳으로 옮겨졌다. 전체를 기울일

수 있는 받침대, 일명 기립대라고도 한다. 누운 상태로 몸과 다리를 벨트로 고정한 채 받침대째 몸을 일으켜 세운다.

"오랫동안 누워 있다가 갑자기 일어나면 기립성 저혈압이라고 해서 어지럼증이 생깁니다. 이를 예방하기 위한 훈련이라고 할까요. 익숙해지기 위한 훈련입니다."

그렇게 설명하며 물리 치료사가 각도를 높여 갔다. 아내가 힘없이 소리쳤다.

"아, 조금…… 무서워요…… 아, 앞이 안 보이는……."

"너무 많이 올렸나 보네요."

물리 치료사가 당황한 것처럼 각도를 되돌렸다. 하지만 아내는 정신을 잃은 듯이 눈을 감고 있었다.

"괜찮습니다. 단순한 빈혈 증세이니 금세 다시 돌아올 거예요."

물리 치료사가 아무렇지 않게 말했다.

재활은 시작됐지만 아내는 면회 갈 때마다 "여전히 감각이 돌아오지 않아. 이런 상태에서 재활해 봐야 소용없지 않을까", "언제쯤 감각이 돌아올까……. 조금이라도 느낄 수 있으면 좋을 텐데……" 하며 불안해하는 얼굴로 걱정했다.

매일 병실을 방문하다 보니 같은 병실에 있는 환자들과도 조금씩 대화를 나눴다. 시시콜콜한 잡담이지만 사람들의 성격을 자연스럽게 파악할 수 있게 됐다.

아내를 제외하고 세 사람 중 한 명인 후지하시 씨는 입원한 지 1년이 채 안 된, 아내와 동갑내기 여자였다. 독신으로 입원 전에는 탄탄대로를 걷는 커리어우먼이었다고 했다. 부상 원인은 교통사고. 조수석에 있다가 사고를 당한 줄 알았는데, 본인이 직접 운전대를 잡았고, 그런데도 퇴원 후에 다시 운전할 생각이라고 하는 걸 보면 꽤나 당찬 사람으로 보였다.

다른 한 명은 50대 주부인 가사이 씨. 그녀는 동료들과 산행 중 사고를 당했다고 했다. 동갑인 남편과 성인이 된 두 아들이 있으며 큰아들에게는 현재 결혼 예정인 연인이 있는데, 가사이 씨는 그녀가 별로 마음에 들지 않는 듯했다. 아들이 연인과 함께 병문안을 와 있는 동안에는 웃으면서 응대했지만 돌아간 뒤에는 여자에 대한 험담을 늘어놓았다. 결혼하면 어떤 일이 펼쳐질지 남의 일이지만 무서웠다.

그리고 또 한 명, 시바타라는 이름의 늘 커튼을 닫아 두고 있는 오래된 환자가 있었다. 이 병동의 환자들은 대부분 1년에서 1년 반이면 퇴원하는데 시바타 씨는 무슨 사정이라도 있는지 몇 년째 입원 중이라고 했다.

“다들 상태가 더 좋아지지는 않는 것 같아.”

휠체어를 밀고 휴게실에 가서 둘만 남았을 때 아내가 말했다.

“경수 손상이라고 하고 후지하시 씨는 C7, 가사이 씨는

C6 레벨이래."

아내 입에서 처음 경수 손상이라는 말이 나와 가슴이 덜컥했다.

"그래도 휠체어를 탈 수 있는 건 다행이지만……. 시바타 씨가 침대에서 내려오는 모습을 지금껏 한 번도 본 적이 없어."

나는 말없이 고개를 끄덕였다.

"……난 어느 쪽일까."

아내가 중얼거렸다.

"어쨌든 재활을 열심히 하자."

그런 말밖에 나오지 않았다.

아내의 대답은 없었다.

TV에서 대피소 풍경이 비쳤다. 칸막이로 나뉜 체육관의 한 곳에서 나이 든 여자가 우울한 얼굴로 앉아 있다. 근처에는 자원봉사자인 젊은 여자에게 과자를 받고 웃는 아이의 모습이 보였다. 화면이 전환되어 자위대원, 소방관 등이 폐허가 된 땅의 일각에서 묵념하는 모습과 아직 남은 잔해 속에서 뭔가를 찾는 남자의 모습 등이 비쳤다. 지진 피해 지역에는 여전히 부흥의 기미가 보이지 않았다.

TV에서 눈을 떼고 병실로 향했다.

그로부터 한 달이 지나 '그날'이 다가오고 있었다.

어느 날, 나 혼자 면담실에 불려 갔다. 주치의와 함께 '케이스워커*'라는 직함을 가진 이하라라는 남자가 동석했다.

"한 달이 지났는데 마비 증세가 호전되지 않는군요."

주치의는 담담하게 말했다.

"그 말씀은."

물어보기 두렵지만 확인해야 했다.

"완전 마비라는 뜻일까요?"

"네. C5 레벨의 경수 손상입니다."

의사는 아무렇지 않게 고개를 끄덕였다.

순간 눈앞이 캄캄해졌다.

같은 병실에 있는 두 사람보다 더 심한 수준.

늘 커튼이 닫힌 병실의 한 귀퉁이가 머릿속에 떠올랐다.

지금껏 얼굴도 마주치지 못한 시바타라는 환자.

아내도 그렇게…….

"장애 수용에는 일반적으로 네 단계가 필요합니다."

옆에서 이하라가 입을 열었다.

"먼저 충격기. 중환자실에서 일반 병동으로 옮길 무렵쯤 내 몸에 무슨 일이 일어났는지 몰라 당황하는 시기를 거쳐 부인否認기, 즉 내 몸에 일어난 일을 인정하고 싶지 않다, 나에게 이런 일이 일어날 리가 없다, 같은 생각이 머리를 가득

* 사회 복지 활동 전문가.

채우고 누가 뭐라고 해도 귀에 들어오지 않는 시기로 접어들죠. 이후 혼란기를 거쳐 노력기라고 하는, 고통 속에서도 장애를 받아들이는 시기에 접어듭니다."

장애를 받아들인다. 과연 그런 게 가능할까.

"앞으로 시기를 봐서 통보할 계획입니다. 통보 이후 환자는 심리적으로 더 불안해지고 의존성과 공격성이 높아지기도 합니다. 가까운 곳에 있는 분들이 잘 지지해 주는 게 무엇보다 중요합니다."

가장 가까운 곳에 있는 사람, 즉 나다.

"동시에 퇴원 이후 삶도 조금씩 생각해야 합니다."

이야기의 주도권을 이하라가 쥐고 갔다.

"집에 돌아가거나 시설에 들어가셔야 하는데, 집에 가시려면 우선 집 안의 상당 부분을 장애인 편의 시설로 개조해야 합니다. 지금 집은 임차 중이신가요?"

"아, 예……."

"집 리모델링에 관해서는 물리, 작업 치료사분들의 의견을 듣고 지역 케이스워커와도 상담하게 될 겁니다. 이사를 고려하시는 경우 해당 지역 지자체가 상담 창구가 되니 우선 거주지를 결정해 주셔야 합니다."

"저, 이사라는 건……."

"지금 거주하시는 집을 개조하기 어렵다면 퇴원과 동시에 개조가 가능한 집이나 애초에 배리어 프리 구조로 된 집으로 이사하는 분도 계십니다. 그리고 아주 드물게 본가로 돌아가시는 분도 계시죠. 그럴 가능성이 있을까요?"

"아, 아뇨. 아내의 본가는 나가노라……."

장인, 장모는 딸의 사고 소식을 듣자마자 며칠 후 나가노에서 달려왔다. 두 분 다 칠십을 훌쩍 넘겼고 딸을 면회하는 자리에서 몇 번이고 고개를 숙이며 내게 앞으로도 딸을 잘 부탁한다는 말을 반복하고 어깨를 움츠린 채로 돌아갔다.

그 두 분에게 아내를 돌보게 할 수는 없다.

"시설이라는 건……."

조금 전 이하라가 말한 또 하나의 선택지가 궁금했다.

"네. 지체 장애인 입소 시설이 도내에 몇 군데 있습니다. 경수 손상뿐 아니라 뇌성마비 등으로 집에서 생활하기 어려운 분들이 장기적으로 입소하는 곳입니다만……."

이하라가 왠지 모르게 말끝을 흐렸다.

"시설 수가 적은 데다 정원이 꽉 차서 늘 대기자가 많습니다. 일단 신청은 할 수 있지만 몇 년 후에나 입소할지 솔직히 말해 지금은 알 수 없습니다."

어쨌든 우선 집으로 돌아가야 한다는 뜻일까.

아내를 돌봐야 하는 사람은 결국 나라는 소리다.

당사자의 의사도 확인해야 하기 때문에 퇴원 이후 구체적인 계획은 아직 정하지 않은 채 나는 간병인으로서 강의를 든게 됐다.

회사에서는 반차와 연차를 자주 쓰며 아내의 간병과 재활 훈련을 위해 자리를 비웠다.

담당 간호사에게 배뇨와 배변 강의를 들었다. 환자는 요의를 느끼지 못하므로 두세 시간마다 하복부를 두드려(태핑) 방광을 자극해 배뇨를 한다. 그래도 잘 나오지 않으면 '도뇨법'이라고 해서 카테터라는 깨끗한 관을 요도를 통해 방광에 삽입해 배뇨하는 방법도 있다. 아내의 경우는 후자로 중환자실에 있을 때부터 카테터를 꽂아둔 채로 지냈다.

배변은 미리 좌약을 넣은 후 화장실에 가서 변을 다 볼 때까지(항문을 직접 만져 보고 손가락이 들어가지 않을 만큼 꽉 조여졌는지를 기준으로 한다) 변기 위에 앉아 버티는 것이다. 빠르면 이삼십 분, 길면 한 시간 가까이 걸리는 경우도 있다고 했다. 그러나 아내의 경우 변기에 앉을 수 없으니 처음부터 끝까지 침대 위에서 해야 한다. 간호사는 나를 다른 곳에 불러서 설명했다.

"스스로 배출할 수 없으니 그냥 놔두면 숙변이 됩니다. 따라서 적변이라고 해서 최소 일주일에 두 번 이상 항문에 손가락을 넣어서 딱딱하게 굳어 나오지 않는 변을 빼내는 작업을 해야 합니다."

주치의는 감염과 욕창 예방에 대해 설명했다. 대부분 감염은 요로 감염이므로 평소 수분을 많이 섭취해야 한다. 소변 색깔과 부유물 등도 늘 확인해야 한다. 욕창을 예방하기 위해서는 휠체어에서 팔굽혀펴기, 침대에서 체위 변경 등을 게을리하지 말아야 한다고 당부했다.

"작은 상처나 긁힘도 욕창의 원인이 될 수 있으므로 환자의 눈에 보이지 않는 둔부 등은 보호자가 항상 확인해야 합니다."

주치의는 당연한 것처럼 내게 말했다.

재활은 신체 훈련을 하는 물리 치료와 기술 훈련을 하는 작업 치료로 나뉘는데 오전은 물리 치료 시간이었다.

나는 담당 치료사의 설명을 들으며 아내의 훈련 과정을 지켜봤다. 그 무렵에는 아내도 휠체어를 탈 수 있게 돼 장갑 낀 손으로 자력 주행용 휠체어를 조종하는 훈련을 받았다. 아내는 손을 움직일 수 없으니 어깨 움직임으로 간신히 휠체어 바퀴 바깥쪽 핸드림이라는 부분을 문지르며 휠체어를 움직였지만, 10분 해도 몇 센티미터를 나아갈까 말까 하는 수준이었다.

그 훈련과 별개로 스스로 움직이지 못하는 무릎이나 발목, 고관절은 가만히 두면 수축하는 경향이 있어서 가급적 매일 움직여 주는 게 좋다고 치료사는 덧붙였다.

오후에는 작업 치료에 동행했다.

훈련장에서 어린 남자아이가 양말 신는 연습을 하고 있었다. 양말 입구에 달린 커다란 고무줄 고리 세 개에 손가락을 걸고 잡아당겨 양말을 신는다. 보통 방식보다 훨씬 어려워 보이는 이 동작을 휠체어 탄 아이는 어렵지 않게 척척 해내고 있었다.

"옷을 갈아입는 것도 혼자 할 수 있게 도와드립니다."

나이가 지긋한 작업 치료사가 설명했다.

"다만 손가락으로 뭔가를 집는 건 불가능합니다. 그래서 식사나 양치질을 할 때는 숟가락과 칫솔을 자조 기구라는 보조 도구에 끼워서 쓰죠. 펜을 잡을 수도 없으니 여기서는 약간의 힘으로 입력이 가능한 워드프로세서나 컴퓨터 사용법을 가르치고 있습니다."

아내는 말없이 설명을 들었다.

그 무렵부터 아내는 말수가 극도로 줄어 있었다.

이유는 나도 알았다.

치료사들의 설명은 이미 아내가 자기 힘으로 아무것도 할 수 없다는 걸 전제하고 있었다. 생활하는 데 필요한 모든 행위에 남의 도움이 필요한 것이다.

공식 통보를 받기도 전에 우리는 이미 그걸 깨닫고 있었다.

그리고 그날이 왔다.

평소처럼 병동에 갔더니 병실에 들어가기 전 간호사가 날 불러 세웠다.

"선생님께서 드릴 말씀이 있다고 합니다. 환자 본인분도 함께."

간호사실 안쪽 작은 방 안에는 주치의 외에도 간호부장과 이하라의 모습이 보였다.

"케이스워커 이하라라고 합니다."

이하라는 처음 만난 아내에게 인사를 건넸다.

"조금 더 나중 일이지만 퇴원 이후 생활과 절차 등을 도와드리겠습니다."

"잘 부탁합니다."

말 없는 아내 대신 내가 고개를 숙였다.

"이곳에 오신 지도 벌써 석 달이 지났습니다."

주치의가 입을 열었다.

"척수 손상의 경우 부상 후 3개월이 경과 관찰 기간으로 정해져 있습니다. 이 기간이 지나면 안정기에 접어들어 증상은 거의 고정됩니다."

나는 이미 여러 번 들은 이야기였지만 아내에게는 처음이었다. 어떤 표정으로 설명을 듣는지 아내 쪽을 차마 쳐다볼 수 없었다.

주치의가 엑스레이 사진을 가리키며 담담히 설명했다.

"보시다시피 척수 중 경수 5번과 6번 사이 신경이 끊어진 상태입니다. 이런 상태를 전문 용어로 C5라고 하는데, 이 C5 레벨의 경수 손상의 경우 가슴에서 아래, 어깨에서 아랫부분의 감각을 잃은 상태를 뜻합니다."

의사는 거기서 잠시 멈칫했다.

“앞으로 남은 신경과 기능들을 최대한 활용해 어떻게 살아가실지를 고민해야 합니다. 재활 치료도 그런 방침으로 진행할 거고요. 예를 들어 전동 휠체어를 조작하는 것. 자조 기구를 활용해 식사하는 것. 퇴원 이후 삶을 위해 최소한 뭘 해야 하는지 등을 담당 치료사들뿐 아니라 케이스워커분들과 함께 협력해 진행할 것입니다.”

주치의는 마지막으로 우리를 보며 “퇴원은 내년 3월 말입니다. 이상 궁금한 점이 있으시다면 물어보세요”라고 설명을 마무리했다.

아내는 아무런 질문도 하지 않았다.

면담실에서 나가 우리는 병실로 돌아가지 않고 휠체어를 밀고 휴게실로 갔다.

향후의 일을 둘이 상의해야 했다.

휴게실에 둘만 남았을 때 그동안 침묵하고 있던 아내가 입을 열었다.

“……알고 있었어?”

“어?”

아내는 시선을 내리깔며 말을 이었다.

“당신은 알고 있었어?”

“뭘?”

"내가 낫지 않을 거라는 거. 평생 이대로라는 거."

아내가 처음 입에 담는 말이었다. 나는 변명하듯 말했다.

"……경과 관찰 기간까지는 지켜봐야 알 수 있다고 했어."

"어느 정도는 알고 있었다는 말이구나."

내가 말없이 고개를 끄덕이자 아내는 감정 섞어 말했다.

"나만 몰랐던 거네."

화가 난 게 느껴졌다.

입으로는 말하지 않고 표정도 변하지 않았지만 그녀가 온몸으로 화를 내고 있다는 게 느껴졌다.

왜 내가. 왜 나에게 이런 일이.

그녀는 온몸으로 그렇게 말하고 있었다.

"오늘은 이제 그만 가."

그렇게 말한 후 아내는 내가 병원을 떠날 때까지 한마디도 입을 열지 않았다.

그 뒤로도 나는 매일 병원에 면회를 갔지만 아내는 최소한의 용건이 있을 때만 내게 말을 걸었다.

그러나 퇴원이라는 목표가 설정된 이상 해야 할 일이 산더미처럼 많았다.

재활 훈련도 점차 현실로 다가왔다.

그동안 스스로 조종하기 위해 훈련한 휠체어를 전동 휠체어로 바꿨다. 도립 심신 장애인 복지 센터에서 판정을 받아 몸에 맞는 맞춤형 휠체어가 올 때까지 병원의 전동 휠체어를 빌려서 조작에 익숙해져야 했다.

어느 날 물리 치료사에게 나도 동행해서 외출 훈련을 하라는 말을 들었다.

병원 안은 어디든 바닥이 평평하지만 한 발짝만 나가도 사정이 다르다. 포장도로 역시 울퉁불퉁하고 경사가 있다. 그런 환경에서 전동 휠체어 조작을 연습하는 동시에 역에서의 전철 승하차나 상점을 드나들 때의 보호인 훈련을 겸하기 위해 둘만 외출하는 거라고 했다.

"데이트라고 생각하고 즐기세요."

"……알겠습니다."

말 없는 아내를 대신해 내가 대답했다.

전동 휠체어를 조작하는 아내와 나란히 병원 문을 나섰다. 둘이서만 밖에 나가는 건 처음이었다. 배웅하는 치료사와 간호사들의 모습이 시야에서 사라지자 아내는 휠체어 조작을 멈췄다.

"밀어 줘."

낮은 목소리로 말했다.

"스스로 조작하지 않으면 의미가 없어."

"피곤해. 그냥 밀어 줘."

불쾌한 듯 그렇게 말하면 따를 수밖에 없다. 어쩔 수 없이 뒤로 돌아가 휠체어를 수동 모드로 바꿨다.

차도로는 갈 수 없으니 인도에서 휠체어를 밀었다. 인도는 확실히 울퉁불퉁하고 어디든 미세하게나마 경사가 있었다. 포장되지 않은 곳은 더 힘들었다.

게다가 많은 사람들이 오가고 가끔 자전거가 옆을 지나치기도 했다. 그들을 피하며 도로를 가로막고 나란히 걷는 사람들과 느긋하게 걸어가는 커플 등에게 일일이 "죄송합니다", "지나가겠습니다"라고 말해야 했다.

병원 안에서 휠체어를 밀고 다니는 것과 차원이 달랐다. 이곳이 바로 '바깥'인 것이다.

지하철역에 들어가려면 엘리베이터를 타야 하는데 아내가 치료사와 전에 한 번 와본 적이 있다며 위치를 알려 주지 않았다면 찾기도 쉽지 않았을 것이다.

지하로 내려가 자동 발매기에서 표를 샀다. 개찰구에 다가가자 창구에 있는 역무원이 "어디까지 가십니까?"라고 물었다. 행선지를 말하자 "조금만 기다려 주십시오"라고 했다. 개찰구를 지나가 기다리니 잠시 후 다른 역무원이 접이식 슬로프를 들고 나타났다. 엘리베이터를 타고 원하는 승강장까지 안내받는다. 승차 위치도 정할 수 있는데 그사이 전철 몇 대가 눈앞을 지나갔다.

잠시 후 전철이 도착했다. 문이 열리고 다른 승객들이 모두 타고내린 후 역무원이 슬로프를 설치하고 휠체어를 밀어 줬다.

"그럼 몸조심하십시오"라고 웃으며 인사하는 젊은 역무원에게 나는 고맙다며 고개를 숙였지만 아내는 말이 없었다.

전철 안에서도 아내는 시종일관 무표정이었다. 나도 말을 걸기가 망설여져 광고판 같은 걸 멍하니 구경하다가 어느덧 목적지인 터미널 역에 도착했다.

그 역 승강장에도 역무원 한 명이 대기하고 있었다. 올 때와 반대 방향에서 내리고 엘리베이터로 안내받아 개찰구로 향했다.

엘리베이터를 타고 밖에 나갔다.

평일인데도 학교가 일찍 끝났는지 학생을 비롯해 거리에는 꽤 많은 인파가 모여 있었다.

"실례합니다", "죄송합니다"를 반복하며 휠체어를 밀고 갔다. 개중에는 노골적으로 얼굴을 찌푸리는 젊은이도 있어서 그저 고개를 연신 숙이며 목적지 건물까지 도착했다.

20대 젊은이들이 주로 드나드는 그 건물은 주 출입구에 상당한 단차가 있고 휠체어용 슬로프가 있는 출입구는 다른 곳에 있었다. 안에 들어가서도 통로가 좁고 사람이 많아 휠체어를 타고 이동하는 데 어려움이 컸다.

나는 이곳에서도 "실례합니다", "죄송합니다"를 반복하며 휠체어를 밀고 인파 사이를 지나갔다. 층을 이동하려면 당연히 엘리베이터를 타야 한다. 눈앞에 계단이나 에스컬레이터가 있어도 빙 돌아 엘리베이터를 찾아가 그 층에 멈춰 설 때까지 참을성 있게 기다렸다. 마침내 도착한 엘리베이터 안은 쇼핑객들로 가득 차 있었고 문이 열려도 아무도 내리려고 하지 않았다.

어쩔 수 없이 다음 엘리베이터를 기다리기로 마음먹었을 때.

불현듯 아내가 조용히 입을 열었다.

"내려 주시겠어요?"

앞에 선 여자 두 명이 아내의 말을 듣고 "죄송합니다" 하고 엘리베이터에서 내렸다. 하지만 여전히 휠체어가 들어갈 공간이 없다.

"내려 달라고 했는데요."

아내의 말에 놀란 이들이 두세 명 더 내렸다. 안에 탄 사람들은 모두 어리둥절한 표정을 짓고 있었다.

"잠깐만."

나는 무심코 아내를 말렸지만 아내는 말을 멈추지 않았다.

"모두 내리세요."

"뭐라는 거야? 탈 수 있잖아."

뒤쪽에 있는 남자가 비난 섞인 목소리로 말했다.

"당신은 계단이나 에스컬레이터로도 이동할 수 있잖아요."

아내가 남자를 향해 말했다.

“모두 내려 달라고 했어요.”

서슬 퍼런 태도에 겁을 먹었는지 결국 휠체어 자리가 날 때까지 몇몇이 더 엘리베이터에서 내렸다.

“죄송합니다…….”

고개를 숙이는 나에게 조금 전 항의했던 남자가 “장애인이라고 너무 횡포 부리는 거 아니야?” 하고 굳은 얼굴로 말했다. 옆에 있던 중년 여자도 “남편이 힘들겠네” 하고 동정하듯 말하고 노골적으로 얼굴을 찌푸리며 아내를 봤다.

아내는 아랑곳하지 않고 “가자”라고 했다.

어쩔 수 없이 휠체어를 밀고 엘리베이터에 올라탔다.

문이 닫힐 때까지 모두의 싸늘한 시선이 우리에게 쏟아졌다.

한 시간 이상 건물에 머물렀지만 결국 아내는 아무것도 사지 않고 그곳을 떠났다.

다음에는 식사를 할 예정이었다. 휠체어를 타고 들어갈 곳을 찾았지만 저렴한 식당을 찾기 쉽지 않았다. 미리 알아보고 올 걸 그랬다고 후회하며 30여 분을 인파 사이를 헤치고 다녔다.

“역 안에서 먹어도 돼.”

아내의 말을 따라 역으로 향했다. 역 건물 식당가에서 겨우 들어갈 만한 가게를 발견했다.

그런데 이번에는 테이블 밑에 휠체어 바퀴가 들어가지 않았다. 어쩔 수 없이 테이블에서 크게 튀어나온 모양새가 됐다. 그저 보기 흉하기만 하면 다행이지만 테이블에서 멀리 떨어진 탓에 자기 힘으로 먹고 마시는 게 거의 불가능했다. 어떡하지. 고민하는 나에게 아내가 감정 없이 말했다.

"먹여 줘."

"할 수 있는 일은 가급적 스스로 하라고……."

"치료사 같은 소리 하지 마. 난 카레로 할게. 빨리 먹고 나가자."

나도 같은 것을 주문해 아내에게 먼저 먹였다. 얼른 나가고 싶은지 아내는 음식을 제대로 씹지도 않고 삼켜 버렸다.

아내가 다 먹고 나도 먹어야겠다고 생각했지만 이미 식욕이 사라졌고 식어 버린 카레를 입에 넣고 싶지도 않았다.

처음 왔을 때와 같은 코스로 병원에 도착했을 때는 날이 저물고 있었다.

평소 같으면 간호사와 둘이 침대에 옮길 텐데 그날은 침대까지 가는 게 코스라고 해서 나는 간호사가 지켜보는 가운데 혼자 트랜스퍼에 도전했다.

여러 번 연습을 거듭해 이미 익숙했다.

먼저 침대 옆에 둔 휠체어 앞에 서서 오른쪽 다리를 반 발짝 정도 앞으로 내밀어 아내의 두 다리 사이에 끼워 넣는다. 그런 다음 아내의 두 겨드랑이에 손을 넣어 들어 올리면서 가볍게 몸을 앞으로 숙여 내 몸에 밀착시킨다. 겨드랑이에 넣은 두 손을 아내의 엉덩이 쪽에 돌린 후 몸을 띄우듯 더 끌어당긴다. 아내의 몸이 휠체어에서 멀어지면 재빨리 상반신을 회전시켜 허리를 침대 가장자리에 올린다.

다시 한번 준비를 확인하고 휠체어에 앉은 아내의 겨드랑이에 손을 넣었다.

"아파."

곧이어 아내의 불만이 터졌고 나는 "미안해" 하고 힘을 뺐다.

아내의 몸을 앞으로 기울였을 때.

"아앗!"

"위험해요!"

옆에서 지켜보던 간호사가 재빨리 손을 내밀었다. 자세가 갑자기 앞으로 쏠리자 하마터면 아내의 몸이 휠체어에서 떨어질 뻔했다.

"뭐 하는 거야!"

아내가 소리쳤다.

"미안……."

"됐어. 오늘은 간호사님한테 부탁할래."

옆에서 간호사가 '어떡하죠?'라는 듯이 나를 봤다.

"죄송합니다. 부탁드립니다."

나는 고개를 숙였다.

침대로 옮겨 간 아내는 "이제 잘래" 하고 커튼을 닫아 달라고 했다.

병원 문을 나서자마자 피로가 물밀듯 몰려왔다.

데이트를 즐기기는커녕 몸과 마음이 녹초가 됐다. 반나절 동안의 일인데도 타격이 컸다.

퇴원하면 매일 이렇게 지내야 하는데.

'정말 내가 할 수 있을까?'라는 의문이 들었다.

지금 상태로 퇴원해서 과연 함께 지내는 게 가능할까.

매일 필요한 수발 중에 아직 경험하지 못한 것도 많다. 한밤중 두 번의 자세 변경. 옷 갈아입히기. 세수. 양치질. 요리. 배식. 배설. 목욕.

생각만 해도 벅차다. 케이스워커 이하라 씨와 치료사들은 "가급적 스스로 할 수 있는 일은 스스로 해야 한다"라고 몇 번을 되풀이해 강조했다.

그러나 실제로 아내가 스스로 할 수 있는 일은 거의 없다.

아내를 집에 두고 나갈 수도 없는 노릇이다. 방문 요양 보호사에게 부탁해도 시간적 한계가 있다고 했다.

결국 나는 직장을 그만둬야 한다. 하지만 그러면 경제적으로 어떻게 될까.

그리고 무엇보다 오늘, 아니 최근에 보이는 아내의 태도와 언행.

의사에게 통보를 받고 난 뒤부터 걸핏하면 짜증을 내며

나에게도 마음을 열지 않고 있다.

노력기라고? 그런 시기가 정말 오긴 오는 걸까.

이렇게 퇴원해서 둘이 잘 지낼 수 있을까.

앞으로 수십 년은 더 이어질 삶을.

퇴원 당일, 같은 병실 환자들에게 작별 인사를 했다.

"부러워요. 나도 빨리 퇴원하고 싶어요."

"남편분과 사이좋게 지내세요."

아내가 입원했을 때와는 인원 구성이 달라졌다. 그때 있던 환자들은 모두 퇴원했다. 지금은 아내가 가장, 아니 가장 오래된 환자는 늘 한 명 있었다.

아내가 시바타 씨의 침대 쪽을 봤다. 커튼을 닫아 두고 있어 안이 보이지 않는다.

아내는 그쪽으로 전동 휠체어를 움직였다.

"시바타 씨."

나직이 말을 건넨다.

"그동안 신세 많이 졌어요. 오늘 퇴원하게 돼서……."

그때 뜻밖의 일이 벌어졌다.

커튼이 걷힌 것이다.

커튼을 연 사람은 케어 중인 간호사였지만 시바타 씨는 침대 위에서 상체를 일으킨 채 앉아 있었다.

아니, 정확히 말하면 '앉혀 있다'라는 표현이 맞을 것이다. 판자처럼 딱딱한 몸이 앞으로 쓰러지지 않게 벨트로 고정하고 있다. 40대라고 하지만 머리카락이 새하얘서 꼭 노파 같다. 팔 같은 곳은 만지기만 해도 부러질 듯 말라비틀어져 있었다.

얼굴에는 표정이랄 것이 없었다. 그 안에서 유독 눈만 강렬한 빛을 발산하며 아내를 응시하고 있다.

간호사가 "시바타 씨도 작별 인사를 하고 싶다셔요"라고 했다.

뒤이어 시바타 씨의 입이 움직였다. 목에 캐뉼러를 꽂고 있어서 목소리가 나오지 않는다. 간호사는 익숙한 듯 입술 움직임을 읽으며 통역했다.

"'재활, 힘내라'라고 하시네요."

"감사합니다."

아내가 고개를 숙였다.

시바타의 입술이 다시 움직였다.

"'살아 있으면 반드시 좋은 일이 생길 테니'라고도."

아내는 잠시 대답을 망설이다가 간신히 "네"라고 대답했다.

그때 시바타의 얼굴이 기이하게 일그러졌다. 몸 어딘가에서 통증이라도 느낀 건가 싶었다.

그것이 '미소' 아니었을까 하고 깨달은 것은 이미 커튼이 닫힌 뒤였다.

둘이 나란히 병원 현관을 나섰다.

아내는 배웅하러 온 사람들의 모습이 시야에서 사라지자마자 휠체어 조작을 멈췄다.

어쩔 수 없이 내가 뒤로 돌아가 휠체어를 밀며 주차장까지 걸어갔다.

휠체어 공간에 주차한 차량의 뒷좌석을 열어 짐을 먼저 넣었다. 트렁크는 휠체어를 수납할 공간으로 비워 둬야 했다.

이어 조수석 문을 열어 의자를 당길 수 있을 만큼 당긴 후 등받이를 살짝 젖혔다. 트랜스퍼를 할 때와 같은 방법으로 오른손을 등에 갖다 대 아내의 몸을 살짝 앞으로 눕힌다. 왼손을 아내의 무릎 밑에 넣어 허리를 숙이고 들어 올렸다. 조수석에 우선 다리 먼저 넣고 아내의 머리가 부딪치지 않게 주의하며 온몸을 넣고 천천히 내려놓는다. 다리를 집어넣고 등받이를 조절한 후 조수석 문을 닫았다.

차 뒤로 돌아가 휠체어를 접어서 트렁크에 넣었다. 간신히 트렁크가 닫혔다.

운전석 문을 열고 차에 올라탔다. 안전벨트를 매고 아내에게 손을 내밀었는데 아내가 울고 있는 걸 발견했다.

사고를 당했을 때나 의사에게 통보받았을 때도 눈물을 보이지 않던 아내가 소리 내어 울고 있었다.

차마 말을 걸 수 없었다.

"어떻게 그런 말을 할 수 있어……."

아내는 눈물을 흘리며 중얼거렸다.

무슨 뜻인지 알 수 없었다.

"살아 있으면 좋은 일이 생길 거라고 어떻게 말할 수 있어……."

우리와 헤어질 때 시바타가 한 말이라는 걸 깨달았다.

"그럴 것 같지 않아……. 절대 그럴 것 같지 않아……."

나는 조용히 아내의 어깨를 감싸 안았다. 아내의 손은 움직이지 않는다. 움직이고 싶어도 움직일 수 없다는 걸 안다.

나는 놓지 않겠다는 듯이 아내의 몸을 꼭 끌어안았다.

"괜찮아, 괜찮아."

그렇게 말했다.

"내가 있으니까. 내가 있으니 괜찮아. 무슨 일이 있어도 괜찮을 거야."

"정말로 함께 있어 줄 거야……? 앞으로 계속 이런 몸이어도……?"

"당연하지. 당연히 함께 있을 거야. 늘 함께할 거야……."

눈물이 쏟아지는 걸 참을 수 없었다.

자존심이 강하고 내 앞에서 한 번도 약한 모습을 보여 준 적 없던 아내가 지금은 어린아이처럼 덜덜 떨고 있다.

마침내 '수용'한 것이다. 그렇게 느꼈다.

가여운 동시에 사랑스럽기도 했다.

처음으로 아내와 하나가 된 것 같았다.

그래, 내가 있어. 내가 널 돌봐줄게. 설령 나아지지 않더라도 계속 네 곁에 있을게. 네 손과 발이 되어 평생 널 지탱해줄게.

"다녀왔습니다."

집에 도착하자마자 시게모리 씨가 재빨리 현관으로 달려왔다. 어째서인지 내 얼굴을 쳐다보려 하지 않는다.

시게모리 씨는 고개를 숙인 채로 빠르게 보고했다.

"저는 그만두는 게 좋겠다고 말씀드렸습니다. 하지만 필요한 파일을 찾아야 한다고 하셔서…… 전 그냥 시키는 대로……"

무슨 말인지 알 수 없었다.

시게모리 씨는 일방적으로 그렇게 보고하고 "죄송합니다. 그럼 실례하겠습니다" 하고 서둘러 자리를 떴다.

의아해하며 거실에 들어서니 아내가 침대에 앉아 있었다.

눈앞 탁자 위에는 내 노트북이 있다.

소스라치게 놀라 아내를 봤다.

"잘도 이런 거짓부렁을 글로 쓰고 있네."

무슨 일이 있었는지 순식간에 깨달았다.

침대로 달려가 탁자 위에 있는 노트북을 들어 올렸다. 노트북을 닫을 때 화면이 눈에 들어왔다.

내 글이었다.

"……읽었구나."

분노로 목소리가 떨렸다. 그러나 아내는 전혀 동요하는 기색이 없다.

"매일 밤 뭘 그렇게 열심히 쓰나 했더니."

냉정하게 말한다.

"그런 걸 써서 뭐 할 건데? 소설가라도 되게?"

분노와 굴욕감 때문에 가슴이 터질 것 같았다.

"뭘 쓰든 상관없지만 적어도 사실대로 쓰는 게 어때?"

아내는 비웃듯 말했다.

"친구 장례식에서 재회한 예전 여자 친구와 다시 사귀게 됐다는 이야기라거나."

목소리가 나오지 않았다.

"축박했긴 뭐가 축박해? 보호사가 돌아가고 한 시간이나 지나 돌아온 거 아니었어? 내가 자는 줄 알았겠지. 온몸의 저림이 너무 심해서 잘 수가 없었어. 비누 냄새를 풍기며 돌아온 주제에 아무것도 모를 줄 알았지?"

"뭐, 뭐라고?"

간신히 되물었지만 뒷말이 나오지 않았다.

"자유를 원한다면 여기서 나가면 되지 않을까? 불행히도 내가 나갈 수는 없으니까."

아내의 말이 계속됐다.

"하지만 그럼 당신은 더 이상 글을 쓸 수 없게 되겠지. 아내를 옆에서 극진히 간호하는 훌륭한 남편이라는 훈장도 사라져 주변의 존경을 못 받게 될 거야. 당신을 동정해서 하룻밤 상대해 주려는 여자도 사라지지 않을까?"

"그, 그게 무슨……."

그 이상 말이 이어지지 않았다.

"그리고 언덕길 휠체어에서 손을 놓는 것도 괜찮겠지만 그렇게 해서 정말 죽일 수 있을까? 또다시 중상을 입고 고통받는 건 싫은데."

다 읽었구나. 내가 쓴 걸, 처음부터 끝까지.

"뭐, 괜찮아"

아내의 말투가 갑자기 변했다.

"책상 서랍을 열어 봐."

책상 서랍. 한때는 아내의 소중한 물건이 들어 있던 그 서랍. 지난 몇 년간은 한 번도 열어 보지 않았다.

그 자리에서 꼼짝 못 하고 서 있는 나를 보며 아내는 태연하게 말을 이어 갔다.

"지금 못하겠으면 나중에 열어 보시든가. 그 안에 시설 입소 신청서가 들어 있어. 그래, 지체 장애인 입소 시설. 계속 기다려 왔는데 드디어 자리가 났대. 그 서류만 보내면 나머지는 이하라 씨가 수속을 밟아 줄 거야. 아마 다음 달에는 들어갈 수 있을걸."

아내는 나를 쳐다봤다.

"나더러 왜 고맙다는 말을 한마디도 안 하냐고 썼지?"

침착한 눈빛으로 나를 본다.

"내가 그 말을 하지 않은 덕분에 당신은 날 미워할 수 있었어. 그리고 이제는 날 버릴 수도 있게 됐어. 안 그래?"

나는 말없이 그 자리에 우두커니 서 있을 수밖에 없었다.

한낮의 달

3

서랍에서 발견한 파일에 대해 세쓰에게 차마 물어볼 수 없었다. 멋대로 훔쳐봤다는 미안함도 있지만 그보다 물어보면 어떤 대답이 돌아올지가 두려웠다.

그러나 그 사건은 가즈시의 행동을 바꾸는 계기가 됐다.

이대로는 안 된다.

세쓰도, 나도 언제까지나 아이와 과거에 얽매이다가는 둘 다 미쳐 버린다.

앞으로 나아가야 한다. 아이를 만들 수 없다면, 대신 다른 것을.

부부가 다시 마주할 공통의 목표.

그것은 '두 사람의 집'이라고 생각했다.

아이 이야기를 꺼냈을 때도 처음에는 집 이야기부터 시작했다. 세쓰의 반응도 시큰둥하지 않았다.

당시 가즈시의 머릿속에서 '집'과 '아이'는 세트였다. 하지만 지금은 어쩔 수 없다.

생각했던 집의 이미지에서 '아이' 단어를 지운다. 부부 둘만 사는 집은 사치일지 몰라도 앞으로 남은 시간이 아직 많다. 가즈시뿐 아니라 세쓰도 직장을 옮긴 후 수입이 늘었고 서로 돈 드는 취미 같은 걸 즐기지도 않는다. 아이에게 들일 돈을 집에 투자해도 아깝지 않을 것이다.

좋아, 오늘 이야기해 보는 거야.

그렇게 결심하고 가즈시는 밤하늘을 올려다봤다.

구름으로 뒤덮인 하늘은 칠흑같이 어두워서 별 하나 보이지 않았다. 보름달도 어디를 찾아도 없었다.

—오늘은 내가 요리할 테니 집에서 같이 밥 먹자.

미리 문자를 보내 놓고 일찍 집에 돌아가 특기인 오키나와 음식을 만들기 위한 재료들을 부엌에 늘어놨다.

잡지를 마감해서 그런지 세쓰도 7시가 지나 집에 돌아와 후반부 요리를 함께했다. 둘이 음식을 만드는 것도 오랜만이었다. 고야참프루에 나베라이리치*, 술도 아와모리 외에도 오리온 맥주를 잔뜩 사다 놓았다.

세쓰는 무슨 일이냐고 묻지 않았다. 뭔가 할 말이 있을 거라 짐작했을 것이다. 평소보다 조용히 가즈시의 말에 가끔 맞장구만 쳤다.

식사를 마친 후 아와모리 소주가 담긴 잔만 놓인 테이블에서 둘이 마주 보고 앉았다.

"집?"

예상 밖이었는지 세쓰는 놀란 표정을 지었다.

"그래. 전에도 한번 말했지? 거기서 다시 시작하자."

"……이혼 이야기라도 하는 줄 알았는데."

세쓰는 고개를 숙이고 힘없이 미소 지었다.

"설마."

혹시나 싶어 물었다.

"당신은 혹시 그러고 싶은 거야?"

세쓰는 말없이 고개를 저었다.

"나도 그런 생각은 한 적 없어. ……아무튼 집 말인데."

화제를 돌렸다.

"현실적인 것들을 이것저것 알아봤어."

세쓰의 안색을 살피면서 이야기를 이어 나간다.

* 수세미오이를 넣은 볶음 요리.

"우리의 저축과 수입을 고려하면 땅과 건물을 합쳐서 5천에서 6천만 엔 정도가 적당할 것 같아. 그럼 입지가 다소 불편해져도 감안해야겠지. 출퇴근을 고려하면 전철로 한 시간 정도가 한계 같은데, 도쿄 시내라면 히노나 다마시 근처. 도쿄로 한정하지 않는다면 도코로자와나 우라와 쪽도 고려해 볼 수 있겠지? 물론 더 폭넓게 검토해도 좋겠지만……."

"정말 찾는 거면 어느 정도 범위를 좁혀야 할 것 같아."

세쓰가 가즈시의 이야기에 올라탔다.

"그렇겠지. 그래서 나도 일단 주오선과 게이오선이 다니는 곳들부터 조사해 봤어. 조금 아래로 내려가면 조건에 맞는 물건이 꽤 있더라. 예를 들어 히노에서 2백 제곱미터에 3천만 정도라든가."

"2백 제곱미터라고 하면……."

"60평. 꽤 넓지?"

"그 정도면 정원도 만들 수 있겠네."

"응. 가능하면 땅값을 아껴서 건물에 돈을 쓰고 싶어. 그래야 이상적인 집을 지을 수 있을 것 같아."

"디자인은 당신이 하는 거야?"

"물론 당신과 상의해야지. 설계 감리비는 싸게 해 줄게."

농담처럼 말했지만 실제 연면적 백 제곱미터 이하 2층 목조 주택은 가즈시도 설계할 수 있다. 그걸 넘는 경우에도 사무소에서 설계 감리를 맡으면 가즈시가 도면을 그릴 수 있다. 그럼 가즈시에게도 첫 번째 주택 설계가 된다.

내가 살 집을 내 손으로 직접 디자인한다.

건축가를 목표하는 사람이라면 누구나 한 번쯤 꿈꿨을 것이다. 마침내 그 꿈을 실현할 때가 왔다.

세쓰의 동의를 얻어 곧바로 행동에 나섰다. 직접 부동산 중개업자를 섭외할 수 있지만 '진료는 의사에게, 약은 약사에게'라는 말이 있듯 주택 건설 업체에서 근무하는 나카자와와 상의하기로 했다.

"오, 집을 직접 짓겠다고? 대단하네."

나카자와는 몇 년 전 회사에서 분양하는 주택을 사들였다. 자신이 직접 설계한 집이었지만 그때 "내가 살 줄 알았다면 이런 도면을 그리지 않았을 거야"라며 아쉬움을 토로했다.

"설계는 그쪽에서 하니 회사 차원에서 일을 받을 수는 없겠지만 부동산 업자는 소개해 줄 수 있어. 우선 살고 싶은 지역을 정하고 땅을 찾아야겠지. 예산은 정했어?"

"응."

"그럼 그 조건으로, 그러니까 어느 정도 조정은 하지만 가급적 땅보다 건물에 돈을 쓰고 싶다는 전제로 땅을 찾아볼게. 원하는 조건을 최대한 자세하고 구체적으로 적어 줘. 모든 조건을 충족하는 땅은 잘 없겠지만, 조건을 보며 우선순위를 정할 테니."

역시 전문성을 갖춘 만큼 믿음직스러웠다.

"조사는 업자가 해 주겠지?"

"그래. 그쪽은 신경 안 써도 돼. 그보다 어떤 집을 지을지 이미지를 정해 두면 거기에 맞는 땅을 찾기도 더 쉬워. 대충이라도 좋으니 도면을 그려 볼래?"

처음부터 그럴 작정이었다. 예전에 그린 도면에서 아이 방을 없애고 다시 설계해서 대략적인 이미지가 머릿속에 만들어져 있었다.

밤이 되어 가즈시는 세쓰에게도 그 이야기를 했다.

"역과의 거리나 주변 환경 등을 정해야 할 것 같아. 남쪽에 높은 건물이 없다든지, 밀집된 주택가는 피하고 싶다든지."

"응. 주변에 녹지가 많은 곳……. 가능하면 근처에 큰 공원 같은 게 있으면 좋을 것 같아."

"그리고 소음 정도인가. 대로변에 접하지 않을 것. 그렇다고 좁은 골목길 안쪽도 곤란하겠지. 적어도 집 앞 길은 넓고 당연히 포장도 돼 있는 곳. 그리고 옆집과의 거리도 중요해. 모퉁이 쪽이면 굳이 따질 필요가 없겠지만."

"말하자면 한도 끝도 없네."

"모두 충족하는 곳이 없어도 기준을 잡을 수 있으니 생각나는 대로 적어 달라고 했어. 그리고 집의 이미지도."

"이미지……."

"응. 그래서 도면을 다시 그려 볼까 해. 세부적인 부분은 실제 평수나 땅의 형태 등에 따라 달라지겠지만 혹시 바라는 거라도 있어?"

"음…… 최대한 밝고 개방적인 집이었으면 좋겠어."

"그럼 천장을 개방형으로 할까? 자연 채광과 바람이 잘 들어오게 하는 거야. 그만큼 이층 공간이 줄겠지만."

"개방형 천장. 멋지다."

"다른 건?"

"가능하면 나무 온기를 느낄 수 있는 집이었으면 좋겠어."

"그래, 알겠어. 부엌은 남향?"

"방향보다는 장소가 중요해. 북쪽이 더 좋아. 남쪽은 물건이 잘 썩는다고 하잖아."

"아, 그렇지."

"나도 잡지를 만들면서 방 리모델링이나 리노베이션 특집을 할 때 조금 공부했어."

"아, 그러고 보니 언젠가 그런 책을 열심히 읽었던 게 기억나네."

그로부터 벌써 2년이 흘렀다. 먼 옛날 일처럼 느껴졌다.

"그럼 그걸 기준으로 도면을 그려볼 테니 의견이 있으면 또 들려줘."

"알겠어. 정말 기대된다."

오랜만에 세쓰의 밝은 얼굴을 본 것 같았다.

다음 날부터 가즈시는 일하는 도중 틈틈이 도면을 그렸다.

인접지의 일조 및 통풍을 고려한 건물 높이와 배치 계획. 동선과 거실 채광, 환기를 고려한 평면 계획과 단면 계획. 그리다 보니 건축 자재와 시공법 등에서 다양한 아이디어가 떠올랐다.

주방은 대면형으로 만들어 공간 전체가 한눈에 들어오게 한다. 1층 안방과 거실 천장을 개방형으로 해서 밝고 개방감을 즐기는 공간으로 만든다. 더 나이 들 때를 고려해 배리어 프리도 도입해야 할 것이다. 내부 마감재에는 원목과 석고를 써서 자연 소재의 온기를 느낄 수 있게 한다.

세쓰가 좋아할 만한 도면을 그렸다고 자부했다.

실제로 세쓰도 중간까지는 기쁜 얼굴로 도면을 봤다.

"멋져."

"괜찮네."

그렇게 연발하던 세쓰의 얼굴에서 갑자기 미소가 사라졌다.

그러더니 굳은 얼굴로 가즈시를 봤다.

"아이 방이 없잖아."

"어?"

"2층……"

세쓰는 예전 도면에서 아이 방이었던 곳을 가리켰다.

"아이 방이 있던 자리가 손님방이 됐어. 침실 옆에는 아이 방이 있어야 하지 않아?"

어떻게 대답해야 좋을지 알 수 없었다.

역시 뭔가 이상해져 버린 걸까.

우리에게는 아이가 있다는, 아니면 앞으로 아이가 생길 거라는 착각, 혹은 망상?

가즈시의 표정을 알아차린 세쓰는 "아아, 그렇구나. 미안해. 아직 말하지 않았네"라고 미소 지었다.

몸을 돌려 거실 밖으로 나간다.

"잠깐만. 어디 가는 거야?"

침실로 들어가는 그녀를 따라가 보니 책상 서랍에 손을 얹고 있다.

순간 심장이 덜컥 내려앉았다. 뒤돌아본 세쓰의 손에는 그 파일이…….

아니, 세쓰가 손에 들고 있는 건 몇 권의 팸플릿이었다.

"이걸 읽고 함께 고민했으면 좋겠어."

가장 위에 있는 책자 표지에는 '특별 입양 제도에 대하여'라는 문구가 큼지막하게 적혀 있었다.

"입양……?"

팸플릿에서 세쓰의 얼굴로 시선을 돌렸다.

세쓰는 고개를 가볍게 끄덕이고 "사실 전부터 생각하고 있었어"라고 했다.

"생각했다니 ……입양을 생각했다고?"

세쓰는 아무렇지 않게 "당신도 전에 그랬잖아"라고 했다.

"'둘만 있어도 가족이다. 하지만 거기에 아이가 있으면 더 즐겁지 않을까?'라고."

그렇다. 그렇게 말했다. 하지만 그건 **우리 아이**를 말한다.

"자, 잠깐만……."

세쓰는 가즈시의 반응을 신경 쓰지 않았다.

"먼저 읽어 봐. 이야기는 그다음에."

가즈시는 건네받은 팸플릿을 다시 내려다봤다.

가장 위에 있는 건 후생 노동성에서 발행한 책자이고 그 밖에도 도쿄도에서 발행한 '도쿄도의 입양과 위탁 가정'이라는 책자도 있었다.

이게 대체 무슨 소리야. 세쓰, 너 대체 어떻게 된 거야. 그런 말이 머릿속에서 휘몰아쳤지만 당장 추궁하고 싶지는 않았다.

"알았어……. 일단 읽어볼게."

"고마워."

세쓰의 얼굴에 다시 미소가 떠올랐다.

다음 날 가즈시는 팸플릿을 다시 집어 들었다.

지금껏 입양에 대해서는 전혀 아는 바가 없어서 일반 입양과 특별 입양이라는 제도가 있다는 걸 처음 알게 됐다. 후자는 친부모와의 친자 관계가 해소되고 양부모만이 법적 부모가 되는 제도로 세쓰가 건넨 책자에는 그쪽에 마커로 표시가 돼 있었다.

여기에는 친부모의 의사에 따른 사례 외에도 행정 측에서 친부모와 아이의 관계를 완전히 단절하는 게 아이에게 좋다고 판단한 경우, 즉 친부모가 양육을 포기하거나 아이를 학대하거나 경제적으로 극도로 빈곤해 양육할 수 없는 사례도 있다고 한다. 입양을 원하는 사람은 지자체나 민간 지원 단체의 중재를 받아서 아이를 입양하게 된다.

……왜 입양을?

아무리 생각해도 가즈시는 이해할 수 없었다.

물론 아이를 키우고 싶기는 했다. 하지만 어디 사는 누구인지도 모를 부모 밑에서 태어난 아이를 키우고 싶다는 생각은 지금도, 앞으로도 없을 것이다.

그다음 날 밤에 가즈시는 세쓰에게 그런 심정을 최대한 부드럽게 전했다.

이야기를 다 들은 세쓰는 차분한 얼굴로 말했다.

"당장 받아들이지 못하는 건 이해해. 하지만 조금만 더 천천히 생각해 봐."

그렇게 말하며 또 다른 팸플릿을 가즈시에게 건넸다. 이번 책자는 민간 단체에서 발행한 것 같은데, 표지에 '입양 부모와 자녀들의 목소리'라고 적혀 있었다.

"아이 방을 추가한 도면도 기대할게."

그렇게 말하고 세쓰는 빙그레 웃었다.

결국 세쓰가 건네준 팸플릿은 읽지 않았다. 그걸 넘어 손에 들 엄두도 나지 않았다.

나카자와에게 '몇 군데 토지 후보지가 거론되고 있는데 도면은 어떻게 됐어?'라는 문자가 왔지만 그 이후 도면 수정도 진행하지 않았다.

"신규 안건을 부탁해도 되겠나?"

그 무렵 사장이 가즈시에게 그렇게 지시했다. 이렇게 갑작스러운 의뢰는 흔치 않은 일이었다.

"사회 복지 시설인데 아마 장애인 입소 시설 같아. 관공서에 보조금을 신청할 거라고 하니 일단 평면도와 입면도만 있으면 돼."

그렇게 말하며 사장은 책상 위에 자료 같은 것을 슬쩍 내려놓았다.

"납기가 조금 급하긴 해. 다음 달."

"자, 잠깐만요."

나는 당황해서 사장의 말을 가로막았다.

"장애인 거주 시설이라니. 그런 걸 설계해 본 적은 없습니다. 아니, 그걸 떠나 회사에서도 그런 프로젝트를 맡은 적은 없잖습니까."

"그렇긴 하지."

사장이 꾸며낸 듯한 미소를 지으며 말했다.

"오래전부터 알고 지내던 지인이 부탁해서 말이야. 복지 시설과 병원을 전문으로 하는 곳이라 노하우는 다 알려 줄 수 있다는군. 이번 한 번만 부탁 좀 하겠네."

"아니, 그렇게 말씀하셔도……."

즉 사장의 오랜 지인이 운영하는, 복지 시설이나 병원 등의 설계 감리를 전문으로 하는 설계 사무소의 하청을 받은 것이다. 그 사무소는 설계뿐 아니라 보조금 신청을 위한 가설계, 건축비 견적, 신청 서류 등의 작성을 돕는다고 했다. 그뿐만이 아니다. 사업 계획서 작성과 대출을 받기 위해 은행에 제출하는 서류 작성까지 맡는다고 했다.

"노하우를 가르쳐 준다고 해도 전 배리어 프리나 유니버설 디자인*에 대해서는 아무것도 모릅니다."

한심하지만 그렇게 말할 수밖에 없었다. 물론 건축을 전공했으니 최소한의 지식은 있지만 실제로 그런 시설을 설계하려면 더 전문적인 지식이 필요할 게 분명했다.

"괜찮아, 괜찮아. 어차피 입안자는 시설주인 복지 법인의

* 장애 유무 등과 상관없이 다양한 사용자를 포괄하는 보편적인 디자인을 뜻하는 말.

대표고 법령이나 건축 기준은 설계 사무소에서 알아서 해 줄 테니까. 그 사람들이 시키는 대로 도면을 그려 주기만 하면 돼."

"정말로 그렇게 해도 될까요……."

결국 사장의 강요에 못 이겨 일단 미팅에 참석하기로 했다.

며칠 후 설계 사무소 영업 담당자와 사회 복지 법인의 대표라는 사람이 미팅을 하러 왔다.

영업 담당자에게 받은 명함 뒷면에는 '시설 건설 및 운영을 위한 비전, 경쟁, 행동 계획, 수치 계획 등의 분석. 수많은 복지 시설 건설에 참여한 노하우 다수'라고 적혀 있었다. 이 정도면 설계 사무소라기보다 건축 컨설턴트다.

한편 사회 복지 법인의 대표는 그동안 지적 장애인 수산 시설(장애인이 자립을 위해 다니는 직업 훈련 시설)을 운영해 왔는데 오랜 염원이던 입소 시설 심사에 마침내 통과했다며 흥분한 목소리로 말했다.

회의의 대부분도 그 사야마라는 대표의 독무대였다.

"어쨌든 그룹 홈에 최대한 가까운 입소 시설을 만들고 싶습니다!"

사야마는 가장 먼저 그런 말을 꺼냈다. 가즈시는 입소 시설과 그룹 홈의 차이도 알지 못했다.

사야마는 빵빵하게 부푼 가방에서 비디오테이프 몇 개

를 꺼냈다.

"이 영상을 참고해 주십시오. 전국 각지의 소규모 시설들을 촬영한 영상입니다. 정말 이게 입소 시설이 맞나 싶을 정도로 단란하고 가정적인 분위기죠. 이것들을 참고하시면 됩니다. 전문가분들께 보여 드리기 부끄럽지만."

다음으로 커다란 종이를 꺼낸다. 아무래도 만들고자 하는 시설의 밑그림인 듯했다.

"평면도 같은 걸 구체적으로 그려야 이해하시기도 쉬울 것 같아서……. 죄송합니다. 그림에는 정말로 소질이 없어서요."

부끄러운 듯이 웃는다. 확실히 서툰 그림이지만 나름대로 공부는 한 것 같다. 도면으로 충분히 통할 수준이었다.

"아시다시피 탈脫 시설은 시대의 흐름입니다. 콜로니형 대규모 시설은 장애인과 비장애인이 함께 어울려 사는 시대정신에 역행하는 게 분명하고요. 하지만 지역에서 그런 걸 쉽게 받아들이지 못하는 것도 현실이죠."

'아시다시피'라고 말해도 나야 전혀 모르지만 일단 귀를 기울였다.

"오래전 '푸른 잔디회'의 요코타 히로시 씨가 '장애인은 우리 이웃에서 살아야 한다'라고 하신 말씀에는 일차적으로 '격리 시설에서 벗어나야 한다'라는 의미가 있었을 겁니다. 하지만 전 비단 그것만은 아닐 거라 생각합니다. 그 말은 곧

'장애인이 우리 눈에 보이고, 목소리가 들리는 거리에서 함께 사는 사회를 추구해야 한다'라는 뜻 아니었을까요. 장애인이 가까운 곳에 있지 않은 사회에서는 장애인이 어떤 사람들인지 알 수 없고, 장애인도 비장애인들이 자신들을 어떻게 생각하는지를 알 수 없습니다. 그러니 서로 불안해하고 두려워하는 겁니다. 그렇지 않나요?"

"아, 네……."

당연한 것처럼 입에 담은 '푸른 잔디회'는 무엇이며 '요코타 히로시 씨'는 또 누구일까.

머릿속이 물음표로 가득한 가즈시 옆에서 설계 사무소 영업 담당자는 "말씀하신 대로입니다" 하고 맞장구를 쳤다.

"보호자들의 이야기를 들어보면 역시 '현실적으로 시설에 있는 편이 더 안전하다'라거나 '공황 장애나 행동 장애가 있는 아이를 지역 사회에서 그리 쉽게 받아 줄 것 같지 않다'라는 불안감이 있는 것 같더군요. 나이 들어 몸이 쇠약해지기 시작하면 더더욱 '지금 내가 쓰러지면 내일 당장 누가 이 아이를 돌봐줄까'라는 절망적인 생각도 하게 됩니다. 그래서 전 입소자들이 즐겁게 살아가는 시설, 시설 같지 않은 시설, 지금까지 있었던 그 어떤 선진적인 시설에도 뒤지지 않는 시설을 만들고자 결심한 겁니다!"

그 뒤로는 현재에 이르기까지 그가 겪은 고생담이 이어졌다. 계획부터 허가 신청까지 무려 6년이 소요됐다고 했다.

"도에서는 야간 직원 체제는 어떡할 것인가, 이런 시설이라면 박스형 시설에 비해 건축비가 많이 들 텐데 이를 위한 자체 자금 조달이 가능하냐 등 여러 가지 질문을 받았습니다. 전 입소자들이 인간답게 사는 걸 최우선으로 고려한 구조라고 강조했죠. 제 이야기를 다 들으시고는 담당자분도 '이런 형태의 시설은 전국적으로도 보기 드문 사례 같다'라며 응원을 약속해 주셨습니다!"

"……다행이네요."

드디어 끝났나 싶어 안도했지만 사야마는 지금부터가 본론이라는 듯 자신이 그려 온 그림에 대한 설명을 더 자세히 들려준 뒤에야 이야기를 마무리 지었다.

"이 시설은 어디까지나 '지역에 녹아든 삶'을 위한 첫 단계에 불과합니다. 여기에서 조금씩 그룹 홈으로 이행해 최종적으로는 시설 입소자를 제로화해 비로소 '지역에 녹아든 삶'을 실현하는 겁니다. 전 그것을 위한 입소 시설을 만들고 싶습니다!"

30여 분 동안의 열변을 토하고 사야마는 돌아갔다.

그들이 떠난 후 가즈시는 사장에게 가 "이번 일은 역시 제가 맡기 힘들 것 같습니다"라고 했다.

"그게 무슨 말이야?"

사장의 표정이 달라졌다.

"죄송합니다. 자신이 없습니다."

"걱정하지 말라고 했잖나. 그냥 저기서 시키는 대로 하면 돼."

"아뇨. 이야기를 들어보니 역시 전문 지식이 없으면 벅찬 일인 것 같습니다. 죄송하지만 전 어렵습니다."

사장은 계속해서 가즈시를 설득했지만 가즈시는 고집스럽게 고개를 가로저었다.

"……알겠네. 그렇게까지 말한다면야 어쩔 수 없지. 다른 사람을 찾아야겠군."

사장은 불편한 기색을 감추지 않았다.

"어차피 자네를 대체할 인력은 얼마든지 있어."

마지막 말은 못 들은 척하고 가즈시는 고개를 한 번 숙이고 자리를 떴다.

물론 대체할 사람은 얼마든 있을 것이다. 내가 하지 않아도 누군가가 한다.

그래도 그 일을 내가 맡을 수는 없다고 생각했다.

사야마가 보여 준 열정. 장애인 시설의 현황과 전망. 복지의 복 자도 모르는 나조차 그가 이번 프로젝트에 얼마나 사활을 걸고 있는지 여실히 느꼈다.

그리고 이번에 나 같은 사람에게 기회가 온 이유도.

원청 설계 사무소와 사야마는 다른 일을 통해 나름의 인연을 쌓았을 것이다. 어떤 의미에서는 단골 고객일지도 모른다. 그러나 이번 프로젝트에서는 그의 열정이 지나치게 뜨거운 나머지 그 설계 사무소의 손을 떠났다. 몇 년을 신청해도 허가가 나지 않았다는 점에서도 짐작할 수 있다.

처음에는 그런 시설에 정통한 설계사를 붙여 그의 기대에 부응하려 했는지 모른다. 하지만 사야마의 열의가 너무 강해서, 아니 그 열의 때문에 아무리 신청해도 허가가 나지 않았다.

그렇다면 사무소도 일을 할 수 없다. 신청할 때는 형태뿐이어도 도면이 필요하다. 그래서 일을 싸게 맡길 하청 업체를 찾았다. 전문 지식이 없어도 상관없다. 어느 정도 기술이 있고 클라이언트의 의도를 이해한 후 그에 맞춰 도면을 그려 줄 '적당한 설계사'가 있으면 그걸로 되는 것이다.

그렇다고 해서 가즈시가 딱히 굴욕감을 느낀 건 아니었다.

어차피 일은 일이다. 또 회사에 속한 직원인 이상 내가 할 수 있는 일이라면 군말 없이 맡는 게 도리다.

하지만 그래도 '이건 안 되겠구나'라고 생각했다.

나로서는 결코 그의 열정에 부합한 도면을 그릴 수 없다.

아마 사장은 또 다른 적당한 사람을 찾아서 일을 맡길 것이다. 그 설계사가 나보다 복지 시설에 대해 더 잘 알 거라 단언할 수 없고, 사장의 말마따나 정말 사야마가 시키는 대로만 일할 수도 있다.

그래도 나보다는 나을 거라고 가즈시는 믿었다.

굳게 마음먹고 프로답게 일할 수 있다면 그편이 낫다. 그러나 나는 그럴 수 없었다.

입양 이야기는 그 후 두 사람 사이에서 한 번도 거론되지 않았다.

가즈시는 물론 세쓰도 입 밖에 꺼내지 않았다. 내 쪽에서 먼저 말하기를 기다리는 걸까. 아니면 내가 아무 말 없으니 포기한 걸까.

후자였으면 좋겠다고 가즈시는 속으로 바랐다.

사실 세쓰가 건네준 팸플릿은 그 뒤로 꼼꼼히 읽었다.

어느 민간 입양 단체가 만든 당사자들의 목소리를 담았다는 책자. 그 안에는 다양한 사연을 가진 입양 부모와 입양아들이 '왜 입양을 떠올렸는지', '입양 부모가 돼서(입양아로 자라서) 지금 어떠한지' 등을 쓴 글이 실려 있었다.

이런저런 배경이 있고 각양각색의 가치관이 있었다. 한마디로 요약할 수 없는 사람과 사람들의 삶이 그 안에 있었다.

솔직히 말해 그 글을 읽기 전과 후 입양을 바라보는 관점에 약간의 변화가 생겼다. 왠지 모르게 어두웠던 이미지나 특별한 사람들만의 전유물이라는 느낌이 사라졌다.

무엇보다 입양이라는 것이 '아이를 키울 수 없는 부모'나 '아이를 키우고 싶은 부모'를 위한 게 아닌 '아이의 행복한 삶을 위해' 하는 것임을 알게 됐다.

적어도 머리로는 아예 불가능하다고 단정 지을 문제는

아니라는 생각도 들었다.

책자 끝에는 단체에 등록하는 데 필요한 사항과 양부모가 되기 위한 조건이 적혀 있었다.

양부모가 되기 위한 법적인 조건은 '배우자가 있을 것'과 '25세 이상'의 두 가지뿐이었지만, 이 단체에서는 자체적으로 몇 가지 조건을 더 두고 있었다. 특히 아이가 독립할 때까지 충분히 양육할 수 있고 독립한 후에도 보살필 수 있는지를 중요히 여기는 것 같았다.

거기까지는 괜찮다. 당연하다.

문제는 마지막에 적힌 한 문장이었다.

—입양 희망자는 아이를 선택할 수 없습니다.

단체에 따라서는 '신생아를 원한다', '여자아이를 원한다' 등의 요구 사항을 어느 정도 제시할 수 있는 곳도 있다고 한다. 그러나 이 단체는 어떤 아이건 받아들이는 것을 양부모가 되는 조건으로 내걸었다.

아이의 나이와 성별은 물론이고 그걸 넘어서는 것까지.

그날은 아침부터 날씨가 맑았다. 최고 기온 11.3도. 봄은 아직 멀었지만 추위에 떠는 계절은 이미 지나갔다.

여느 때와 다름없는 3월의 어느 날이었다.

"나들이 삼아 땅을 보러 갈까?"

그렇게 세쓰에게 제안한 게 지난주였다.

나카자와가 후보지로 알려 준 땅 중 한 곳이 조건에 정확히 들어맞아 실제 눈으로 보고 싶었다. 그쪽과 우리 일정이 맞는 날이 금요일 낮밖에 없었는데 가즈시는 일을 쉴 수 있었지만 세쓰는 어려울 것으로 예상했다.

그래도 혹시나 싶어 물었더니 세쓰가 "나도 가 보고 싶어. 다음 주 금요일이면 괜찮아"라고 해서 결국 함께 가기로 했다.

땅은 다치카와시 서쪽 끝자락에 있었다. 두 개 노선이 지나는 역 두 곳이 가까운 곳에 있어 가즈시와 세쓰는 주오선 다치카와역에서 오우메선으로 갈아탔다. 두 역에서 걸어서 20분 정도 걸린다고 했다.

오늘은 역 앞에서 택시를 탔지만 실제 이곳에서 도심으로 출퇴근하려면 자가용 출퇴근도 고려해야 할 것이다. 교통이 편리한 곳은 결코 아니지만 그만큼 주변 환경은 좋았다.

나카자와가 소개해 준 부동산 업자와 그곳에서 만나기로 했다. 택시 기사에게 주소를 알려 주고 뒷자리에서 주변 풍경을 감상했다.

가는 길에 중학교와 초등학교가 있었다. 땅은 주택가에 있다고 들었는데 건물이 밀집된 한 구역을 제외하면 대부분 한적해 보였다.

목적지에는 이미 부동산 중개업자의 차량이 세워져 있고 양복 차림 남자가 옆에 서서 손을 흔들고 있었다.

그 앞에서 택시에서 내렸다. 주변에 높은 건물이 없어 전망이 탁 트인 곳이었다.

하늘을 보니 태양의 동쪽 끝으로 희끄무레한 달이 보였다.

세쓰도 가즈시의 시선을 알아챘는지 "낮에도 달이 보일 때가 있구나"라고 했다.

"그러네."

"보름달이 아니라 아쉽다."

세쓰는 담담히 말했다.

가즈시는 순간 가슴이 철렁해 세쓰를 봤다. 세쓰는 희미하게 미소 지었다.

기억하고 있었구나.

"안녕하세요. 여기까지 오시느라 고생 많았습니다."

남자가 다정한 미소를 지으며 다가왔다.

"아뇨. 저희야말로 이번에 신세 지게 됐습니다."

명함을 교환하고 세쓰를 소개했다. 두 사람은 "잘 부탁합니다" 하고 인사를 주고받았다.

"이쪽입니다."

눈앞에 잘 정돈된 땅이 펼쳐져 있었다.

"생각보다 넓네요."

공터라서 그렇게 보인다는 걸 알지만 예상한 것보다 더 넓었다.

"그렇죠? 37평이라고 하면 별로 넓지 않은 것 같지만 실제로 보시면 꽤 넓습니다."

정확히 말하면 대지 면적은 122.96제곱미터. 가격은 1,780만 엔이었다.

"역까지 걸어가기에는 멀지만 가까운 버스 정류장이 2분 거리에 있어서."

"건폐율은 40인가요?"

"네, 건폐율은 40퍼센트고 용적률은 80퍼센트라 백 제곱미터 조금 안 되는 집을 지을 수 있습니다."

"건축 조건이 따로 없죠?"

"네. 고객님이 설계와 시공을 직접 하실 거라고 나카자와 씨에게 들었습니다. 전혀 문제없습니다."

당초 예상한 것보다 평수는 적지만 그만큼 땅값을 낮출 수 있다. 건물에 돈을 쓸 수 있다는 뜻이다. 2층을 전제하면 두 명이 살기에 충분히 넓다.

"걸어서 5분 거리에 편의점이 두 곳 있습니다. 그뿐만 아니라 오래된 상점가도 아직 남아 있어서……."

"근처에 공원도 있겠죠?"

세쓰가 물었다.

"네. 다목적 광장이 걸어서 몇 분 거리에 있습니다. 그리고 작은 미술관도 근처에 있어서 문화적인 환경이 매우 뛰어난 편이죠. 무엇보다 동남쪽 모퉁이에 있어 햇볕도 잘 들 겁니다."

완벽한 물건이었다.

"좋은 곳이네."

세쓰도 눈을 가늘게 뜨고 주위를 둘러봤다.

그날은 땅만 보기로 약속해서 부동산 중개업자와도 길게 이야기를 나누지 않고 일찍 택시에 올라탔다.

"어때?"

가즈시는 마음이 거의 굳었지만 세쓰의 의견을 듣고 싶었다.

"난 좋아."

"그렇지?"

"다른 후보지도 있어?"

"있기는 한데, 조건만 보면 여기가 제일 좋을 것 같아. 물론 다른 곳들도 더 볼 수 있지만."

"다른 곳들도 보면 아무래도 고민되려나?"

"여기가 마음에 들면 그냥 바로 결정해 버릴까?"

"당신이 떠올린 이미지랑도 잘 어울려?"

"응."

"도면은 완성됐어?"

순간 말문이 막혔다. 세쓰가 다시 입을 열었다.

"아이 방이 들어간 도면."

역시. 세쓰는 포기하지 않았다.

"팸플릿은 읽어 봤지?"

"……응."

"어떻게 생각해?"

"일단 집에 가서 이야기하자."

"……응."

그 뒤로 두 사람은 침묵을 지켰다.

집에 도착해 늦은 점심을 먹었다. 시간은 낮 2시 반을 막 넘기고 있었다.

식후 차를 마시며 부엌 탁자를 사이에 두고 마주 봤다.

"팸플릿, 읽어 봤어."

가즈시가 먼저 말을 꺼냈다.

"인터넷에서도 이것저것 찾아봤고."

"고마워."

"아니, 고마울 게 뭐 있어. 어차피 우리 둘 일인데."

"……응."

"입양 자체는 불가능하다고 말하고 싶지 않아."

먼저 그렇게 운을 뗐다.

"양부모가 되고 싶다는 당신 마음도 충분히 이해할 수 있어."

"정말?"

세쓰가 눈을 반짝였다.

"그런데 단 하나, 궁금한 게 있어."

"……응."

세쓰가 살짝 불안한 표정을 지었다.

"이 단체는 입양아를 선택할 수 없다고 하잖아."

"응."

"그건 다른 단체들도 마찬가지야? 예를 들어 지자체 같은 곳도."

"대체로 그럴 거야. 일부에서는 신생아를 원한다고 제시할 수 있는 곳도 있다곤 하는데."

"그 밖에는 더 고를 수 없고?"

"응. 성별 같은 것도."

"성별은 상관없어. 그러니까, 건강한 아이인지 아닌지."

"그 말은……."

무슨 뜻인지를 깨달았는지 세쓰의 표정이 굳어졌다.

"……장애가 있느냐, 없느냐. 그 말이구나."

"응."

"선택할 수 없어."

세쓰는 단호하게 말했다.

"장애가 있는 아이도 받아들인다. 그게 조건이야."

실제 팸플릿에도 그렇게 적혀 있었다.

장애 여부를 선택할 수 없다.

그런 건 생각해 본 적도 없었다.

입양 자체도 물론이거니와 그런 아이를 입양하는 부모

가 있다는 것도 전혀 예상치 못했다.

그러나 조사해 보니 지자체든 민간 입양 단체든 그런 경우가 적지 않은 듯했다.

장애가 있는 것으로 판명된 아이(특히 다운 증후군 아이가 많다고 한다)를 낳자마자, 혹은 배 속에 있을 때 단체에 등록한 후 출산과 동시에 입양을 보낸다.

만약 그런 아이를 받아들이라고 하면.

"미안하지만 난 못하겠어."

가즈시의 말에 순식간에 세쓰의 표정이 흐려졌다.

하지만 여기서 멈출 수는 없었다.

"당신도 못 하겠지? 그렇지 않아?"

그러자 세쓰는 힘없이 고개를 흔들었다.

"아니. 난 불가능하다고 생각하지 않아."

"아니, 그건 아무리 생각해도 이상해. 구태여 남의 아이를 입양해서 내 아이로 키우려고 하는데 장애 있는 아이를 입양한다고? 그런 말도 안 되는 이야기가 어딨어?"

세쓰가 숨을 들이마시는 소리가 들렸다. 이건 실언이다.

"미안. 말이 너무 과했나 보네. 하지만 조금 이상한 건 사실 아니야?"

"……모두 똑같은 조건으로 등록하고 있어."

"모두? 거절하는 사람이 없다는 말이야?"

"……결과적으로 그런 사람이 있을 수도 있지만."

"거절할 수 있는 거지?"

"거절하면 등록이 취소돼. 그리고 그 이후부터는 그 단체에서 아이를 입양할 수 없어."

"또 다른 곳에 등록하면 되지. 그다음에는 장애가 없는 아이를 만날 거야."

세쓰의 미간과 미간 사이에 깊은 주름이 잡혔다.

"있지. 아이 입양을 꼭 제비뽑기라도 하는 것처럼 말하지 마. 아이는 모두 선물이잖아. 직접 낳은 거랑 똑같아. 아이는 어떤 경우에도 하늘이 주신 선물이야. 거부할 수 없어."

"아니, 거부할 수 있어."

나도 모르게 입이 열렸다.

"그 아이 부모들은 거부해서 아이를 버리는 거 아니야?"

세쓰의 안색이 변했다.

"다들 나름의 사정이 있어."

세쓰가 입술을 떨면서 말했다.

"절대 아이가 예쁘지 않아서 포기하는 게 아니야……."

"당신도 그랬어?"

"응?"

이 말을 입에 담아서는 안 된다. 머리로는 그렇게 생각했지만 입이 멈추지 않았다.

"당신이 과거에 낙태한 아이도 혹시 장애가 있었던 것 아니야? 그래서 낙태한 거 아니야?"

"……아니야. ……낙태한 게 아니라……."

"그럼 왜 그런 기사들을 스크랩하는 거야? 그때부터 지금까지, 계속!"

세쓰의 몸이 굳는 게 보였다.

"……내 서랍을 열어 봤어?"

"어차피 잠겨 있지도 않았어. 걱정됐다고, 당신이. 당신은 요즘……."

"그만!"

세쓰가 크게 소리쳤다.

"당신이 어떤 생각을 하는지 알겠어."

"아니, 난 입양 자체가 싫다는 게 아니야."

세쓰가 가즈시를 봤다.

"……내가 당신과 왜 결혼했는지 알아?"

"뭐?"

갑작스러운 말에 당황했다.

"그때 당신이 한 말…… 당신은 기억 못 하겠지만……."

"그게 무슨 소리야?"

"당신과 처음 잤던 그날……."

기억한다. 세쓰가 처음으로 날 받아들였던 그날 밤.

둘이서 레스토랑에서 식사하고 호텔에 갔다.

그 식사 때 어떤 대화를 나눴을까. 내가 무슨 말을 했을까.

기억나지 않았다.

"이제 그만해……. 이젠 아무것도 필요치 않아……. 집도 필요 없어……."

세쓰가 몸을 일으켜 방을 나갔다.

침실로 향할 줄 알았는데 아니었다. 현관으로 향하고 있었다.

"어디 가는 거야?"

대답이 없다. 문이 열리고 다시 닫히는 소리가 들렸다.

가즈시는 혀를 차고 그 뒤를 쫓았다.

집에서 나가 세쓰를 찾는다.

엘리베이터가 도착할 때까지 기다릴 수 없었는지 세쓰는 바깥 계단으로 향하고 있었다.

"잠깐만, 세쓰!"

그녀를 쫓아가기 위해 발걸음을 내딛는 순간.

눈앞이 흔들렸다.

땅이 울리는 듯한 소리가 울려 퍼지더니 온몸이 흔들린다.

지진이다. 그것도 규모가 큰.

"세쓰!"

꺄앗! 하는 비명이 들린 다음 순간 그녀의 모습이 눈앞에서 사라졌다.

흔들리고 있었다.

온 세상이, 계속해서 소리 내며 흔들리고 있었다.

불초의 자식

3

다음 날 회의 때 쓸 자료를 출력하고 정리를 마치고 시계를 보니 6시 반을 막 넘긴 시간이었다. 더 이상 할 일은 없다. 지시할 상사 요지도 외근을 마치고 바로 퇴근할 예정이라 보이지 않았다.

자리로 돌아가며 오늘은 갈 수 있겠다고 생각했다.

"그럼 먼저 실례하겠습니다."

퇴근 준비를 하고 아직 남아 있는 동료 몇 명과 인사를 나눴다.

"어라, 오늘 일찍 가네. 데이트?"

성희롱스러운 말을 건네는 연상의 남자 직원에게 애써 꾸민 미소를 돌려주고 사무실을 나갔다.

네, 데이트예요. 과장님의 아버지와.

그렇게 대답하면 그는 어떤 표정을 지을까. 상상하니 문득 웃음이 터졌다.

역으로 향하는 발길을 서두른다. 여기서 병원까지는 30분. 면회는 8시까지. 오래 머무를 생각은 없으니 시간은 충분하다.

오늘처럼 일이 일찍 끝난 평일 밤. 아니면 토요일이나 일요일 중 하루. 요지의 아버지, 즉 세이지의 병실을 방문하는 건 그날 이후 습관처럼 돼 버렸다.

처음에는 간호사들과 가급적 마주치지 않으려 했지만 몇 번 가 보니 그럴 수도 없었다. 내가 병실에 있을 때 수액 등을 갈려고 병실에 들어올 때도 있었다. 하지만 특별히 의심의 눈초리로 날 보지는 않았고 그쪽에서 "고생 많으세요"라고 말을 걸면 무표정한 얼굴로 "감사합니다"라고 대답하면 됐다.

한 번은 어느 나이가 지긋한 간호사가 "가족분이세요?"라고 물은 적이 있다. '아뇨. 업무 관련으로'라고 대답하려다가 세이지가 이미 정년퇴직했음을 알아차렸다. 부랴부랴 "지역 동호회에서 함께 활동 중이에요"라고 대답했다.

"지역 동호회요?"

두 사람의 나이 차이가 신기했는지 간호사는 "무슨 동호회예요?"라고 물었다. 속으로 아차 싶었지만 "서예"라고 얼른 얼버무렸다.

"서예. 좋네요."

간호사가 납득한 것 같아 가슴을 쓸어내렸다.

수다스러운 타입의 사람 같았고 그 뒤로도 그녀와 만나면 말을 주고받게 됐다. 그러던 어느 날 기회를 봐서 그 간호사에게 "세이지 씨 가족분들이 평소 면회를 자주 오세요?" 라고 물었다.

"그게 말이죠. 별로 안 와요."

간호사는 약간 곤란해하는 표정으로 대답했다.

"일단 상태에 큰 변화가 없고 저희 병원 간호사들이 옆에 항상 붙어 있어서 괜찮기는 하지만……. 그래도 웬만하면 가족분들이 와서 말을 걸어 주시는 게 좋은데 말이죠."

"그래요? 그런데 어차피 환자에게는 안 들리지 않나요?"

"음, 그건 사실 아직 불분명한 게 많아요. 의식은 없지만 들린다고 하는 분석도 있고, 어쨌든 오감을 자극하는 건 나쁘지 않으니까요."

'그럼 내가 한 일도 그렇게 나쁜 일은 아니었구나' 하는 안도감이 들었다.

"이야기 내용은 뭐든 상관없나요?"

"네. 뭐든 상관없어요. 날씨 이야기든, 최근 뉴스든. 환자분께서 평소 관심 있었던 소재라면 더 좋죠. 그리고 손을 잡아 주거나 팔을 주물러 주거나. 오감을 자극하는 게 좋다고 하니까요."

"네."

그렇게 얼굴도장을 찍기도 해서 이후에도 세이지가 병실에 있는 동안에는 그를 찾아가 눈 감은 그를 향해 늘 뭔가 말을 건넸다. 간호사의 조언에 따라 회사에서 있었던 일이나 세상 돌아가는 소식 등을 들려줬지만 당연히 반응은 없었다.

정말 들리는 게 맞는 걸까.

침대에 다가가 세이지의 얼굴을 들여다봤다.

"내 목소리 들려요?"

크게 물어본다. 역시 반응이 없다.

"들리면 뭔가 반응해 주세요. 할 수 있는 반응…… 그러니까 눈꺼풀을 움직인다거나."

그러나 굳게 닫힌 눈꺼풀은 꿈쩍도 하지 않았다.

"……안 들리죠?"

그렇게 중얼거리며 다시 의자에 앉았다.

"정말로 들린다면 제가 심한 말을 워낙 많이 해서."

스스로 그렇게 말하며 웃음을 터뜨렸다.

"제가 아드님의 불륜 상대라는 것도 말했잖아요. 뭐 이미 다 말했으니 어쩔 수 없죠. 주워 담을 수 없다는 걸 알아요. 그걸 떠나 엄연한 사실이기도 하니까요. 만약 의식이 돌아온다면 아드님에게 호통을 쳐 주세요. 대체 넌 무슨 짓을 하고 다니는 거냐고."

내 말을 들었어도 상관없을 것 같다는 생각이 들었다.

그 뒤로는 아무 말이나 지껄였다. 누구에게도 말하지 못한 이야기. 가슴에만 간직하고 있었던 이야기. 학창 시절에 겪었던 그 사건.

그렇게 한창 떠들다 보니 마음이 한결 가벼워진 것 같았다.

요지에게서 연락은 오지 않았다. 가장 최근 만났을 때 '아버지 문제가 매듭지어질 때까지 앞으로 또 한동안 보기 힘들 것 같다'라고 했으니 그 자체는 부자연스럽지 않을 수 있다.

그러나 요지의 태도가 달라진 게 분명했다. 회사 안에서 얼굴을 마주하고 말을 섞을 때도 노골적으로 냉담한 태도를 보였다.

꼭 나만의 착각도 아니었다. 언젠가 함께 점심을 먹은 혼마가 내게 대뜸 "과장님이랑 무슨 일 있었어요?"라고 물었다.

"네? 아무 일 없었는데요."

당황했지만 표정에 드러나지는 않았을 것이다.

"왜요?"

"아니, 요즘 왠지 과장님이 이와타 씨한테만 유독 차가운 것 같아서요."

"아, 그래요? 전 전혀 몰랐는데."

"그렇구나. 미안해요. 괜히 이상한 소리해서. 과장님이 요즘 아버지 문제로 여러 가지로 힘든 탓에 예민한가 봐요. 아무 일 없으면 괜찮아요. 신경 쓰지 마세요."

우리 사이를 눈치채고 넌지시 속을 떠보는가 싶었지만 정말로 순수하게 나를 걱정해 주는 것 같았다.

"네. 신경 써 주셔서 감사해요."

"아뇨. 저야말로 괜히 이상한 말 해서 미안해요."

혼마의 배려를 보며 미안한 마음이 드는 것과 동시에 요지에게 처음으로 미움 같은 감정이 싹텄다. 이렇게 좋은 사람도 냉담함을 느낄 정도라니. 그렇게까지 해서 요지는 나와의 관계를 끝내고 싶은 걸까.

그럴 거면 그렇게 해. 하지만 내가 이렇게 느끼리란 것도 그쪽은 이미 알 것이다. 그렇게 생각하니 화가 치밀었다.

그는 눈치가 빠르지만 자존심이 워낙 세서 내 의도를 알아채도 내게 연연하며 날 붙잡으려 다가오지 않을 것이다. 어쩌면 관계가 자연 소멸해도 괜찮다고 생각할 수도 있다.

위에서 날 내려다보고 있다.

그렇다. 이런 관계, 언젠가는 끝이 올 거라는 건 알았다. 누군가에게 상처 주는 걸로 따지자면 나도 마찬가지다. 그를 비난할 마음도, 매달릴 마음도 없었다.

하지만.

모든 걸 그쪽 뜻대로 하게 내버려두고 싶지 않다는 고집도 마음 어딘가에 있었다.

그동안 세이지의 병실을 계속 찾아간 데는 그런 마음이 영향을 끼쳤을 것이다.

이렇게 자주 찾아가면 내 존재, 즉 자주 면회 오는 '지역 서예 동호회 친구'라고 자신을 소개한 여자의 존재가 요지와 그의 아내의 귀에도 들릴 수밖에 없다. 대체 누구인지 수상쩍게 생각할 것이다. 의심에 사로잡힐 것이다.

그와 별개로 병원에 다니며 좋은 습관도 생겼다. 전보다 TV 뉴스는 물론 신문도 꼼꼼히 살펴보게 됐다. 병실에서 세이지에게 요즘 소식을 전해 주기 위해서였지만 덩달아 사회를 보는 지식과 관심이 늘었다.

"어제 우에노에서 큰 사건이 있었어요. 묻지 마 살인 사건이에요. 범인은 32세의 젊은 남자인데, 칼을 들고 행인들을 공격해 여자 2명을 살해하고 5명에게 중경상을 입혔다고 해요. 범인은 곧 체포됐다고 하지만 정말 끔찍하죠?"

"오늘의 토픽은 경찰의 비리 사건이에요. 가나가와현 경찰의 어느 경위가 필로폰을 투약했다고 자백했는데 보고받은 현 경찰 간부가 그 사실을 은폐했대요. 비슷한 사례가 더 있을 것으로 보고 경찰청이 조사에 착수했다고 해요."

그 기사를 발견한 것도 그렇게 신문을 탐독하고 있을 때였다.

"'그런 사람들에게도 인격이 있나" 이시하라 지사, 중증 장애인 병원 시찰하고 소감' (아사히신문) **1999년 9월 18일 조간**

이시하라 신타로 도쿄도지사는 17일 기자 회견에서 중증 장애인을 치료하는 병원을 시찰한 소감을 언급하며 "그런 사람들에게도 인격이 있는 것인가?"라고 발언했다. 충격을 받았다는 이시하라 지사는 "나는 결론을 내리지 않았다"라며 "여러분은 어떻게 생각할지 궁금하다"라고 묻기도 했다.

기사를 읽고 가슴 한구석에서 뭔가 울컥했다.

십 년 가까이 잊고 있었던 감정. 아니, 언젠가 가나코와 둘이 함께 술을 마시러 갔을 때 잠시나마 되살아나기도 했다. 열아홉 살의 나. 당시 나의 가장 큰 관심사.

다른 신문에도 기사가 실렸는지 확인했다. 그쪽에는 약간 다른 뉘앙스로 기사가 쓰여 있었다.

장애인 시설 시찰 후 '인격이 있느냐' 발언 보도에 대해 도지사는 '곡해'라고 비난(마이니치신문) **1999년 9월 22일 석간**

이시하라 신타로 도쿄도지사가 장애인 시설을 시찰한 후 언급한 말이 파문을 일으키고 있다. 아사히신문은 도

> 지사의 발언 중 입소자에 대해 "인격이 있는지 모르겠다"라고 말한 점에 주목해 보도했다. 이에 지사는 21일 도의회 정례 본회의에서 기사를 '곡해'라고 비난했다.
> 도지사가 중증 심신 장애인 시설인 '후추 요양 센터'(후추시)를 시찰한 건 이달 17일. 같은 날 기자 회견에서 시설 입소자들에 대해 "절대 회복되지 않는다. 하지만 그냥 내버려두면 온몸이 골절투성이가 되어 죽는다. 그런 사람들을 의사와 간호사, 자원봉사자들이 그토록 열심히 옆에서 돕는 게 아닌가"라고 말문을 연 뒤 "그런 사람들에게도 인격이 있는가. 그전에 애초에 자기 의지가 없지 않은가. 나는 결론을 내리지 못했는데 기자 여러분은 어떻게 생각하는지 궁금하다"라고 말했다.

안다. 나는 알고 있다.

그 사람들을. 그 아이들을.

한날한시도 인공호흡기를 떼지 못하는 아이가 있었다. 어눌한 말투로 뭔가를 열심히 전달하려고 애쓰는 사람이 있었다. 무슨 말을 해도 반응 없는 입소자, 큰 소리로 연신 뭔가를 소리치는 이용자, 그리고 발밑에 달린 글자판을 발가락으로 가리키며 의사소통하는 남자 뇌성마비 장애인.

—엄마, 날 죽이지 마세요.

"왜 그래요?"

목소리를 듣고 퍼뜩 정신을 차렸다.

눈앞에서 구니에다가 걱정스러운 표정을 하고 있다.

"죄송해요. 잠깐 생각 좀 하느라."

나는 서둘러 포크와 나이프를 집어 들었다. 구니에다와 함께 레스토랑에 식사하러 와 있었다.

"요즘 자주 생각에 잠기시는 것 같네요."

구니에다는 걱정을 감추지 않고 말을 이었다.

"그래요?"

"네. 뭐, 그럴 만큼 예전의 이와타 씨에 대해 잘 아는 건 아니지만."

그렇게 말하며 수줍은 듯 웃는다. 그의 미소를 보고 있으니 마음이 조금 편해졌다.

그날 일이 있고 난 뒤 한참 후에야 겨우 연락해 실수를 사과했다. 구니에다는 전혀 신경 쓰지 않는다며 거듭 강조하고 "다음에 또 같이 한잔해요"라고 가볍게 말했다.

그 후 사과를 겸해 함께 식사를 하러 갔고 그때 내가 음식값을 낸 것을 고려해 구니에다가 "이번에는 제가 낼게요"라고 해서 오늘 또 함께 저녁을 먹으러 온 것이다.

나쁜 사람이 아니라고 느꼈다.

그동안 이 남자의 진면목에서 일부러 눈을 돌리고 있었는지 모른다.

그렇게 떠올리며 다시 한번 구니에다를 봤다.

문득 이 사람이라면 어떤 반응을 보일까 하는 생각이 들었다.

그 기사.

세이지의 병실에서도 기사를 읽어 줬지만 물론 아무 반응이 없었다. 하지만 의식이 있었다면 분명 도쿄도지사의 말에 동의하지 않았을까.

―남에게 폐를 끼치는 걸 누구보다 싫어하는 사람이었으니까.

언젠가 요지는 아버지에 대해 그렇게 말했다. 그리고 그런 요지 자신도.

―무능한 인간의 뒤처리를 하는 건 멍청한 짓이다.

그런 말을 입에 담았다. 그러니 입 밖에 꼭 내지는 않아도 쓸모없는 인간들은 세상에서 사라져도 된다고 생각하지 않을까.

"역시 뭔가 신경 쓰시는 게 있군요."

구니에다가 조심스럽게 말했다.

"저라도 괜찮다면 이야기를 들어드릴 수 있는데."

"……사실 최근에 어떤 신문 기사를 읽었는데요."

"네."

기사에 대해 이야기했다.

예상치 못한 주제여서인지 이야기가 뒤로 갈수록 구니

에다의 표정이 굳었다.

“구니에다 씨는 어떻게 생각하세요? 그런 사람들에게는 인격이 없다고 생각하시나요?”

“아……. 그런 건.”

구니에다는 곤혹스러운 얼굴로 고개를 갸웃거렸다.

“죄송합니다. 지금까지 한 번도 생각해 본 적이 없어서요. 실은 그런 기사가 있었는지도 몰랐습니다. 신문을 구독하고 있기는 하지만.”

나는 “괜찮아요” 하고 고개를 흔들었다.

“그렇게 큰 사건도 아니니까요. 대부분 신경 쓰지 않는 것 같아요.”

“음, 그, 주지사가 말하는 ‘인격’이라는 게 무슨 뜻인지 정확히 모르겠지만…….”

구니에다는 잠시 생각에 잠겼다.

“너무 깊이 생각하지 마세요. 그냥 조금 궁금해서 물어본 거니까.”

나는 이야기를 꺼낸 걸 후회하고 있었다. 구니에다는 여전히 고민하고 있다.

“물론 그런 건 이상하다고 말하는 건 쉽지만…….”

구니에다는 단어를 신중히 고르면서 말을 이었다.

“아니, 솔직히 이상하죠. 물론 그런 사람들에게도 인격이 있고 의지가 없는 것도 아닐 텐데 그렇게 단정 짓는 건 우리의 오만 아닐까요. 전 그렇게 생각합니다. 다만…….”

“다만?”

“아, 아뇨. 실은 제가…… 그런 말을 할 자격이 있는가 싶어서요.”

“자격요……?”

“물론 의견을 말하는데 자격 같은 건 필요 없겠지만……. 아니, 사실 저도 그 기사는 아닌데 꽤 오래전 조금 비슷한 기사를……. 아니, 비슷하다고 할 수 없을까요. 아무튼 어떤 사건 기사를 읽고 궁금했던 적이……”

“어떤 사건인가요?”

“끔찍한 사건이었는데……. 역시 말하지 않는 게 좋을 것 같네요.”

“아니, 말씀해 주세요.”

“그래요? 그럼…… 중증 장애를 가진 중학교 2학년 아들의 미래를 비관해 어머니가 동반 자살을 기도한 사건인데요…….”

숨이 턱 막혔다.

알고 있다.

모를 리 없다.

세이지에게 들려준 기사와는 별도로 신문에서 발췌해 따로 파일로 보관하고 있을 정도다.

| **어머니가 장애인 중학생 아들과 동반 자살을 기도(산요** |

미신문) 1999년 2월 3일

2일 오후 8시경 XX현 XX시에 사는 남성(43, 회사원)의 거실에서 아내(37)가 목을 매 숨져 있고 침대에서는 중학생 아들(14)이 숨져 있는 것을 귀가한 남성이 발견…….

파일에 보관한 건 그 사건만이 아니다.

어머니에게 집행유예 판결. 장애 있는 아들을 살해(마이아사신문) 1999년 3월 20일

작년 8월, 중증 장애가 있는 아들(당시 25세)을 목 졸라 살해한 혐의로 기소된 피고(51, 무직)에 대한 선고 공판이 19일 XX지법에서 열렸다. 판결문에는 '아들의 장래를 비관해 절망 끝에 범행에 이르게 된 과정에 동정을 금할 수 없다. 자수 후 반성하고 있다'라는 내용이…….

딸을 살해한 아버지에게 징역 6년 구형(간자카신문) 1999년 5월 8일

작년 3월, 지적 장애가 있는 딸(당시 19세)의 목을 졸라 살해한 혐의로 기소된 XX시의 전직 회사원 피고(51)에 대한 항소심 결심 공판이 지난 1일 XX지방 법원에서 열렸다. 검찰은…….

올해 들어 구니에다가 언급한 사건을 포함해 비슷한 사건이 세 건이나 기사화됐다. 나만 몰랐을 뿐이지 지금까지도 비슷한 사건은 해마다 일어나는 게 틀림없었다.

"뭔가 답답하고 울적해지죠."

구니에다가 한숨을 내쉬고 말했다.

"기사의 논조는 어머니에게 동정적이고 기사를 읽은 분들도 대부분 어머니를 그렇게 쉽게 비난할 수는 없을 거라고 생각해요. 사실 저도 그 기사를 처음 읽었을 때 그렇게 느꼈는데…… 죄송합니다. 이야기가 다른 곳으로 샜네요."

"아뇨, 계속하세요."

"그럴까요?"

나는 말없이 고개를 끄덕였다. 다른 곳으로 새지 않았다. 그렇게 생각했다.

"방금 이와타 씨가 말씀하신 사안에 대해서도 생각해 봤는데요. 어떤 사람에게 인격이 있느냐 없느냐는 남이 결정할 문제가 아니잖아요. 이 사건도…… 그러니까 어머니의 마음을 어느 정도는 이해하고, 그래서 다들 동정도 하겠지만 아이의 마음은 아무도 모르겠죠. 아니, 대부분 알려고 하지도 않을 거예요. 자식을 생각하는 부모의 심정은 이것저것 추측하거나 가타부타 이야기하지만, 살해된 아이가 어떻게 느꼈을지에 대해서는 아무도 말하지 않는 게 현실이니……."

구니에다는 나를 보며 "죄송합니다. 뭔가 너무 거창하게 말했네요. 제가 이런 말을 할 자격이 있는 것도 아닌데" 하고 다시 머리를 긁적였다.

나는 말없이 고개를 흔들었다.

자격이 없는 사람은 나다.

나는 그런 발언을 한 지사도, 아이를 죽인 어머니도 비난할 자격이 없다.

왜냐하면 나는 그 사람을.

눈앞에서 겸연쩍어하고 있는 구니에다를 지그시 봤다.

이 사람은 좋은 사람이다.

새삼 그렇게 느꼈다.

적어도 요지 같은 사람보다는 훨씬.

그로부터 약 2주가 흘렀을 때였다.

나는 집 안 화장실에 홀로 멍하니 앉아 있었다.

원래부터 불규칙한 편이었지만 생리가 일주일 가까이 늦어졌다. 설마 하는 마음에 시중에서 파는 임신 테스트기를 샀다.

아침에 일어나자마자 검사하는 게 정확하다고 해서 아침에 화장실에 가서 검사약에 소변을 묻힌 후 결과를 기다렸다.

종료 사인이 나오고 판정 창을 보니 파란색 한 줄이 선명하게 떠 있었다.

양성.

물론 임신으로 단정 짓는 건 섣부른 판단이다. 산부인과에 가서 진단을 받아 봐야 확실히 알 수 있다.

그러나 짐작 가는 바는 있었다.

구니에다는 아니다. 그와 처음 관계를 맺은 건 불과 2주 전이다. 또 그때는 확실히 피임을 했다. 지금으로부터 한 달 조금 전. 요지와의 마지막 밤.

그날이다.

의사의 대응은 내가 상상한 것과 조금 달랐다.

진료에서 질 초음파 검사를 해 준 내 또래 정도로 보이는 여의사가 담담히 말했다.

"태낭이 확인되네요. 크기는 아직 10밀리미터 정도지만 대략 임신 6주 3일 정도 된 것 같습니다."

그러고 나서 덧붙였다.

"다만 심박수가 확인될 때까지는 아직 모르니 다음 주에 다시 오세요. 접수처에서 예약 부탁드립니다."

나는 "알겠습니다" 하고 진료실을 나갔다.

전에 가나코가 말했던 것처럼 '축하합니다' 같은 말은 없었다. 정말 임신한 게 맞는지 의심스러울 만큼 싱거운 반응이었다.

다음 진료일을 예약할 때 간호사가 설명했다.

"자궁 외 임신 가능성도 배제할 수 없으니 초진에서는 확정 진단을 내릴 수 없답니다. 다음번에 오셔서 심박수만 확인하면 그다음부터는 안심하셔도 돼요."

낳을지 안 낳을지에 대해서는 묻지 않았다.

그 질문의 답은 하나다.

낳을 수 없다.

그래도. 머리 한구석에서는 또 다른 감정이 싹트고 있었다.

요지에게 말하지 않고 낙태해도 정말 괜찮을까.

혹시라도 낳아 달라고 하면?

그에게는 아이가 없다. 무슨 이유인지 모르겠지만 아이가 생기지 않았고 아내와도 몇 년째 섹스를 하지 않았다고 들었다.

만약 그가 아이를 원한다면.

진료실에서 본 초음파 영상이 떠올랐다. 몇 밀리미터의 검은 덩어리를 '태낭'이라고 해도 솔직히 와닿지 않았다.

이제 와서 뒤늦게 실감이 났다.

내 안에 아기가 있다. 생명이 깃들어 있다.

지금까지 한 번도 느껴 보지 못한, 신기한 감각이었다.

산부인과에서 돌아오는 길에 자연스럽게 발길이 세이지의 병실로 향했다.

그는 오늘도 조용히 잠들어 있었다.

평소처럼 몇 가지 소식을 전한 후 "사실 저, 임신한 것 같아요"라고 운을 뗐다.

"그 사람의 아이예요."

이해할 리 없고 들릴 리도 없다고 생각하며 말을 이었다.

"어떡하면 좋을까요?"

그렇게 물으며 세이지의 얼굴을 봤다.

그 순간, 잘못 본 줄 알았다.

"어?"

세이지의 입술을 봤다. 기분 탓일까.

입술이 아주 조금 움직인 느낌이었다.

"……방금 뭐라고 하셨어요?"

그렇게 물으며 입술을 뚫어져라 쳐다본다. 한순간도 눈을 떼지 않는다. 그러자.

움직였다.

아주 조금이지만 입술이 확실히 움직였다. 틀림없다.

다급한 마음에 간호사 호출 버튼을 눌렀다.

—네. 무슨 일이세요?

목소리가 들렸다.

"저, 방금 환자분의 입술이 조금 움직였어요. 뭔가 말하고 싶은 것처럼……."

—지금 바로 가겠습니다.

간호사가 금방 왔다. 진지한 얼굴로 세이지의 옆에 가서 그의 어깨를 가볍게 두드린다.

"세이지 씨, 세이지 씨."

반복적으로 이름을 부르며 귓가에 대고 묻는다.

“들리세요, 세이지 씨?”

반응이 없다.

“……반응이 없네요.”

나를 돌아보며 안타까워하는 얼굴로 말했다.

“정말 사실이에요. 방금 확실히 입을 움직였어요.”

잘못 본 게 아니다. 그는 입술을 움직였다.

“네.”

간호사는 내 말을 믿는다는 것처럼 고개를 끄덕였다.

“의식이 없어도 외부 자극에 불수의적 운동을 하는 경우가 있어서 그럴 수도 있답니다.”

“그럼 의식이 돌아온 건 아닌가 봐요.”

“그런 것 같네요. 하지만 좋은 징조일 수 있으니 계속 말을 걸어 주세요.”

그렇게 간호사가 떠난 뒤 나는 반신반의한 채로 세이지를 마주했다.

간호사가 시킨 대로 다시 말을 걸었다.

“저한테 뭐 하고 싶은 말이라도 있나요?”

입술을 바라본다.

“하고 싶은 말이 있으면 다시 한번…….”

세이지의 입술이 움직였다.

틀림없이 뭔가를 말하려고 한다.

서둘러 그 입가에 귀를 가까이 가져갔다. 기다렸다는 듯이 입술이 움직였다.

아주 희미하게, 숨소리와 비슷한 목소리가 들렸다.

낳, 지, 마.

어?

다시 한번 세이지의 입이 움직인다. 희미한 소리가 들렸다.

낳, 지, 마.

틀림없다. 그렇게 말했다. 깜짝 놀라서 세이지를 본다.

눈은 여전히 감겨 있고 표정도 변하지 않았다. 하지만 입술만 다시 움직였다.

자, 식, 다, 소, 용, 없, 어.

낳, 지, 마.

자식 낳아 봐야 소용없다. 그러니 낳지 마라.

세이지는 그렇게 말하고 있다.

의식이 있다. 듣고 있는 것이다. 그리고 나에게 아들의 아이를 낳지 말라고 하고 있다.

그때 복도에서 누군가 다가오는 발소리가 들렸다. 여러 명이다. 간호사가 아니다.

급하게 일어섰지만 타이밍에 맞추지 못했다.

문이 열렸다.

문밖에 선 사람은 요지였다. 간호사에게 찾아온 사람이 있다는 말을 들었는지 항상 사교적인 미소를 짓고 있는 그의 얼굴이 순식간에 얼어붙었다.

멈춰 있는 그 뒤에서 "무슨 일이야?" 하는 여자 목소리가 들렸다.

순간적으로 나는 입을 열었다.

"아, 죄송해요. 세이지 씨와 지역 서예 동호회에서 함께 활동했던 이와타라고 해요."

요지는 잠시 멍한 표정으로 있다가.

"아, 네. 안녕하세요."

부랴부랴 고개를 숙였다.

"아드님이시죠?"

나는 웃으며 말했다.

"닮으셔서 금방 알아볼 수 있었어요."

"아아, 그렇군요."

요지 역시 어색하게 미소 지었다.

"누가 면회 오셨어?"

뒤에서 들리는 목소리에 요지가 "그래" 하고 몸을 틀었다. 병실에 들어온 여자가 나를 보며 인사를 건넸다.

"안녕하세요. 전 하시즈메 요지의 아내입니다. 시아버지께서 신세를 지고 계시네요."

"아뇨, 저야말로 예전에 신세를."

나도 미소로 화답했다. 나름대로 완벽하게 미소 지었다고 자부했다.

"지역 동호회에 함께 계셨다고 들었는데, 실례지만 성함을 다시 한번 말씀해 주시겠어요?"

"이와타라고 합니다."

일부러 본명을 말했다. 그녀의 얼굴에 의심하는 기색은 보이지 않았다.

"병문안을 자주 와 주신다고 하더라고요. 감사합니다."

가만히 서 있는 남편 대신 아내가 정중히 다시 고개를 숙였다. 온몸을 부드럽게 감싼 넉넉한 사이즈의 원피스를 입고 있다.

"아뇨. 제멋대로 찾아와서 죄송할 따름이죠."

나도 다시 고개를 숙이고 의자에 놓인 코트와 가방을 집어 들었다.

"그럼 이만 실례하겠습니다."

"괜찮아요. 조금 더 있다 가셔도."

"아뇨, 그러지 않아도 슬슬 가려던 참이라."

병실을 나가기 전 침대에 누워 있는 세이지에게 마지막으로 말을 걸었다.

"그럼 세이지 씨, 다음에 또 올게요."

그러나 더 이상 그의 입술은 움직이지 않았다.

문 쪽으로 향한다. 요지와 아내가 자리를 비켜 준다. 두 사람 옆을 스쳐 가며 가볍게 고개를 숙였다.

아내가 고개를 숙였고 요지도 "고맙습니다"라고 인사했다.

고개를 들었을 때 아내와 눈이 마주쳤다.

"그럼 실례합니다."

그렇게 말하고 병실을 나갔다.

문을 닫고 복도를 걸으며 처음 만난 아내의 모습을 다시 한번 뇌리에 되새겼다.

사교적인 미소. 냉정하게 날 바라보던 시선.

그리고 허리를 조이지 않는 넉넉한 사이즈의 원피스.

아직은 부풀어 오른 게 눈에 띄지는 않지만 분명하다.

임신했다.

요지는 아내가 아이를 낳을 수 없는 몸이라고 했는데. 아니 그전에 이미 오래전부터 섹스리스라고 했는데.

모든 게 거짓말이었다. 그리고 우리 관계에 급하게 종지부를 찍으려 한 것도 그 때문이었다.

이번에야말로 요지를 향한 마음이 진정 식은 동시에 그에게 임신 사실을 알린다는 선택지도 사라져 버렸다.

역시 지울 수밖에 없다.

아니면 혼자 낳아서 키울까.

과연 내가 그럴 수 있을까.

결론을 내리지 못한 채 배 속의 아이는 점점 자랐다.

어느새 임신 10주를 맞이했다. 이번 초음파 검사를 마치면 마침내 확정 진단을 받는다. 굳게 마음먹고 진료실에 들어갔다. 그러나 검진 후 의사가 내뱉은 것은 예상치 못한 말이었다.

"자세히 검사해 봐야 알겠지만 아이 목 뒤쪽으로 부종 같은 게 보입니다."

의사는 담담하게 설명했다.

"장애가 있을 수 있으니 대학 병원에서 검사를 받아 보시는 게 좋습니다. 소개서를 써 드릴 테니 가급적 빨리 진찰을 받아 보세요."

의사가 시키는 대로 소개장을 받고 병원을 나왔다.

갑작스러운 상황에 아무런 판단을 내릴 수 없었다. 임신 소식을 처음 들었을 때보다 머릿속이 더 하얬다.

집에 돌아가 컴퓨터를 켰다. 검색 창에 '태아 장애'를 입력하자 곧장 정보가 나왔다.

임신 10주에서 14주경 초음파 검사에서 아기 목 뒤쪽에 액체가 고여 있는 것처럼 보이면 다운증후군 등의 염색체 이상을 의심할 수 있지만, 초음파 검사만으로 확진할 수는 없다. 이 측정값은 아기의 방향이나 자세에 따라 수치가 자주 변하기 때문이다. 따라서 이러한 이상이 의심되는 경우 양수를 통해 보다 자세한 검사를 받는 것이 중요하다.

다운증후군.

알고 있다. 지식으로만 아는 것이 아니라 실제로. 나는 전에 다운증후군 아이를 만난 적이 있고 함께 어울리기도 했다.

또다시 그때 목소리가 되살아났다.

실제 들리는 것도 아닌데 귓가에 그 외침이 와닿는 듯했다.

—엄마, 날 죽이지 마세요.

아니다.

그것과는 다르다.

나는 열심히 변명한다.

그리고 낙태를 결정한 것도 아니다.

그럼 어떻게 할까.

낳는다?

혼자 아이를 키울 수 있을까.

게다가 정말 아이에게 장애가 있다면.

그래도 나는.

오차노미즈에서 전철을 내렸다.

그로부터 일주일이 지나 의지는 어느 정도 굳어졌다.

그전에 다시 한번 세이지 앞에서 마음을 정리하고 싶었다.

익숙한 신경외과 병동 303호실 앞에 섰다.

그러나 그곳에 걸린 이름표는 글자가 바뀌어 있었다.

병실이 바뀐 걸까. 설마 퇴원한 건 아니겠지.

간호사실에 가서 물어봤다.

"하시즈메 세이지 씨요?"

갑자기 간호사의 표정이 달라졌다.

"돌아가셨습니다."

죽었다고? 대체 언제.

내가 아연실색하며 서 있자 자주 만났던 나이가 지긋한 간호사가 나를 알아보고 말을 건넸다.

"안타깝네요. 그제 일인데 못 들으셨군요……."

나를 동정한 걸까.

"잠깐 얘기 좀 할까요?"

간호사는 직접 복도로 나와 설명해 주었다.

"사실 얼마 전 가족분들이 주치의 선생님과 상의하셨어요. 이와타 씨도 병실에서 만나셨죠? 세이지 씨의 아드님이요."

얼마 전 요지와 그의 아내를 만난 날을 뜻한다.

"그 뒤로 치료 방침이 바뀌었답니다. 더 자세한 건 말씀드릴 수 없지만……."

의미심장한 말투로 어느 정도 짐작할 수 있었다.

연명 치료를 포기하겠다는 결론을 내렸을 것이다. 실제 어떤 처치가 이루어졌는지 알 수 없지만 지금껏 세이지를 살아 있게 한 장비가 제거됐다. 그래서.

하지만.

나는 목구멍까지 차오른 말을 집어삼켰다.

간호사에게 감사 인사를 하고 그곳을 떠났다.

하지만.

머릿속에서는 그 말이 연신 되풀이됐다.

하지만 그때 세이지는 확실히 의식이 있었다. 내 말에 반응해 줬다.

자식 다 필요 없다. 낳지 마라.

분명 그렇게 말했다.

아니면 정말로 내 기분 탓이었을까.

누군가에게 그런 말을 듣고 싶어서.

그런 바람이 만든 환각, 환청이었을까?

이제는 더 이상 아무것도 알 수 없었다.

설령 대답이 돌아오지 않더라도 오늘 마지막으로 세이지와 이야기를 나누고 마음을 정하려고 했다.

그랬는데.

교차로에 다다르자 수많은 사람이 눈앞을 오갔다.

지금 나에게는 아무도 없다. 속마음을 털어놓을 수 있는 사람이, 아무도.

문득 구니에다의 얼굴이 떠올랐다.

그에게 이야기하면 어떤 대답이 돌아올까.

혹시나 하는 마음이 들었다.

그 사람이라면, 어쩌면…….

눈앞의 신호등이 깜빡이고 있다. 아직 시간이 남았다고 판단해 건너려고 하는데 반대편에서 뛰어오는 남자가 보였다. 옆을 스쳐 가는 순간 남자의 얼굴이 눈에 들어왔다. 오른쪽 눈 밑, 뺨에 있는 흉터.

급히 쫓아가려고 몸의 방향을 틀다가 순간 휘청거렸다. 신호가 빨간불로 바뀌었다.

쓰러짐과 동시에 멈춰 있던 차들이 일제히 움직이기 시작했다.

요란한 브레이크 소리가 들리더니 내 얼굴 바로 앞에서 차가 멈춰 섰다.

"괜찮아요?"

차에서 내린 운전자가 창백한 얼굴로 달려왔다.

배 깊숙한 곳에서 밀려오는 통증에 나는 오로지 신음밖에 할 수 없었다.

"어디 다치셨어요? 구급차를 부를게요!"

멀어지는 의식 너머로 '그 사람은' 하고 떠올렸다. 십여 년 전 한두 번 만났을 뿐인 남자. 이제는 이름도 기억나지 않지만, 오른쪽 뺨에 있는 그 흉터는.

미안해요. 정말 미안해요.

멀어져 가는 의식 속에서 나는 반복했다.

사죄할게요. 그러니 부탁드려요.

아기를, 내 아기를 살려 주세요.

가면의 사랑

3

그녀는 나가노현 도신 지역에 있는 공립 고등학교를 졸업 후 도쿄 소재 여자 대학에 진학했다. 같은 고등학교에서 도쿄 소재 대학이나 전문대에 진학한 사람은 열 명 남짓이었고, 그녀와 사이가 좋았던 두 친구는 시험을 쳐서 각각 사립 명문대와 국립대에 합격했지만, 그녀는 추천을 받아서 갈 수 있는 무난한 그 여대를 선택했다. 솔직히 말해 도쿄에 갈 수만 있다면 학교는 어디든 상관없었다. 전공은 인문학이었지만 이 역시 문학부보다 조금 더 넓은 세상을 배울 수 있을 것 같다는 정도의 이유로 결정한 것이었다.

그녀는 다양한 사람을 만나 많은 것을 배우고 싶었다. 산과 강, 논과 밭에 둘러싸여 여름이면 풀내음에 숨이 턱턱 막힐 만큼 풀숲이 우거진 고향도 좋았지만 그 안에 갇혀 인생을 끝내고 싶지 않았다. 책상 위에서 배우는 학문뿐 아니라 사회를 배운 후 기반을 다져 내 인생을 선택하고 싶었다. 농삿일을 하며 농협에서 근무하는 아버지와 밭일과 집안일을 하는 어머니는 둘 다 고등학교밖에 나오지 않았고 외동딸을 혼자 도쿄로 보내는 상황에 걱정도 했지만 그보다 딸의 희망을 더 존중해 주는 고마운 부모였다.

고등학교 2학년 때까지 검도부에서 땀을 흘리다가 마지막 대회 예선에서 진 3학년 선배에게 “너희가 응원을 못해서 진 거야”라는 말을 들은 것을 계기로 퇴부를 결심했다. 곧 최고 학년이 되어 위세를 부릴 수 있겠지만 3학년이 되면 나 역시 후배들에게 비슷한 말을 하게 되지 않을까. 아니 내가 그러지 않아도 같은 학년 학생들이 후배들을 막 대하는 걸 못 말릴 것 같다는 생각에 결국 의지를 굽히지 않았다.

그녀는 자유롭게 쓸 수 있게 된 시간을 독서와 영화 감상에 할애했다. 동네 작은 영화관에서는 개봉일보다 석 달 늦은 일본 영화와 외국 영화 신작이 번갈아 상영됐다. 작품이 바뀔 때마다 자전거를 타고 가서 영화를 보고, 그래도 부족한 것은 비디오를 빌려서 봤다.

블록버스터나 화제작보다는 소규모 영화들을 선호했다. 특히 미국이나 유럽의 고전 영화를 좋아했는데, 가장 좋아하는 영화는 프랭크 카프라 감독의 「멋진 인생!」이라는 영화였다.

줄거리는 이렇다.

사람 좋은 성격 때문에 고난을 겪어 삶이 어려워진 주인공 앞에 언뜻 별로 미덥지 않아 보이는 수호천사가 나타난다. "태어나지 않았으면 좋았을 텐데"라고 중얼거리며 스스로 목숨을 끊으려는 그에게 천사는 "그 소원대로 해 드리지요"라고 하며 주인공이 태어나지 않았다면 세상이 어땠을지를 보여 준다. 주인공 덕에 궁지에서 벗어난 사람들이 주인공이 없는 세상에서는 구원받지 못한 채 황폐해져 있다. 주인공의 가족들도 정신병에 걸리거나 죽어서 뿔뿔이 흩어졌고, 아내를 만나도 당연히 주인공의 존재를 알지 못한다.

지금껏 자신이 살아온 인생이 훌륭했다는 걸 깨달은 주인공은 "원래 세상으로 돌아가 다시 살아 보고 싶다!"라고 소망한다.

그야말로 '멋진 인생!' 아닌가. 나도 타인에게, 사회에 그런 영향을 줄 수 있는 사람이 되고 싶다. '당신이 살아 있어서 정말 다행이다'라는 말을 들을 수 있는 삶을 살고 싶다. 그녀는 그렇게 생각했다.

대학 진학 후 복지 동아리에 들어가게 된 것도 그 영화가 계기였다. 신입생으로 가득한 캠퍼스에서 동아리 모집 전단을 수십 장 받았는데 그중에 'It's a Wonderful Life'라는 문구가 적힌 전단이 있었다. 「멋진 인생!」의 영어 원제. 그것을 본 순간 그녀는 '여기다!'라고 직감했다.

전단에 적힌 글을 보니 주로 노인과 장애인, 장애 아동 시설을 방문해 봉사 활동을 하는 동아리인 듯했다. 그때까지 그녀는 자원봉사나 복지 관련 활동을 해 본 경험이 없었다. 기회가 없는 건 아니었지만 왠지 모르게 부끄럽고, 나쁘게 말하면 위선적인 느낌이 들어 참여를 망설였다. 그러는 한편으로 노인이나 장애인이 얽힌 안타깝고 슬픈 소식들을 접하면 가슴 아프고 때때로 분노도 했다.

내가 할 수 있는 일은 없을까. 내가 할 수 있는 일이 뭘까. 그렇게 자문해도 결국 아무것도 하지 않고 끝나는 상황이 반복됐다.

그 전단을 받은 게 마치 운명 같았다. 이런 활동이야말로 '당신이 있어서 정말 다행이다'라는 말을 들을 수 있는 활동 아닐까. 그녀는 곧장 'Pippi(삐삐)'라는 이름의 그 동아리 부실로 향했다.

부원들은 고령자 시설에서 봉사 활동하는 그룹과 장애 아동들을 대상으로 봉사 활동을 하는 그룹으로 나뉘었는데 그녀는 후자 그룹에 속하게 됐다.

매주 금요일 정기 모임을 하고 주말 중 하루는 구내에 있는 장애 아동 시설을 방문해 입소 아동들과 함께 놀거나 나들이를 가는 게 활동의 중심이었다. 구내에는 장애 아동 시설이 총 두 곳 있었는데, 하나는 의료형 장애 아동 입소 시설로 주로 팔다리가 불편한 아이들을 위한 시설이고 다른 하나는 심신에 심각한 장애가 있는 아이들을 위한 시설이었다. 학령기 아동들은 그곳에서 구내 특수 학교에 다닌다고 했다.

장애 아동 시설 방문은 그녀에게 매우 신선한 경험이었고 아이들과 함께 보내는 시간도 쉽게 얻을 수 없는 보물과 같았다.

아직 어린 아이가 불편한 몸을 열심히 움직이는 모습을 보며 눈물을 흘렸고 말을 제대로 못 하는 아이와 소통이 잘되지 않아 풀 죽기도 했지만 그보다 더 가슴 따뜻해지고 감동받는 일들이 많았다.

그녀로서는 주말이 아닌 평일에도 아이들과 많이 만나고 싶었지만 다른 동아리원들은 이런 정기적 활동보다 다른 대학 복지 동아리와 공동으로 진행하는 봉사 활동이나 행사 참여에 더 열심이었다.

즉, 남학생들과의 교류다. 그런 목적으로 동아리 활동을 하는 학생이 적지 않았다. 그녀는 남학생들과의 교류에 별로 관심이 없었다. 고등학교는 남녀공학을 다녔지만 좋든 나쁘든 다들 순수했고 이성이라는 걸 크게 의식한 적도 없다. 그런데 대학에 입학하자마자 남녀가 함께 있으면 연애 감정이 생기지 않는 게 이상하다는 식으로 분위기가 바뀌었다. 그런 상황에 적응할 수 없었다.

“맞아. 뭔가 동물의 왕국 같은 느낌인 게 사실이야.”

오랜만에 도쿄에서 동창 셋이 만났을 때 그녀가 운을 떼자 친구 중 한 명도 그녀의 의견에 동의했다.

“그런데 넌 그렇게 말하면서 저번에 어떤 남자랑 데이트했다며.”

다른 한 명이 핀잔을 줬다.

“그건 데이트가 아니야. 그냥 둘이서 한잔했을 뿐이지. 맛집에 데려가 준다고 해서 스파게티만 먹고 바로 헤어졌어.”

“요즘은 스파게티가 아니라 파스타라고 하거든.”

“아니. 그건 파스타 같은 게 아니라 정말 그냥 나폴리탄 스파게티였다니까.”

“촌스럽다.”

두 사람이 웃는 모습을 보며 그녀도 덩달아 웃었다. 그런 그녀도 도쿄에 와서 아직 세련된 레스토랑 같은 곳에는 가본 적이 없었다. 세 사람이 그때 술을 마신 장소도 최근 이곳저곳 들어서기 시작한 체인 선술집이었다.

“연애, 연애 하지만 결국 섹스를 하고 싶은 거잖아. 난 그런 거 싫어.”

친구 한 명이 퉁명스럽게 말했다. 학교 최고의 수재였던 그 친구는 대학에 입학한 뒤에도 오로지 학업에만 매진하는 듯했다.

그녀는 연애에 대해 그 친구만큼 무관심하지는 않았지만 지금은 더 중요한 일이 있을 거라 생각했다. 그 중요한 게 뭔지는 잘 몰랐지만.

"넌 너무 생각이 많아."

"아냐. 몸을 움직여 동아리 활동도 하고 있는데."

"하지만 복지 동아리라니. 그건 뭐랄까……."

친구가 '위선적이다'라는 말을 집어삼키는 게 느껴졌다. 사실 그녀도 비슷한 생각을 했다. 봉사 활동을 해 보니 실제로 그것이 상대에게 얼마나 도움 되는지 알 수 없는 경우가 많았다. 상대방의 의지가 보이지 않아 결국 자기만족에 그치는 게 아닐까 하는 의심이 들 때도 있었다.

같은 동아리원들에게 그에 대한 답을 구하는 건 무리였다. 좋든 나쁘든 온실 속에서 자라 자신을 의심할 줄 모르는 귀한 집 딸들이 많았다.

그녀는 더 다양한 관점을 알고 싶었다. PC 통신, 그녀의 경우 워드프로세서를 이용한 통신이었지만 그것을 시작한 건 선배에게 물려받은 중고 워드프로세서에 모뎀이 내장돼 있고 통신 기능도 된다는 걸 알게 되고부터였다. 시작해 보니 금세 빠져들었다.

곧장 복지 관련 PC 통신 포럼에 가입했다. 아이디는 중고등학생 시절 별명을 따서 'GANCO'로 정했다. 처음에는 접속만 하고 있어도 전화요금이 폭증해 깜짝 놀랐지만 미리 글을 작성한 다음 접속하고, 관심 있는 글은 다운받아서 통신 접속을 끊은 후 천천히 읽는 요령을 터득하기도 했다.

하지만 그곳 포럼과 게시판에서도 원하는 답은 얻지 못했다. 여러 게시판을 뒤져 보고 때로는 의견을 개진해 보기도 했지만 경험과 지식이 부족한 그녀의 의견은 누구도 귀담아듣지 않았다.

그저 머리도 식힐 겸 가입한 영화 포럼이 더 재미있었다. 가장 큰 성과는 그곳에서 '테루테루'라는 유저를 알게 된 것이다. 서로 영화에 대한 의견을 주고받으며 왠지 잘 맞는다고 느꼈는데, 프로필을 보니 그는 무려 복지 관련 일을 하고 있다고 했다. 그녀로서는 양쪽 모두에 관심이 많았으니 어느 날 굳게 마음먹고 그에게 메일을 보내 봤다.

대화하면 할수록 '테루테루' 씨와 마음이 맞는 걸 느꼈다. 그에게는 확실한 주관이 있으면서도 남에게 강요하지 않고 다른 사람 의견에 귀 기울일 줄 아는 유연함이 있었다. 인생 경험도 자신보다 몇 배는 풍부했다.

'테루테루' 씨에 대해 더 깊이 알고 싶었다. 그래서 어느 날 과감히 사진을 보냈다. 그러면 '테루테루' 씨도 사진을 보내 주지 않을까 기대했다. 기대에 부응하듯 '테루테루' 씨도 사진을 보내왔다. 상상한 것보다 몇 배는 더 근사한 사람이라 두근거렸다. 그녀가 장애 아동들과 함께 찍은 사진을 보내서인지 '테루테루' 씨도 자신이 현재 돌보고 있다는 장애인 남성과 함께 찍은 사진을 보내 줬다.

사진만 봐도 그 남성이 중증의 뇌성마비 환자임을 알 수 있었다. 그녀가 다니는 장애 아동 시설에도 뇌성마비 아동이 있는데 성인 남성 환자와 접촉한 적은 없었다.

'테루테루' 씨는 뇌성마비 장애인(그들이 자신을 CP라 부른다는 것도 처음 알았다)들에 대해 알고 싶으면 읽어 보라며 책을 몇 권 소개해 주기도 했다.

그 책은 '푸른 잔디회'라는 CP인 단체에 속한 요코타 히로시 씨, 요코즈카 고이치 씨라는 사람이 쓴 책이었다.

내용은 충격적이었다.

벌써 20년도 더 된 1970년 5월, 요코하마시 가나자와구에서 두 명의 중증 CP 자녀를 둔 어머니가 당시 두 살이던 둘째 아이의 목을 졸라 살해한 사건이 일어났고 그 어머니를 위한 감형 탄원 운동이 전국적으로 퍼졌다.

그들은 그에 격렬히 항의했다.

'뇌성마비 환자는 왜 죽어야만 하는가.

왜 살해되어야만 하는가.

그리고 많은 사람들이 '비참한 상태로 계속 사는 것보다는 죽는 게 더 행복하다'라고 말한다.

왜일까.

왜 그런 생각을 하는 걸까.'

'오른쪽 반신이 마비된 것이.
다리를 절뚝이며 걷는 것이.
말을 제대로 못 하는 것이.
왜 안 된다는 걸까.
왜 기분 나쁘다는 말을 들어야 하는 걸까.
왜 눈앞에서 문이 쾅 닫혀야 하는 걸까.
건강한 아이들은 장애 아동들을 알고 있을까.
장애 아동이 같은 인간이라는 걸 알고 있을까.'

'젊은 엄마를 부추긴 자들은 누구인가.

우리는 가해자인 어머니를 비난하는 것보다 가해자를 그런 지경으로 몰아넣은 사람들의 의식과, 그로 인해 만들어진 상황을 문제 삼고 싶다.'

실제로 이 당시 많은 사람들이 '장애 아동은 살해돼도 어쩔 수 없다'라고 생각했습니다.

'테루테루' 씨는 메일로 그렇게 알려 줬다.

책에는 전직 국회의원이자 '일본 안락사 협회'를 만들고자 한 오타 텐레이라는 사람이 주간지에 발언한 내용도 인용

돼 있었다.

‘나는 식물인간을 인격을 가진 인간으로 생각하지 않는다. 쓸모없는 인간들은 사회에서 사라져야 한다. 이 사회의 행복과 문명의 진보를 위해 노력하는 사람, 사회 발전에 기여할 능력을 가진 사람들만이 우선권을 가지며 중증 장애인이나 노인들이 ‘우리를 소중히 여기라’라고 하는 건 어불성설이다.’

꼭 이 사람뿐만이 아닙니다. 심지어 이 발언이 나온 시기는 ‘중증 심신 장애인 전원 격리 수용’이라는 계획과 낙태 요건에 장애 있는 태아의 낙태를 허용하는 ‘태아 조항’을 추가한 우생 보호법의 개악안이 논의되던 시기였죠. 제가 왜 이런 사례들을 일일이 언급하는가. 거기에는 이유가 있습니다.

그녀가 진정 충격을 받은 건 메일의 다음 문장을 읽었을 때였다.

사실 제가 전에 돌보던 한 CP인도 ‘어머니에게 살해될 뻔한 적이 있다’라고 고백했습니다. 지금으로부터 20여 년 전이니 요코하마시 사건이 일어난 시기와 비슷합니다. 그는 당시 열 살이었습니다. 남편과 이혼한 후 생활고에 시달리며 미래를 비관한 어머니가 아이를 죽이고 자신도 함께 죽으려고 마음먹었다고 합니다. 그러나 그 결과 어머니만 죽고 아이는 살아남았죠. 보통은 그 반대의 경우가 많으니 어떤 단계에서 아이를 죽이는 것에 망설임이 생겼거나 아니면 그녀 자신만 편해지고 싶다고 생각했을 수도 있습니다. 어쨌든 그때 그는 죽지 않았습니다. 그는 어머니에게 감사하고 있다고 합니다.

그 후 그는 시설에 입소해 고등학생 때까지 그곳에서 특수 학교에 다녔습니다. 학교를 졸업한 뒤에도 잠시 시설에 있었지만 이내 독립을 꿈꾸게 됐죠. 다행히 어머니가 생명보험에 가입해 있었고, 보통 자살의 경우에는 인정되지 않는 경우가 많지만 기적적으로 보험금이 나와 그 돈으로 독립할 수 있었습니다. 지자체에서 파견해 주는 보호사 외에도 학생 자원봉사자나 자추천 보호사 제도라는 것을 이용해 전용 보호사를 모집해서 거의 스물네 시간 돌봄을 받고 있습니다. 저도 그 자추천 보호사로 등록된 사람 중 한 명입니다.

전 아직 말이 서툴던 그가 어머니를 향해 힘겹게 연신 되풀이했다는 그 말을 잊을 수 없습니다.

'엄마, 날 죽이지 마세요.'

마치 제가 직접 그 말과 목소리를 들은 것처럼 지금도 제 귀에 오롯이 새겨져 있습니다.

CP 청년의 경험담에도 가슴이 먹먹했지만 자기 일처럼 분노와 슬픔을 표현하는 '테루테루' 씨에게 그녀는 새삼 감탄했다.

이 사람과 더 친해지고 싶다. 만나고 싶다! 그러다 결국 참을 수 없어 어느 날 과감히 '같이 영화 보러 가지 않을래요?'라고 제안했다. 거절당하면 어쩌나 싶어 가슴이 두근거렸지만 대답은 '예스'였다. 단, 그는 현재 자신이 돌보고 있는 CP 청년과 함께 가도 되겠느냐 물었다. 처음에는 당황스러웠지만 곧 그 의도를 이해할 수 있었다. 백문이 불여일견. 실제 CP인을 직접 접하는 게 중요하고 경우에 따라서는 그를 함께 도와 보자는 뜻일 것이다.

그녀는 '좋아요'라고 답장을 보냈다.

처음에는 '테루테루' 씨와 CP 청년을 만난다는 사실에 긴장했지만 실제 만난 '테루테루' 씨는 붙임성이 좋고 친절한 사람이라 긴장이 풀렸다. 일하는 방식도 매우 자연스러워 일이라기보다 실제 친구 같았다. 그리고 '유타'라는 이름의 CP인. 처음에는 역시 어떻게 대해야 할지 당황스러웠다. 표정과 태도에 최대한 드러내지 않으려고 노력했지만, '테루테루' 씨와 유타 씨는 어떻게 느꼈을까.

어쨌든 그녀에게 그날은 매우 의미 있고 인상 깊은 하루가 되었다. 영화도 좋았지만 그보다 '테루테루' 씨, 유타 씨와 함께 하루를 보냈다는 사실에 왠지 모르게 뿌듯했다.

그 뒤로도 두 사람을 다시 만나 다양한 이야기를 들어보고 싶었는데, 갑자기 '테루테루' 씨에게서 메일이 뚝 끊겼다. 메일을 보내도 답장이 오지 않았다. 얼마 후 PC 통신에서 아예 탈퇴했다는 걸 알 수 있었다. '왜?' 하고 충격을 받았다. 내 탓일까. 그날 내가 어떤 무례한 짓이라도 저질렀을까. 아무리 되짚어도 떠오르지 않았다.

고민하고 있을 때 '테루테루' 씨에게 다시 메일이 왔다. 전과는 다른 ID였다. PC 통신에 약간 문제가 생겨 ID를 바꿨다, 늦게 알려 줘서 미안하다는 글이 적혀 있었다.

속으로 '그랬구나' 하고 안도했지만 왠지 모를 위화감도 들었다. 문체뿐 아니라 문장이 지금까지의 '테루테루' 씨와 어딘가 다른 느낌이었다. PC 통신이라 당연히 글씨체까지는 알 수 없지만 짧은 글 속에도 역시 문체가 있다. 사소한 말투, 맞춤법, 한자로 변환한 글자와 그러지 않은 글자 등.

그런 것들이 지금까지의 '테루테루' 씨와 전혀 달랐다.

의구심은 남았지만 어쨌든 '테루테루' 씨를 다시 만날 수 있게 돼 반가웠다. '테루테루' 씨는 이번에는 유타 씨를 빼고 둘이서 함께 밥을 먹으러 가자고 했다. 조금 망설였지만 승낙했다. PC 통신에서 어떤 문제가 있었는지, 그리고 문체가 달라진 이유를 직접 물어보고 싶었다.

다시 만난 '테루테루' 씨는 PC 통신 문제에 대해서는 계속 말을 얼버무렸지만 메일 속 문체는 '전에는 아직 별로 친하지 않았고 그 뒤로 다른 사람들의 영향을 받은 것 같다'라고 대수롭지 않게 말했다.

하지만 그녀로서는 여전히 납득되지 않는 부분이 남아 있었다.

이전까지 '테루테루' 씨의 메일은 사려 깊고 세심하며 지적인 느낌이 강했지만, 실제 만났을 때의 인상과 최근에 주고받은 이메일에서는 좋게 말하면 친절하고 꾸밈이 없고 나쁘게 말하면 약간 경박하고 배려가 부족한 점이 눈에 띄었다. 그렇게 느꼈다.

대체 어느 쪽이 진짜 '테루테루' 씨일까.

그러던 어느 날 복지 동아리에서 활동하는 그녀들 그룹은 평소 가던 장애 아동 시설이 아닌 18세 이상의 신체적, 지적 장애인들이 입소해 있는 시설에 자원봉사를 하러 가게 됐다.

사고는 레크리에이션을 하는 도중 모두가 공놀이를 하고 있을 때 일어났다.

"꺄앗."

갑작스러운 일에 그녀는 낮게 비명을 질렀다.

"뭐야? 무슨 일이야?"

모두가 놀라서 쳐다봤다.

"아니, 아무것도 아니야."

그 자리에서는 그렇게 말할 수밖에 없었다.

누군가가 엉덩이를 만졌다.

겁에 질려 뒤돌아보니 휠체어를 탄 서른 살쯤 돼 보이는 남자가 웃으며 그녀를 올려다보고 있었다.

기분 탓이었을까. 손을 움직일 때 실수로 부딪힌 것일 수 있다. 아니, 꼭 그런 게 아니더라도 악의가 있지는 않을 것이다. 자신이 어떤 행동을 했는지 모를 가능성이 크다.

마음을 가다듬고 놀이를 계속했다.

그러다가 또다시 같은 일이 벌어졌다.

이번에는 엉덩이가 아니었다. 실수일 리도 없다. 그 입소자는 히죽 웃으며(그녀의 눈에는 그렇게 보였다) 그녀의 가슴을 양손으로 움켜쥐었다.

그녀는 무심코 방에서 뛰쳐나갔다.

"무슨 일이야?"

눈치챈 남자 직원이 쫓아왔다.

복도 끝자락에서 걸음을 멈췄다. 여전히 심장이 쿵쾅거렸다. 조금 전에 본 입소자의 표정이 뇌리에 선명하게 남아 사라지지 않았다.

솔직히 말해 무서웠다. 이런 감정을 느끼는 내가 잘못된 걸까. 그렇게 생각하자 왠지 눈물이 쏟아져 나왔다.

"왜 그래?"

그녀의 눈물을 보고 남자 직원이 당황했다. 근처에 여직원이 있는지 찾아봤지만 보이지 않았다.

이대로 침묵하고 넘어갈 수도 있다. 하지만 말하지 않으면 그는 그게 '하지 말아야 할 행동'이라는 걸 영영 모르지 않을까. 앞으로 또다시, 아니 이다음에 바로 다른 학생들에게 할지도 모른다.

과감히 입을 열었다.

"가슴을 만졌어요. 그전에는 엉덩이도."

잠시 어안이 벙벙해 보이던 남자 직원은 잠시 후 "뭐야"라고 했다.

"난 또 무슨 일이라고."

"그게 무슨 말씀이세요!"

분노와 부끄러움에 나도 모르게 큰 소리가 나왔다.

"아, 미안."

직원은 사과했지만 얼굴에는 미소가 떠올라 있었다.

"뭐, 용서해 줘. 해도 되는 일과 안 되는 일을 구분할 줄 몰라서 그래. 그런 것들에 대한 관심만큼은 평범한 남자들과 비슷해서 곤란하긴 하지만."

"그런……."

"일단 돌아가지. 자네가 갑자기 뛰쳐나가서 다들 놀랐어. 가모시타, 그러니까 자네한테 아까 장난을 친 남자도 자기가 무슨 잘못이라도 저질렀나 불안해하고 있다고."

"잘못을 저지른 거 아닌가요?"

나도 모르게 반문하고 말았다.

"아, 그건 맞지만……. 이번에는 그냥 넘어가 줘."

"그럴 수 없어요."

그녀는 단호히 말했다.

"물론 용서할 수 없다는 뜻은 아니에요. 하지만 본인한테 주의해야 하지 않을까요? 그리고 책임자에게 보고하지 않나요? 이걸로 끝인가요?"

"주의해도 모른다니까."

"모른다니……."

"그런 장애인 거야. 자네도 알지 않나? 다 알면서 온 거 아니야?"

말문이 막혔다.

"자네는 대체 무슨 생각으로 여기 온 거야?"

갑자기 직원의 말투가 달라졌다.

"학생들이 자원봉사를 하러 왔다는 건 우리 같은 직원들은 이해하지만, 저들한테는 상관없는 일이야. 자네들만의 '일반인의 윤리'를 들이대면 당황할 수밖에 없지 않겠어?"

반박하고 싶지만 말이 나오지 않았다.

"그만하지."

직원은 노골적으로 실망한 표정을 지으며 말했다.

"오늘은 이만 가도 돼. 그런데 미리 말해 두겠는데, 모든 걸 받아들일 준비가 돼 있지 않으면 이 일을 할 수 없어. 그걸 이해 못 하겠다면 앞으로 오지 말아 줬으면 해."

직원은 감정 섞어 내뱉고 다시 방으로 돌아갔다.

그녀는 그 자리에 우두커니 서서 꼼짝도 할 수 없었다.

집에 돌아가고 나서도 직원에게 들은 말이 머릿속을 떠나지 않았다.

—모든 것을 받아들일 준비가 돼 있지 않으면 이 일을 할 수 없어.

맞는 말이라고 생각했다. 내 자세가 너무 안일했다.

하지만 나에게는 그럴 각오가 없다.

자원봉사를 관두자.

그렇게 결심하고 그 뒤로 동아리에 얼굴을 내밀지 않게 됐다.

그러던 중에 '테루테루'에게서 메일이 왔다.

—요즘 어떻게 지내요? 밥이라도 한 끼 할래요?

만나고 싶었다. '테루테루' 씨와 이야기를 나누고 싶었다. '테루테루' 씨의 의견을 듣고 싶었다.

"……그렇구나."

'테루테루' 씨는 그렇게 중얼거리며 눈앞에 있는 아이스 커피를 마셨다.

"……역시 제가 잘못한 거죠?"

"잘못까지는 아닌 것 같은데……."

'테루테루' 씨의 말투와 표정에서 기시감이 느껴졌다.

그 직원과 똑같다. 그렇게 호들갑 부릴 일이 아니라는 식의 태도.

"뭐, 어쨌든 거기는 안 가는 게 낫지 않을까?"

'테루테루' 씨가 말했다.

"변태 입소자도 그렇지만 그 직원이라는 사람도 좀 그러네. 그냥 입소자들 앞에서 폼 잡고 싶은 거 아니야. 모든 걸 받아들일 각오를 하라니, 학생 자원봉사자가 그럴 수 있을리 없잖아. 그런 말을 할 거면 일당을 주라고, 일당을."

그 말 역시 전에 어디선가 들어본 적 있었다.

그렇다. PC 통신의 '장애인 자원봉사자 게시판'. 몇 번 들어가 본 그 게시판에 무심코 글을 올렸다. 그러자마자 '아무것도 모르네. 경험 없는 인간은 여기 오지 마'라는 식의 반론이 쏟아졌다.

그리고 바로 그 무렵.

신경을 다른 곳에 돌리고 싶어서 가입한 영화 포럼에서 '테루테루' 씨를 만났다.

그녀는 눈앞에 있는 '테루테루', 즉 '데루모토 도시하루'를 봤다.

이 사람이 정말 '테루테루' 씨일까? 그 '테루테루' 씨가 과연 이런 말을 할까.

“그건 그렇고 얼른 밥이나 먹으러 가자. 요즘 인기라는 레스토랑에 가 보고 싶은데, 남자 혼자는 안 될 것 같아서 미리 예약해 놨어.”

“‘테루테루’ 씨.”

“응?”

그는 왠지 조금 불쾌한 표정으로 그녀를 보며 “그런데 대체 언제까지 ‘테루테루’라고 부를 거야?”라고 물었다.

“나도 ‘GANCO’가 아니라 이름으로 부르고 싶은데.”

“괜찮기는 한데, 그럼 전 뭐라고 불러야 할까요? 데루모토 씨?”

“음, 그것도…….”

그는 뭔가 할 말이 있는 듯한 표정으로 나를 봤다. 그러나 결국 말을 잇지 않고 “어쨌든 얼른 가자” 하고 일어섰다.

“도시하루 씨, 혹시 면허증 있나요?”

“어?”

“그게 아니면 건강 보험증도 괜찮아요. 비디오 대여점 회원증 같은 것도. 이름이 적힌 것이면 뭐든.”

“……왜?”

그녀는 그의 눈을 봤다. 분명 겁에 질린 빛이 있었다.

역시. 확신했다.

“당신, ‘테루테루’ 씨가 아니죠?”

순간 그의 안색이 달라졌다.

“당신 누구예요? 왜 ‘테루테루’ 씨인 척하는 거예요? 왜 절 속였어요? 대체 왜!”

“알았어, 알았어. 다 사실대로 말할게. 그러니 너무 화내지 마.”

그는 포기한 것처럼 두 손을 들었다.

“내 진짜 이름은 말이지. 아사다 유타야.”

“그건…… 그 CP 분의…….”

“이름을 교환했어.”

그는 아무렇지 않다는 듯 말을 이어 갔다.

“그가 바로 데루모토 도시하루. 즉, ‘테루테루’ 씨였어.”

그녀는 말문이 막혔다.

“……거짓말.”

가장 먼저 입에서 그런 말이 튀어나왔다.

“아니, 거짓말이 아니야. 네가 처음 메일을 주고받은 상대는 그 사람이야. 그렇게 보여도 컴퓨터에 엄청 능숙하거든. 나보다 훨씬.”

아사다 유타가 씩 웃었다.

“대체 무슨 말씀이에요? 처음부터 전부 솔직히 털어놔요.”

“알았어. 말해 줄게. 이 계획을 처음 세운 사람은 도시하루 씨야. 난 부탁받았을 뿐. 뭐, 둘이서 널 속인 건 사실이니 그건 사과할게."

"……어디서부터가 거짓말인가요."

"아니, 그러니까 그날 처음 만났을 때 내가 '테루테루'라 이름을 밝히고 도시하루 씨를 '아사다 유타'라고 소개한 것. 거짓말은 그것뿐이야. 그전은 전부 사실이었어. 넌 그 사람과 계속 메일을 주고받았어."

그녀는 잠시 넋이 나갔다.

설마 그 사람이 '테루테루' 씨였을 줄이야.

그날 만난 뇌성마비 장애인을 떠올리려 했다. 그러나 기억나는 건 그의 겉모습뿐이다.

불편한 몸으로 전동 휠체어를 조작하며 오른쪽 엄지발가락으로 글자판을 가리키는 모습. 시선이 마주친 적은 거의 없다. 말을 주고받지도 않았다.

몇 통의 메일을 교환하며 때로는 가슴 설레게 하고, 때로는 깊이 공감하며 누구보다 잘 통한다고 느꼈던 '테루테루' 씨와 **그 사람**은 도무지 연결되지 않았다.

"믿기지 않겠지만 이게 진실이야."

유타가 장난스럽게 말했다. 그 태도에 나는 화가 났다.

"왜 이런 짓을 한 거예요?"

"정말 모르겠어?"

유타는 웃으며 말했다.

"자기가 장애인인 걸 알게 되면 네가 분명 자기를 떠날 거다. 지금과 같은 관계로 있을 수 없다. 도시하루 씨는 그렇게 생각했겠지. 뭐, 애초에 프로필부터 이미 거짓말이었으니까. 거짓말을 계속할 수밖에 없었겠지만."

"하지만…… 어느 순간에 솔직하게 말해 줬다면……."

"그럼 넌 정말 도시하루 씨한테 데이트를 신청했을까? 눈앞에 나타난 휠체어 탄 뇌성마비 장애인이 자기가 '테루테루'라고 했다면 그날처럼 즐겁게 하루를 보낼 수 있었을까?"

유타가 위압적으로 물었다.

"아니, 그전에 도시하루 씨가 사진을 보냈지? 나랑 함께 찍은 사진. 어느 쪽이 나인지 도시하루 씨는 메일에 쓰지 않았어. 하지만 넌 나를 도시하루 씨라고 믿었지. 만약 그때 도시하루 씨가 휠체어 탄 사람이 자신이라고 했다면 넌 어땠을까? 메일 교환 정도는 계속했을지 몰라도 만나고 싶다, 함께 영화를 보러 가자고는 하지 않았을 거 아니야?"

그녀가 대답하기도 전에 유타는 "아마도, 아니 분명 그럴 리 없었을걸"이라고 단정 지었다.

"도시하루 씨도 그걸 알고 있었어. 그러니 거짓말을 한 거고. 그 사람을 비난하지 말아 줘."

비난할 마음은 없었다. 물론 거짓말을 한 것에는 불평할 수도 있다. 하지만 솔직히 털어놓았다면, 설명해 줬다면 나는 용서했을 것이다.

나는 애초에 '테루테루' 씨의 겉모습에 끌린 게 아니었으니까.

그의 사고방식, 친절함, 교양, 경험. 그런 것들에 호감과 존경심을 품고 만나고 싶었으니까.

"지금도 그렇잖아."

유타가 말을 이었다.

"이렇게 진실을 알게 된 지금도 여전히 '테루테루' 씨를 만나고 싶어?"

"네."

그제야 그녀는 입을 열었다.

"전 '테루테루' 씨를 만나고 싶어요."

"위선적인 소리 하지 마."

"그게 무슨……."

"그냥 자신이 차별하는 사람으로 보이기 싫으니 그런 소리 하는 거 다 알아. 만나고 싶다고? 아니, 설령 만나고 싶다는 게 진심이라 해도 그건 어디까지나 '봉사 정신'이겠지. 봉사자, 간병인으로서 장애인을 친절히 대하고 싶다, 친절히 대해야 한다. 그런 마음에서 우러난 거겠지. 한마디로 봉사 정신일 뿐이야. 지금까지 네가 느꼈던 감정과는 전혀 달라."

"말도 안 되는 소리 하지 마세요!"

나도 모르게 소리쳤다.

"그런 게 아니에요!"

"말도 안 되긴. 누구든 마찬가지야. 그냥 인정하면 편해."

"그런 건 인정할 수 없어요."

"그럼 정말로 똑같다고 말할 수 있겠어? 아까 내 이야기를 듣기 전까지 넌 '테루테루' 씨에게 호감을 느끼고 있었지? 그건 여자가 남자에게 품는 호감이었겠지. 연애 감정까지는 아니더라도 그에 가까운 감정이었을 거야. 하지만 네가 호감을 품고 있던 상대는 나야. 네 눈앞에 있는 이 나라는 말이야. 그 뇌성마비 장애인이 아니고."

그녀는 몸을 일으켰다.

"당신 정말 못됐네요."

유타를 내려다보며 말했다.

"당신 따위에게 호감을 느낀 적 없어요. '테루테루' 씨에 비하면 하나도 매력적이지도 않고요. '테루테루' 씨, 그러니까 데루모토 도시하루 씨는 당신보다 몇 배는 친절하고 똑똑하며 멋진 사람이에요."

"……지금 내 머리가 나쁘다는 건가?"

유타가 험악한 눈빛으로 그녀를 노려봤다.

"그 사람보다 못하다는 거야? 그런 장애인보다?"

"그런 식으로 말씀하지 마세요!"

'테루테루' 씨를 모욕하는 것 같아서 그녀는 무심코 감정 섞어 내뱉고 말았다.

"당신, 나랑 만날 때 늘 오른손을 뺨에 대고 있더군요. 스스로는 모르겠지만."

"뭐?"

"무의식적으로 흉터를 숨기려 하는 것 같은데 어차피 그런 건 아무도 신경 쓰지 않아요. 숨기려 하니 더 눈에 띄는 거죠. '테루테루' 씨라면 절대 그런 짓을 하지 않을걸요."

"뭐야?"

유타가 눈을 부라리는 모습을 보며 가슴이 철렁했다. 내가 지금 대체 무슨 소리를.

"죄송해요."

그렇게 사과하고 그녀는 그 자리를 떠났다.

홀로 남아 죄책감에 휩싸였다.

그에게 왜 그런 말을 했을까.

유타에게 상처를 준 건 틀림없다. 그리고 '테루테루' 씨에게도.

조금 전 그에게 느낀 분노가 나를 향한 것이었음을 그제야 깨달았다.

유타의 말을 완전히 부정할 수는 없었다.

그 사람이 '테루테루' 씨라고 믿고 싶지 않다. 그런 생각이 내 안에 있었던 것도 틀림없는 사실이다.

그러나 한 가지 분명하게 알게 된 사실도 있다.

'테루테루' 씨가 메일로 알려 준, 전에 자신이 도왔다는 CP 청년의 이야기.

그건 '테루테루' 씨, 즉 도시하루 씨 자신의 이야기였다.

—엄마, 날 죽이지 마세요.

그것은 열 살의 도시하루 씨가 직접 입에 담은 말이었다.

도시하루는 PC 통신에 접속해 평소처럼 영화 포럼의 '70년대 서양 영화에 대해 이야기하자'라는 게시판에 들어갔다. 이후 한동안 PC 통신을 끊었다가 지금은 '슌'이라는 아이디로 다시 가입했다. 프로필도 전과 다른 것으로 교체했다.

며칠 전 쓴 글에 댓글이 달린 걸 발견했다. "「해리와 톤토」 TV 방영! 꼭 봅니다! 여러분도 꼭 봐 주세요!!!!"라는 글을 남기고 반응이 전혀 없어서 아쉬워하고 있었는데 아래에 '꼭 볼게요! 저도 「해리와 톤토」 좋아해요!'라는 댓글이 달려 있었던 것이다.

신기해하며 아이디를 확인했다. '셋친'. 어린 여자인 듯하다.

도시하루도 댓글을 달았다.

감사합니다! 보고 서로 감상을 나눠요.

글을 다 쓰고 왠지 궁금해져 '셋친'의 프로필을 봤다.

셋친. 스물여덟 살. 회사원입니다. 좋아하는 영화는 「해리와 톤토」와 「벌집의 정령」입니다. 잘 부탁드립니다.

설마.

다음 날 PC 통신에 접속하니 '이메일이 한 통 도착했습니다'라는 알림이 표시됐다.

조심스럽게 제목과 보낸 사람을 확인했다.

보낸 사람 : '셋친'

제목 : 안녕하세요.

본문을 열어 볼지 말지 망설였다. 그러나 궁금증을 이길 수 없었다.

슌 씨, 안녕하세요. 전 셋친이라고 합니다. 글을 읽고 왠지 그리운 마음에 메일을 보내요. 처음 뵙는 건데 그립다니 이상하죠? 하지만 슌 님의 글이 제가 잘 아는 정말 좋아하는 분의 글과 비슷해서요. 괜찮으시다면 답장 주시겠어요? 기다리고 있겠습니다.

고민했지만 답장하지 않았다.

다음 날, 또다시 메일이 도착했다.

안녕하세요. 셋친이에요. 지난번에 이상한 메일을 보내서 죄송해요. 아는 사람과 비슷하다니 뜬금없이 실례되는 말을 한 것 같아서요. 정말 죄송해요. 혹시 괜찮으시다면 저와 친구가 돼 주실 수 있나요? 답장 기다리겠습니다.

도시하루는 그 메일을 휴지통에 넣었다.

그녀는 이게 마지막이라는 심정으로 그 메일을 보냈다.

갑작스럽게 슌 씨와 상의하고 싶은 문제가 생겼어요. 왜 이런 말을 하는지 이해되시지 않겠지만 그럼 이 메일을 휴지통에 넣어 주세요. 답장이 없으면 앞으로 두 번 다시 메일을 보내지 않겠다고 약속드릴게요.
사실 전 학생이고 복지 동아리에서 활동하고 있어요. 그 활동의 일환으로 얼마 전 어느 장애인 시설에 갔을 때 일인데…….

다음 날, 답장이 오지 않았다. 다음 날, 그다음 날도.

역시 안 되겠다며 포기하려던 찰나 PC 통신에 접속하니 그 글자가 표시됐다.

이메일이 한 통 도착했습니다.

'왔다! 슌 씨에게 온 메일이야!'
그녀는 들뜬 마음을 억누르며 메일을 열었다.

보낸 사람 : '슌'
제목 : 안녕하세요.
안녕하세요, 메일 보내 주셔서 감사합니다. 처음 메일을 받았을 때는 다른 사람으로 착각하신 것 같아서 답장하지 않았습니다. 착각하신 건 맞는 것 같지만 답장은 해 드렸어야 하는데, 죄송합니다.

역시 '테루테루' 씨가 아닌 걸까. 그녀는 조금 실망했지만 메일을 계속 읽었다.

보내 주신 이야기, 잘 읽었습니다. 저는 제삼자라 책임 있는 조언을 할 수는 없습니다. 그런 전제로 제 의견을 말씀드리자면.

다음 글을 읽으며 그녀의 가슴이 뛰었다.

그 직원이 잘못했습니다.
물론 장애인에게도 욕망이 있고 그것은 인정해야 합니다. 하지만 그렇다고 해서 성희롱이나 성폭력으로 이어져서는 안 됩니다.

하지 말아야 할 행동은 누구든 하지 말아야 합니다. '어차피 말해도 모른다'라는 건, 그들이 자신들과 다른 사람이라는 편견이 있기 때문입니다. 그것이 바로 차별입니다.

셋친 님은 틀리지 않았습니다. 그 말씀을 드리고 싶어 이렇게 답장을 보냅니다.

'테루테루' 씨다! 틀림없어. 이 말투, 이 내용. 난 알 수 있다. 지금껏 여러 번 메일을 주고받았던 그 '테루테루' 씨가 틀림없어!

그녀는 설레는 마음으로 답장을 썼다.

테루테루 씨시죠? 아니, 테루테루 씨든 슌 씨든 상관없어요. 예전에 저와 메일로 대화하고 제가 그림엽서도 보내 드린 그분 맞죠? 제가 그날 만났던 '데루모토 도시하루 씨'는 당신이 아니었어요. 대체 왜 그랬나요? 내가 만나서 얘기하고 싶었던 사람은 당신인데. 진짜 데루모토 도시하루 씨, 전 당신을 만나고 싶어요. 다시 한번 만나 이야기를 나누고 싶어요. 영화에 대해, 다른 것들에 대해 아주 많이, 오랫동안 이야기하고 싶어요. 답장 부탁드려요. 기다릴게요.

답장이 온 건 이틀 뒤였다.

이메일이 한 통 도착했습니다.

발신자 : 데루모토 도시하루

제목 : 사과드립니다

셋친 님, 아니, GANCO 님. 이름은 상관없겠죠. 당신에게 거짓말을 하고 당신을 속인 걸 진심으로 사과드립니다. 정말 죄송합니다. 사과해도 용서받을 수 없다는 건 압니다. 전 당신에게 상처를 줬습니다. 그 사실은 지울 수 없겠죠. 유타가 정확히 뭐라고 했는지 모르겠지만 그의 말이 사실입니다. 변명하지 않겠습니다.

저는 두려웠습니다. 가면 아래에 있는 진짜 저의 모습을 보이는 것이. 진짜 저를 알게 되었을 때 당신의 얼굴에 떠오를 표정을 보는 것이.

그것은 바로 저 자신의 얼굴이기도 하기 때문입니다.

전 중학교 때 같은 반 여학생을 좋아하게 됐습니다. 같은 특수 학교에 다니는 다리가 불편한 아이였죠. 장애를 가졌지만 제 눈에는 비장애인과 다를 바 없었고 똑똑하고 예쁜 나머지 첫눈에 반했습니다.

중학교를 졸업할 때 그 아이에게 고백했다가 거절당했습니다. 처음이자 마지막 실연입니다. 그 후 일반 학교에 가서 비장애인인 멋진 남학생과 함께 걷는 그 아이의 모습을 봤죠.

그건 괜찮습니다. 누구나 겉보기가 좋은 상대를 좋아하기 마련이니까요.

그건 그녀뿐만 아니라 저도 마찬가지입니다.

그로부터 얼마 후 전 한 가지 사실을 깨달았습니다.

그녀에게 고백할 때 사실 '조금은 가능성이 있지 않을까?' 하고 제가 기대했다는 걸.

왜냐하면 그녀에게도 장애가 있었기 때문입니다. 장애를 가진 그녀라면 날 받아 줄지 모른다. 그런 생각을 했습니다.

바보 같죠.

저도 모르게 그녀를 차별하고 있었던 겁니다.

PC 통신을 시작하게 된 것도 바로 그 일이 계기였습니다.

컴퓨터 안에서는 장애인이든 비장애인이든 상관없이 '진짜 나'로 있을 수 있을 것 같았습니다.

하지만 그 역시 '진짜 나'는 아니었습니다.

그때도 당신의 도움을 받아 영화관 좌석까지 가고, 한 칸 떨어진 좌석에서 영화를 보고, 끝까지 말 한마디 섞지 않고 헤어진 전동 휠체어를 탄 뇌성마비 장애인.

그게 바로 저입니다.

'GANCO' 님.

저는 당신을 좋아합니다.

이메일을 주고받을 때부터 호감을 느꼈고 그 후 당신의 사진을 보고 사랑에 빠졌습니다. 실제 당신을 만나서 더욱 좋아하게 됐습니다.

그래서 더 이상 만나지 말자고 결심했습니다.

솔직하게 모든 걸 털어놓고 사과한 후 그래도 친구가 돼 줄 수 있겠냐고 물으면 어쩌면 당신은 '네, 그래요'라고 대답했을 수도 있습니다.

하지만 그건 사랑은 아니겠지요.

당신은 저와 사랑에 빠질 수 있나요?

만약 그럴 수 있다면, 정말로 그럴 수 있다면 답장을 부탁드립니다.

나는 당신에게 도움을 받고 싶지 않습니다. 당신의 손에 이끌려 밥을 먹고, 침대로 옮겨지고, 기저귀를 갈아 달라고 부탁하고 싶지 않습니다.

당신 앞에서는, 당신의 마음속에서는 예전 그대로의 '테루테루' 씨로 남고 싶습니다.

테루테루, 데루모토 도시하루가

도시하루는 꿈을 꿨다.

꿈속에서 그는 걷고, 뛰고, 자유롭게 움직일 수 있다.

몸이 들썩이는 느낌과 바람을 가르며 상쾌하게 달리는 기분도 알고 있다.

꿈속에서 도시하루는 소녀와 데이트를 하고 있다.

남자답게 그녀를 리드하고, 함께 영화를 보고, 식사를 한다.

어느 순간 둘만 남았을 때 그녀는 도시하루에게 다가오

고, 도시하루는 그녀의 어깨를 부드럽게 감싸 안는다.

그리고 그 입술에…….

도시하루는 이것이 꿈인 걸 알고 있다.

그리고 꿈에서 깨어나지 않기를 바란다.

하지만 꿈은 언젠가 깨어난다.

그것 역시 도시하루는 알고 있었다.

데루모토 도시하루가 마지막으로 보낸 메일에는 답장이 오지 않았다.

엔딩 크레디트

세쓰와 가즈시의 그 후.

실수로 계단에서 떨어진 세쓰는 다행히 크게 다치지 않고 금세 회복했다.

사고의 원인이 된 지진이 도호쿠 지역을 중심으로 거대한 타격을 입힌 가운데, 가즈시와 세쓰는 논의 끝에 민간 입양 단체에 등록 절차를 밟았다.

그리고 몇 달 후 그들은 갓 태어난 남자아이를 특별 입양했다. 아이는 다운증후군 장애가 있었지만 두 사람은 기꺼이 양부모가 됐다.

노조무라는 이름의 천사처럼 귀여운 소년은 이제 아홉 살이 됐다. 특수 학교도 고려했지만 일반 학교에 진학해 지금은 4학년 지원 학급에서 공부하고 있다. 친구도 많이 사귀었다. 특기는 그림 그리기다.

선명하게 색칠된 노조무의 그림을 볼 때마다 가즈시는 "나랑 닮았네" 하고 미소 지었지만, 세쓰도 "아기 때부터 나랑 같이 그림책을 봐서 그래" 하고 지지 않았다.

또래 아이들에 비하면 아직 못하는 게 많지만 두 사람은 노조무의 세계가 충분히 풍요롭다고 느낀다. 앞으로도 노조무는 가즈시, 세쓰 부부에게 많은 희망을 가져다줄 것이다.

이와코의 그 후.

임신 중 도로에서 낙상했지만 다행히 태아에 큰 영향을 주지 않고 몇 달 후 무사히 아이를 출산했다.

임신과 출산 사실은 요지에게 알리지 않았다. 의사가 소개해 준 대학병원 검사도 받지 않았지만 태어난 여자아이에게 장애는 없었다.

출산을 결심한 후 이와코는 구니에다에게 임신 사실과 아이 아버지와의 관계를 털어놓았다. 구니에다는 모든 걸 알고도 그녀와 결혼했고, 그렇게 태어난 아이인 히카리의 아버지가 되었다.

이와코를 닮은 귀여운 아이로 성장한 히카리도 어느덧 스무 살을 맞이했다. 두 사람은 히카리가 성인이 되었을 때 '진실'을 말하고자 계획했지만, 히카리는 중학생 때 호기심에 찾아본 혈액형 정보로 이미 자신이 아버지의 친딸이 아니란 걸 알고 있었다. 하지만 그렇다고 부모에 대한 생각이 달라지지는 않았다.

사춘기 때는 아버지에게 혐오감을 드러낸 적도 있지만 대학생이 된 지금, 잔소리하는 엄마보다 자신에게 다정한 아버지와의 관계가 더 좋아 "학교 남자애들 중에 영 괜찮은 애가 없다니까. 아, 어디 우리 아빠 같은 사람 없으려나"라고 애교 섞어 말하고 기분 좋아진 아버지에게 용돈을 받는 정도의 요령도 익혔다. 그런 아버지와 딸의 모습을 이와코는 사랑스럽게 바라봤다.

'테루테루'와 'GANCO'의 그 후.

'GANCO'와 애틋한 이별을 경험한 '테루테루', 즉 데루모토 도시하루는 이후 컴퓨터 게임 프로그래밍으로 상당한 수입을 얻게 됐고 보호사의 도움을 받으며 혼자만의 생활을 이어 나갔다.

그러나 서른다섯 살을 넘기면서부터 경추부 변형증, 고관절 변형증 등 2차 장애를 겪게 되며 혼자 사는 것을 포기했다.

수술을 받기 위해 입원을 거쳐 도쿄의 지체 장애인 시설에 입소한 도시하루는 십여 년 후 시설에서 뜻밖의 사람과 재회하게 된다.

신규 입소자로 소개받은 그녀는 전동 휠체어를 조작하고 있었다. 중증의 경수 손상 환자라고 하는데 쉰 살이라는 나이가 믿기지 않을 만큼 젊고 아름다웠다.

—안, 녕, 하, 세, 요

평소처럼 발가락으로 글자판을 가리키며 자신을 소개하려는 도시하루를 제지하고 여자는 "오랜만이에요" 하고 미소 지었다.

"모르겠어요? 난 보자마자 알아챘는데."

그 미소를 보며 도시하루는 순식간에 시간이 되돌아간 느낌을 받았다.

30여 년 만에 만난 'GANCO'가 눈앞에 있었다.

그런 **또 다른 미래**가 있다면…….

그래도 아마 내 미래만 다시 쓸 수는 없을 것이다.

당신을 잃은, 아니, 당신을 버린 지금 나는 끔찍한 세상에서 살고 있다.

백신도 효과적인 치료제도 없는 신종 바이러스가 전 세계를 뒤덮어 사람들이 죽어 가고 있다. 어느 나라도 유효한 조치를 하지 못해 상황은 종식될 기미가 없다.

그 후에도 해마다 비극적인 사건, 슬픈 사건은 계속 일어나고 있다.

아이는 부모에게, 사회에 의해 계속 죽임을 당하고, 약자의 '죽을 권리'만이 강조되며 '생명의 선별'이 아무렇지도 않게 사람들의 입을 오르내리고 있다.

세상은 더더욱 나빠지고 있다.

이런 세상에서 내가 할 수 있는 일이라고는 글쓰기뿐.

그래서 나는 당신에 대한 글을 쓰려고 한다.

당신들의 이야기.

시작은 열여덟 살의 당신이 고등학교를 졸업하고 도쿄에 상경하는 것부터 시작된다.

그다음 해 '헤이세이*'라는 세상이 온다는 걸 그때 당신들은 알 리 없다. 더군다나 '레이와**'는 그 시절 당신들에게는 먼 미래다.

당신은 그때 함께 상경한 오쿠이 가나코, 사카모토 미카와 셋이 커다란 가방을 짊어지고 역에 왔다. 당시는 아직 나가노 신칸센이 없었다. 신에쓰 본선 특급 '아사마'의 지정석. 당신이 창가, 맞은편에 미카. 가나코는 자유롭게 오갈 수 있

* 1989년 1월 8일에서 2019년 4월 30일까지에 해당하는 일본의 연호.

** 2019년 5월 1일부터 시작된 일본의 연호.

는 통로 쪽 좌석을 택했을 것이다.

우에노까지는 3시간 40분. 물론 그 시간이 지루했을 리 없다. 우선은 에키벤*을 어디서 살지를 두고 떠들썩했을 것이다. 그리고 앞으로 살게 될 동네. 다닐 학교. 각자의 기대와 꿈이 부풀어 올랐다.

당신들이 향하는 곳에는 온통 희망이 넘치고, 미래는 무한히 펼쳐져 있었다.

멋진 만남이 있고, 빛나는 사랑이 기다리고 있었다.

내 아내.

세쓰.

이와코.

그리고 'GANCO'.

당신이 없는 세상은 그 누구도 떠올릴 수 없다.

인생은, 멋지다.

It's a Wonderful Life.

* 철도역이나 기차 안에서 파는 도시락.

연표

이와타(구니에다) 세쓰

1969년 일본 나가노현 사쿠시에서 태어났다. 중고등학교 시절 별명은 이와코.

1988년 나가노현 현립 고등학교를 졸업한 후 친한 친구 오쿠이 가나코, 사카모토 미카와 함께 도쿄 소재 여자 대학에 진학하기 위해 상경.

대학 시절 전공은 인문학. 복지 동아리 'Pippi'에 가입. 장애 아동 시설 등에서 봉사 활동을 한다.

1989년(19세) PC 통신을 시작, 'GANCO'라는 아이디로 활동하다가 '테루테루'를 알게 된다. 이메일을 주고받고 '테루테루' 즉, 데루모토 도시하루와 그의 보호사 아사다 유타를 만난다. 두 사람에게 속았다는 사실을 깨닫고 이후 두 사람을 만나지 않는다.

대학 졸업 후 학술서를 출간하는 작은 출판사에 취직하지만 사내 인간관계 때문에 고민 끝에 퇴사. 이후 SP계열 광고 회사인 세븐 큐브에 재취직해 상사인 하시즈메 요지와 불륜 관계를 맺게 된다.

1999년(29세) 불륜 상대인 요지의 아버지가 뇌경색으로 쓰러진다. 그리고 비슷한 시기에 디스플레이 디자인 회사의 공간 디자이너인 구니에다 가즈시를 만난다.

요지와의 관계가 자연 소멸할 무렵 요지의 아이를 임신했다는 사실을 알게 된다. 낳을지 말지 고민하던 중에 길을 걷다가 낙상 사고로 복부를 부딪쳐 유산하게 된다. 그때 지나가던 남자가 언뜻 유타로 보였던 건 세쓰의 착각이었을 것이다.

1년 정도 후, 과거를 숨긴 채 교제하던 구니에다 가즈시와 결혼. 세븐 큐브를 퇴사하고 출판사에 재취직. 여성 잡지 편집자가 된다(이후 부편집장으로 승진). 그 후 가즈시가 다니던 디스플레이 디자인 회사가 부도나며 가즈시도 설계 사무소에 재취직한다.

결혼 8년째인 **2008년(38세)**, 세쓰와 가즈시는 상의 끝에 임신을 시도한다. 그러나 1년이 지나도 임신이 되지 않아 결국 포기한다.

불안해진 부부관계를 타개하기 위해 가즈시는 두 사람만의 집 설계에 몰두한다. 한편 세쓰는 특별 입양을 고려하게 된다.

2011년 3월, 둘이 함께 땅을 보러 갔다가 온 후 입양 논의가 결렬되고, 세쓰가 집을 뛰쳐나갔을 때 동일본 대지진이 발생한다. 아파트 계단에서 넘어진 세쓰는 목뼈가 탈골돼 경수 손상을 입는다.

그로부터 8년이 지난 **2019년(49세)**, 가즈시는 세쓰에 대한 글을 인터넷에 올리게 된다. 같은 시기 대학 동창이었던 오타케 야스코와 재회해 불륜 관계를 맺는다.

2019년 연말, 세쓰가 가즈시에게 지체 장애인 입소 시설 신청서를 건넨다.

그 후의 세쓰에 대해서는 아무도 모른다.

작가의 말

이 책에는 이야기 구상의 계기 중 하나가 된 어떤 사건을 비롯해 몇 가지 실제 일어난 사건과 일들을 녹여냈습니다. 그러나 전체 이야기는 허구이며 실존 인물, 단체, 사건, 사고와는 아무런 관련이 없습니다.

또한 작품 중 명백한 차별적 표현이 등장하지만, 이는 작품 속 인물의 성격과 사고방식을 표현하기 위한 것일 뿐 작가 자신의 생각이 아니며 차별과 편견을 조장하려는 의도는 전혀 없습니다.

출판된 서적 및 기사들을 참고하여 일부 인용한 부분이 있습니다.

- '배제 예술'에 대해서는 하야카와 유미코 씨의 기사 「공원 벤치가 사람을 배제한다? 불편하게 진화하는 노숙자 배제의 장치」(최초 보도는 2006년 9월 21일 자 오마이뉴스 재팬, 이후 블로그 'Petite Adventure Films Blog'에 재인용) 및 기타 기사를 참고하였습니다.
- '장애의 수용에 필요한 네 가지 단계'에 대해서는 NPO 법인 일본 척수 장애인 재단의 『척수 손상 헬스 케어 기초편』 제9장 '척수 손상에서의 심리적 영향'(시바사키 게이이치 저)을 참고하였습니다.
- '요코타 히로시 씨가 '장애인은 우리 이웃에서 살아야 한다'라고 한 말' 이후에 오는 사야마의 발언은 『휠체어 옆에 선 사람, 장애에서 발견하는 삶의 시련(아라이 유키 저, 세이도사)』의 77-78쪽을 참고했고 아라이 씨의 허락을 받아 일부 인용하였습니다.
- ''푸른 잔디회'라는 CP인 단체에 속한 요코타 히로시 씨, 요코즈카 고이치 씨가 쓴 책'의 내용은 『장애인 죽이기 사상(요코타 히로시 저, 겐다이쇼칸)』의 28쪽 3에서 7행, 24쪽 15에서 22행, 36쪽 3에서 5행에서 인용하였습니다.
- 마찬가지로 오타 덴레이 씨의 발언도 같은 저서의 28쪽에서 인용한 것이지만, 발언의 원문은 1972년 10월 27일

자 「주간 아사히」 속 '나는 궁금하다. 나는 인간인가—장애인 살인 사건, 안락사당하는 사람들의 '소리 없는 목소리''에 표기돼 있습니다.

· 부모가 장애 아동을 살해한 사건의 신문 기사들은 창작한 것이지만, 현실에서는 동종 사건이 이와 비슷하거나 더 많이 일어나고 있는 것이 사실입니다.

건축 전반에 관해서는 친구이자 건축 설계사인 호리이 히로노리 씨에게 자문을 구했습니다. 하지만 모든 책임은 저에게 있습니다.

장 제목 중 하나인 '무력의 왕'은 1981년 개봉한 이시구로 겐지 감독의 동명 영화 및 원작인 가스야 히데미 씨의 '일본 방송 청춘 문예상' 제1회 수상작에서 제목만 차용했습니다. 내용과는 전혀 관련이 없음을 알려드립니다.

작중 인물 중 한 명인 데루모토 도시하루는 제가 창작한 캐릭터이지만, 아내가 다니는 장애인 통원 시설에서 알게 된 T씨에게서 큰 영감을 얻었습니다. 뇌성마비 장애인으로 스마트폰 앱 등을 개발하는 T씨와의 만남은 제게 깊은 깨달음을 줬고 이 책을 구상하게 된 계기가 됐습니다. 그 후 퇴소하셔서 만날 기회가 없어진 관계로 이 자리를 빌려 감사의 말씀을 전합니다.

저 역시 작품 속 인물과 마찬가지로 경수 손상이라는 장애를 가진 아내와 30년째 함께 살고 있지만, 소설 속 설정과 달리 아주 원만하게 지내고 있습니다. 걱정하지 않으셔도 됩니다.

옮긴이의 말

어느 하나 멋지지 않은 인생이란 없다.

It's a Wonderful Life!

경수 손상으로 몸을 움직일 수 없는 중증의 장애인 아내를 간호하는 남편이 있습니다. 그는 직장을 그만두고 집에서 아내를 돌보는 것이 어느덧 삶이 되었지만 평소 아내로부터 '고맙다'라는 말 한마디를 듣지 못하는 상황을 서운해합니다. 힘든 일상에서 불만은 점점 쌓여 급기야 '무력의 왕'이 된 그는 아내는 모르는 자신만의 은밀한 공간에서 스트레스를 해소할 방법을 찾게 됩니다.

아이 문제로 고민인 맞벌이 부부가 있습니다. 30대 후반에 아이를 낳을지 말지를 두고 갈등하던 부부는 상의 끝에 1년의 제약을 두고 보름달같이 커다란 가능성을 기원하며 임신에 도전하지만 현실은 희미하기만 한 '한낮의 달'처럼 녹록지 않습니다. 그러던 어느 날 남편은 아내가 평소 쓰는 서랍에서 의문의 기사들이 스크랩된 파일을 발견하고 이후 상황은 점점 예상치 못한 방향으로 흘러갑니다.

직장 상사와 불륜 중인 여자가 있습니다. 그동안 큰 문제없이 지속돼 온 두 사람의 관계는 어느 날 남자의 아버지가 갑자기 쓰러져 식물인간이 된 사건을 계기로 크게 흔들립니다. 남자의 연락이 뜸해져 고민에 빠진 여자는 평소 아버지를 험담하며 사이가 좋지 않아 '불초*의 자식'인 줄 알았던 남자의 아버지를 우연히 병실에서 만나게 됩니다.

온라인 세상에서 활동하는 남자 뇌성마비 장애인이 있습니다. 엄혹한 현실을 잊게 해 주는 가상공간 속에서 그는 어떤 여대생 유저를 만나 호감을 느낍니다. 메일로만 소통하던 두 사람의 관계는 어느덧 큰 전환점을 맞게 되고, 남자는 비록 '가면의 사랑'일지언정 과감히 용기 내 한 발짝 나아가기로 마음먹고 일생일대의 계획을 세웁니다.

작품에서는 이렇듯 언뜻 특별해 보이지만 평범한 일상을 살아가는 등장인물들의 네 가지 이야기가 펼쳐집니다. 그

* 不肖, 아버지를 닮지 않았다는 뜻

리고 이 이야기들은 시간이 갈수록 마법처럼 얽히고설키며 끝내 작품의 제목인 '원더풀 라이프'라는 하나의 키워드로 마치 기적과도 같이 연결됩니다.

『원더풀 라이프』를 쓴 작가 마루야마 마사키는 주로 장애를 소재로 한 미스터리를 세상에 내놓으며 일본 미스터리 소설계에서 독특한 위치를 선점하고 꾸준히 주목받아 온 작가입니다. 1961년 도쿄에서 태어난 작가는 와세다 대학 제1 문학부 연극과를 졸업했으며 이후 광고 대행사에서 아르바이트를 하다가 프리랜스 시나리오 라이터로 기업 및 공보청의 광고 비디오, 영화, 오리지널 비디오, TV 드라마, 다큐멘터리, 무대 등의 각본을 담당했습니다. 대표작으로 농아시설에서 17년의 간격을 두고 벌어진 두 살인사건에 얽힌 전말을 밝히려는 법정 내 수화 통역사의 이야기를 그린 『데프 보이스 - 법정의 수화 통역사』(이하 데프 보이스)가 있습니다. 작가의 데뷔작이자 출세작이기도 한 『데프 보이스』는 무려 4백여 편의 응모작이 쏟아진 제18회 마쓰모토 세이초 상에서 치열한 경쟁을 뚫고 단 네 편에 불과한 최종 후보작으로 선정된 바 있으며, 출간 이후 보통의 미스터리 소설에서 보기 어려운 독특한 소재와 일본의 장애 사회에 대한 현실적 묘사, 촘촘하고 탄탄한 플롯과 트릭으로 추리 소설로서의 재미를 모두 잡았다는 평가를 받으며 꾸준한 인기를 얻어 시리즈

화되기도 했습니다. 이후 본편을 비롯한 속편 『용의 귀를 너에게』, 『통곡은 들리지 않는다』가 일본과 한국에 출간되었고, 본편인 『데프 보이스』는 일본에서 TV 드라마로 제작된 것을 넘어 국내에서도 인기 드라마 「이상한 변호사 우영우」의 각본을 쓴 문지원 작가가 메가폰을 잡아 장편 영화로 제작, 2024년 공개를 앞두고 있기도 합니다. 하나의 작품이 국경을 넘나들며 사랑받는다는 건 그가 쓴 미스터리 소설이 독보적인 소재로 많은 이들이 공감할 수 있는 보편적인 가치와 재미를 추구하고 있다는 방증일 것입니다. 그리고 코로나가 한창이었던 2021년, 당시 시대 상황과는 다소 이질적으로도 느껴질 수 있는 『원더풀 라이프』라는 제목을 달고 세상에 나온 이 작가의 신작은 그가 지금까지 소설이라는 매체를 통해서 추구해 온, 작가의 인생관을 비롯한 총체가 집약된 작품이라고 감히 저는 단언합니다.

작품의 마지막 장을 덮고 여러분께서는 어떤 느낌을 받으셨는지요. 만감이 교차한다는 말은 바로 이런 독후감을 뜻하는 게 아닌가 싶습니다. 작가의 경험에서 우러났을 리얼하면서도 충격적인 현실 묘사와 챕터별로 시점視点과 시점時点을 오가는 흥미로운 플롯도 눈길을 사로잡았지만, 무엇보다 미스터리 소설의 형식을 활용해 우리가 가진 선입견, 특히 장애를 소재로 한 소설을 바라보는 관점을 정통으로 직격하는 작가의 솜씨에 저는 망치로 머리를 얻어맞은 듯한 큰 충격을 받았습니다. 물론 작품에 활용된 큰 얼개의 트릭 자체는 추리 소설을 자주 접한 마니아 독자분들께서는 도중에 눈치채셨을 수 있지만, 이 작품은 단순히 트릭 자체의 재미와 놀라움을 넘어 인생을 바라보는 관점과 받아들이는 방식을 재정립하게 해 준다는 점에서 동종의 그 어떤 작품들보다 저에게 큰 울림을 안겼습니다. 자세한 건 스포일러가 될 수 있으니 설명할 수 없어도 우리는 모두 장애와 비장애를 관통하는 똑같은 인간이라는 것, 그리고 누군가의 삶을 절대 '행복'과 '불행', '이상'과 '현실' 등의 단어로 함부로 규정지을 수 없으며, 어느 하나 멋지지 않은 인생은 없다는 걸 새삼 곱씹으며 저는 먹먹하면서도 벅찬, 묘한 기분으로 마지막 책장을 덮었습니다.

물론 '원더풀 라이프'라는 제목과 작품의 결말을 두고는 읽는 사람에 따라 받아들이는 방식과 느낌이 다를 수 있으며, 작가도 작품 출간 후 인터뷰에서 그것을 인정하고 "무엇보다 인간은 누구나 경험이나 환경, 상황에 따라 변화하고 성장하는 게 당연하다는 메시지를 전하고 싶었다"라고 언급한 바 있습니다. 다만 한 가지 확실한 것은 『원더풀 라이프』는 작가의 말에서 언급되듯 경수 손상 장애를 가진 아내와 30년째 함께 인생을 살며 세상과 인간을 관조해 온 작가만이 비로소 세상에 내놓을 수 있는 보물 같은 미스터리 소설이며 척박한 현실에 작은 파문과 일깨움을 줄 만한 책이라는 점입니다. 거기에 '장애'라는 키워드를 넘어서 인류를 향한 보편적인 찬가로도 읽을 수 있는, 이 시대에 필요한 작품. 저는 그런 『원더풀 라이프』를 번역하며 2023년을 마무리 지을 수 있어서 정말 행복했습니다. 2024년에는 모두가 꼭 '또 다른 미래'를 꿈꾸지 않아도 내가 내린 선택과 그로 인해 펼쳐질 인생이 멋지고 훌륭하다고 느낄 만한 세상으로 한 발짝이나마 나아가기를, 진심으로 간절히 기원합니다.

It's a Wonderful life!

2024년 봄

이연승

원더풀 라이프

1판 1쇄 인쇄 2024년 4월 17일
1판 1쇄 발행 2024년 5월 1일

지은이 마루야마 마사키 **옮긴이** 이연승

발행인 송호준 **편집장** 민현주 **총괄이사** 황인용
표지디자인 소요 이경란 **본문디자인** 알음알음 **제작·마케팅** 송승욱

발행처 블루홀식스 **출판등록** 2016년 4월 5일 제 2016-000100호
주소 경기도 파주시 회동길 483-1 **전화** 031-955-9777 **팩스** 031-955-9779
이메일 blueholesix@naver.com

ISBN 979-11-93149-17-1 03830 **값** 16,800원

· 저자와 출판사의 서면 허락 없이 내용의 일부를 무단 인용하거나 발췌하는 것을 금합니다.
· 책값은 뒤표지에 있습니다. 잘못된 책은 구입하신 곳에서 교환해 드립니다.